1989.
Alles auf Anfang.

Sommer 1989. Als Jens und Jenny sich im Umfeld der Prager Botschaft kennenlernen, ahnen sie noch nicht, dass der Beginn ihrer Grenzen überwindenden Liebe zugleich auch ein Wendepunkt im Leben von Bauarbeiter Scholle, Professor Haffner, Ministeriumssprecher Goergens, Künstlerin Steffi und Klempner Hotte ist. Sicher geglaubte Perspektiven brechen zusammen, neue Wege müssen gefunden werden. Urplötzlich heißt es: Alles auf Anfang.

Die Umbrüche in den Neunzigerjahren sind das Thema des vierten Teils der Reihe »Lebenswege. «

Rainer Schneider

1989.
Alles auf Anfang.

Roman

Lebenswege

Kölnstraße 437, 53117 Bonn

1.Auflage
Bibliografische Information der Deutschen Nationalbibliothek; detaillierte bibliografische Daten sind im Internet über https://portal.dnb.de abrufbar.
Lektorat: Stephanie Wills
www.textessenz.de
Covergestaltung: Wolkenart - Marie-Katharina Wölk
www.wolkenart.com

www.rainer-schneider-lebenswege.de

Dies ist ein Roman. Figuren und Handlung sind frei erfunden.

ISBN: 1517712947
ISBN-13: 978-1517712945

Den Lebenden und den Toten

1

Die Welt schwankte. Scholle lag in seinem Bett und hielt sich den Kopf. Aus irgendeinem Grund stand die Mauer nicht mehr. Alles war durcheinander. Scholle war nicht der Typ für Welterschütterungen. Erst die Hochzeit mit Petra. Dann die Geburt seiner Kinder. Und jetzt auch noch das.

Er rollte sich auf die Seite. Das Bett neben ihm war leer, die Wohnung war still. Es war Samstagvormittag. Die Kinder waren in der Schule, Petra war einkaufen. Das war so weit in Ordnung, das war jeden Samstag so. Es war Scholles heiliger Ausschlaftag. Scholle war Baufacharbeiter und arbeitete im Wohnungsbaukombinat. Seinen vielen Auszeichnungen verdankte seine Familie diese Wohnung. Berlin-Mitte, Neubau, mit Blick auf den Tiergarten. Ein paar Häuser weiter wohnte Katarina Witt. Scholle sah sie gelegentlich, sie fuhr einen roten Golf. Er brauchte keinen Golf. Er wollte irgendwann einen Wartburg, wegen der Kinder. Eins nach dem anderen. Zuerst die Wohnung. Mit Ende zwanzig in das Viertel An der Kolonnade einzuziehen – mehr konnte man in Ostberlin kaum erreichen. Er lag im Plan. Alles, was er hatte schaffen sollen, hatte er geschafft.

Doch jetzt dieses Schwanken, diese Erschütterung. Seit gestern, eigentlich seit vorgestern, gab es die Mauer nicht mehr. Niemand wusste, wie sich die Dinge entwickeln würden. Kein Wunder, dass ihm der Kopf wehtat.

Petra hatte ihn auf der Baustelle angerufen. Scholle hatte seinen Brigadier gefragt, dann hatte er Feierabend gemacht. Mit den Kindern waren sie nach Westberlin gefahren. Auf dem Ku'damm hatte es Sekt gegeben, Sekt und Kaffee. Jessica, seine Tochter, hatte die ganze Zeit gequengelt. Sie wollte ihre Wunschliste abgearbeitet haben, bevor die Grenze wieder geschlossen wurde: Barbie-Puppe, Barbie-Haus und noch etwas, was mit Barbie zu tun hatte. Im KaDeWe hatte Scholle seiner Tochter den Weg zur Spielwarenabteilung freigekämpft, vergeblich. Keine einzige Barbie-Puppe war mehr übrig gewesen. Jessica, die Erstklässlerin, hatte sich hingestellt und geschimpft: »Das ist ja wie im Osten hier!« Als sie zu heulen begann, versuchte Timo seinen Vater nach draußen zu zerren. So ein Gezeter wegen einer Puppe! Er wollte ein Mountainbike. Dann hatten sie nicht gewusst wohin und waren in den nächsten Bus gestiegen. Der fuhr nach Moabit. Egal, Hauptsache weg vom KaDeWe. Jemand von der Arbeiterwohlfahrt hatte sie zu Kaffee und belegten Broten eingeladen. Scholle hätte lieber eine Bratwurst gehabt. Aber er sagte nichts, es war alles schon unerfreulich genug. Er, der Bestarbeiter mit der Ostberliner Luxuswohnung, fraß im Westen bei der Wohlfahrt Teewurststullen für lau. Die Taschen voller Geld, das hier keiner wollte. Woher kam eigentlich die Westknete, mit der Petra die Barbie-Puppe und das Mountainbike für Timo bezahlen wollte? Könnte man damit nicht eine Bratwurst …? Petra hatte ihn stummgezischt. Scholle hatte noch eine Stulle mit Salami genommen.

Als die Kinder im Bett gewesen waren, hatten sie das Feiern angefangen. Petra kannte die besten Adressen, wo heute Nacht die Party richtig abging. Sie wusste immer so viel. Scholle wusste nie woher. Er baute Wohnungen. Sie fuhren von einer Kneipe in die nächste. Petra hatte eine Liste gemacht, es war alles im Radio durchgesagt worden. Um zehn hatte Scholle die Schnauze voll. Wie machte Petra das nur? Ihm steckte die Woche in den Knochen. Kurz nach eins am Morgen begann er endgültig abzubauen. Dauernd drückte ihm jemand was zu trinken in die Hand. Er wollte nach Hause. Aber er blieb, er konnte Petra in der fremden Welt nicht allein lassen.

Scholle sah auf den Wecker, es war kurz nach elf. Er dachte an die Bifi im Kühlschrank. Die Dinger waren gestern irgendwo verteilt worden. Hunger war ein gutes Zeichen. Er stand auf und ging in die Küche.

Auf dem Tisch lag ein Zettel. Statt einzukaufen war Petra mit den Kindern wieder nach Westberlin gefahren. Seine Tochter hatte Barbie dazugeschrieben, mit drei Ausrufungszeichen. Scholle nahm die Bifi und verschluckte sie. Nichts, womit man einen Bauarbeiter satt bekam. Er sah auf die Verpackung, er hatte mehr erwartet. Dann machte er sich ein Brot mit Leberwurst.

Er sah aus dem Fenster. Was würde jetzt passieren? Im letzten halben Jahr waren mehrere Kollegen über Ungarn in den Westen gegangen. Einer von ihnen war praktisch ein Nachbar gewesen. Er hatte nur zwei Häuser weiter gewohnt. Er hatte Verwandte drüben, in der Nähe von Karlsruhe, wo auch immer das war. Kosake hatten sie ihn genannt, weil er in Russland gewesen war. An der Erdölleitung Drushba hatte er dort mitgebaut. Danach war er fein raus gewesen. Sogar ein Fernstudium als Bauingenieur hatten sie ihm angeboten. Aber er hatte in das Nest bei Karlsruhe gewollt. Scholle hatte nicht verstanden, was Kosake sich vom Westen versprach, was er sich erhoffte. Aber wenn jemand das alles hier aufgab, um drüben noch mal ganz von vorn anzufangen, musste es eine ganze Menge sein. Scholle hatte keine Ahnung, wie es weitergehen würde. Doch irgendetwas sagte ihm, dass er sich darüber Gedanken machen sollte. Er glaubte nicht, dass seine Tochter recht hatte und sie die Grenze wieder zumachten. Er nahm sich vor, Petra zu fragen, wenn sie zurückkam. Sie hatte die besseren Ideen. Scholle ging ins Wohnzimmer und schaltete den Fernseher an. Tatsächlich, die Mauer war immer noch auf. Es lief auf allen Kanälen. Scholle hatte nie gedacht, dass das jemals passieren würde. Er ging in die Küche und holte sich ein Bier.

2

Ein paar Monate zuvor, im August 1989, war Jens, den die meisten Leute Jensen nannten, durch Prag gezogen und hatte ebenfalls nicht gewusst, was er tun sollte. Alles lief zur Prager Botschaft. Auch Jens wollte dorthin, aber er hatte Schiss. Im Grunde war jeder des Fluchtversuches verdächtig, der kein Tscheche und trotzdem in Prag war. Was sollte er sagen, wenn man ihn auf seine Anwesenheit hier ansprach? Dass er nur mal gucken wollte, wie die anderen die Flocke machten?

Bestimmt konnte man ihn schon deshalb verhaften, weil er hier war. Auf der DDR-Seite holten sie alle aus den Zügen, die so aussahen, als könnten sie abhauen wollen. Jens war getrampt, dann über die grüne Grenze. Ganz blöd war er nicht mehr. Aber schon da hatte er gedacht: Was, wenn die mich auf der Straße aufsammeln und mitnehmen? Bislang hatten die Ungarn und die Tschechen noch alle an die DDR ausgeliefert, die sie geschnappt hatten.

Jens war sicher, dass bald etwas passierte. Er war jetzt schon oft in der Nähe der Botschaft gewesen. Überall hatte er die tschechische Staatssicherheit in Lauerstellung gesehen. Und die hatte bestimmt auch ihn bemerkt. Damit war er bei der Frage seines Lebens angekommen: Was sollte er tun?

Diese Frage raubte ihm den Schlaf, seit Monaten, seit Jahren. Von den vielen Antworten, die er gefunden hatte, hatte ihn nicht eine einzige weitergebracht. Niemals. Er war in der DDR nicht dafür und nicht dagegen gewesen. Er hatte Abwägungen getroffen. Er hatte den Armeedienst nicht verweigert, aber er hatte sich auch nicht für länger verpflichtet. Er hatte gesagt, er mache mit, wenn er nicht schießen müsse. Er hatte um die Nachteile gebeten und auf die Vorteile verzichtet. Er war Bausoldat auf Rügen geworden. Ohne Not, er war gar kein Pazifist. Er war nur irgendwie in den Sog des Zeitgeistes geraten. Das Abitur hatte er dann auf der Volkshochschule nachgeholt, dafür hatte er seinen Job aufgegeben und als Briefträger bei der Post gearbeitet. Halbtags, damit er die Genehmigung bekam. Seit er das Abi in der Tasche hatte, wartete er auf einen Studienplatz. Er wollte nichts Bestimmtes. Er hätte alles studiert, doch man gab ihm nichts. Seit geraumer Zeit war er Ende zwanzig. Was also sollte er tun? Er konnte doch nicht ewig bei der Post bleiben, Briefe austragen. Deshalb: Prager Botschaft. Aber was, wenn sie ihn schnappten? Was, wenn sie ihn schnappten und im gleichen Moment die Reformen kämen, von denen seit Jahren gesprochen wurde? Dann war er ein geschnappter Republikflüchtling, den niemand mehr freikaufte. Weil das Land ja guten Willen zeigte und die Bundesrepublik diese Bemühungen nicht durch provokative Maßnahmen gefährden wollte.

Jens setzte sich in das Café, in das er stets nach seinem Beobachtungsgang ging, um über alles nachzudenken.

Er bestellte ein Bier, zur Tarnung. Tschechisches Bier war gut. Er könnte auch deshalb nach Prag gefahren sein. Früher hatten sie das gemacht. Da waren sie tatsächlich des Bieres wegen nach Prag gekommen. Heute kam man eigentlich nur noch wegen der Botschaft her. Wegen des Kaffees ganz gewiss nicht. Den trank man nur, wenn man einen klaren Kopf behalten wollte, also ein potenzieller Botschaftsflüchtling war. Deshalb: Bier.

»Kann ich mich zu dir setzen?«, fragte eine junge Frau.

»Ist doch überall was frei«, antwortete Jens mürrisch.

Er machte sich nicht die Mühe, von seinem Bier aufzusehen. Die junge Frau sagte »Danke« und setzte sich.

»Ich hab doch gesagt …«

»Ich weiß.« Lächelnd steckte sie ihre Sonnenbrille ins Haar.

»Ich bin wirklich nicht in der Stimmung«, knurrte Jens.

»Jenny Pape.« Sie reichte ihm die Hand. »Und du?«

»Machnik. Jens Machnik.«

»Hübsche Alliteration, nicht? Jens und Jenny.«

»Urst schau.« Jens biss sich auf die Zunge. Er wollte nicht mehr »urst« sagen. Im Westen sagte niemand »urst«. Da sagte man »geil«. Aber ohne »schau«. »Geil schau« klingt einfach bescheuert. Er trank sein Bier, seine angebissene Zunge brannte. Er dachte nur: Hoffentlich läuft kein Blut, wenn ich was sage.

»Ich kann dich vielleicht reinbringen«, raunte Jenny leise.

»Wo rein?«

»Wo ihr alle reinwollt, wenn ihr rauswollt.«

»Sag mal, wo kommst du denn her? Bist du von der Firma oder was? Fehlanzeige!«

»Mein Vater war da früher mal Fahrer. Der kennt bestimmt noch ein paar Leute. Ich muss nur ein bisschen telefonieren. Heute hat er übrigens 'ne Fahrschule. Kennt er auch wieder Leute.«

Schade um die Frau, dachte Jens. Hätte nicht gedacht, dass die bei der Firma ist.

»Biste ausm Westen oder was?«

Jenny nickte.

»Muss ja 'n hohes Tier sein, der Herr Papa«, blaffte Jens sie an.

»Wieso?«

»Im Westen ist Schule Ländersache, da kann nicht einfach 'n Chauffeur daherkommen und sein eigenes Ding machen.«

Eins zu null, dachte Jens. Da ist sie still. Schule, Fahrschule, wo ist da der Unterschied. Alle Schulen müssen staatlich sein. Wäre viel zu gefährlich, wenn man da einen Privaten ranließe. Er musste an das Restaurant in Ostberlin denken, das chinesische Spezialitäten angeboten hatte. Es war geschlossen worden, weil die Anwohner sich über die vielen leeren Hundefutter-Gläser gewundert hatten, die im Müll lagen. So viele Hunde gab es im ganzen Viertel nicht. Das war auch ein Privater gewesen, der das Restaurant gehabt hatte. Private sind immer nur am Geld interessiert. Skrupellos. Nicht auszudenken, was alles passieren könnte, wenn es private Fahrschulen gäbe. Jens nickte. Es ging nicht anders. Von wegen aus dem Westen. Die Kleine war von der Firma. Pech gehabt, enttarnt, ich bin nicht darauf hereingefallen.

»Das wars dann wohl, oder?«, sagte er und kostete seinen Triumph noch ein wenig aus.

Doch Jenny schaute ernst vor sich hin.

Scheiße!, dachte Jens, Scheiße! Wie kannst du nur so blöd sein! Wieso interessierst du dich für die Strukturen der Bundesrepublik, wenn du nicht rüber willst? Scheiße, Jensen, Scheiße! Du stellst dir vor, wie sie dich in die Mangel nehmen und wie du hart bleibst und wie sie dann erst richtig anfangen. Und hier plapperst du munter drauflos, weil dir jemand schöne Augen macht! Scheiße, Jensen! Wachbleiben hast du geübt, du weißt, dass sie Schlafentzug machen und die Leute dann verhören. Das hast du durchgespielt, bist achtundvierzig Stunden am Stück wach geblieben und warst stolz darauf, dass du immer noch

Hölderlin auswendig konntest. Toll, wirklich toll, Jensen. Urst schau. Wenn sie dir gleich sagt, dass du mitkommen sollst, steh einfach auf und geh mit. Brings hinter dich. Das hier ist gelaufen. Hast du prima hinbekommen, Jensen, hast du wirklich urst schau gemacht.

Und tatsächlich sagte Jenny, dass er mitkommen solle.

Das war ein paar Tage später und es war anders, als Jens gedacht hatte.

Das Kaff, in das Jenny ihn brachte, lag an der Deutschen Märchenstraße. Es war die Gegend, in der jedes Dorf von sich behauptete, mit einem Märchen, einer Sage oder einer Legende verwandt zu sein. Jennys Dorf schmückte sich mit Münchhausen.

Jens sah sich um und staunte. Das war also der Westen. Er sah aus wie ein Heinz-Rühmann-Film. Eine Idylle, eine hübsch angestrichene Filmkulisse. Es gab ein paar Häuser, eine Kurve und eine Fahrschule. Sie gehörte tatsächlich Jennys Vater. Ihm gehörte auch das Auto, mit dem Jenny in Prag gewesen war.

Vater Pape war wie alle Väter. Er mochte den jungen Mann nicht sonderlich, den seine Tochter ihm vorstellte. Jens mochte er gleich mehrfach nicht. Er war schon nicht begeistert gewesen, als seine Tochter nach Berlin gegangen war, um Politologie zu studieren. Das Studentenvolk, all die Dutschkes und Kommunarden, das war kein guter Umgang für seine Jenny. So was passiert, wenn Behörden entscheiden! Zentrale Studienplatzvergabe! Und jetzt kam sie mit einem aus dem Osten an. Er musste das mit Jens und wo er herkam um jeden Preis für sich behalten. Aber die Leute redeten natürlich. Vor allem, als Jens anfing, bei Vater Pape seinen Führerschein zu machen. Jenny wollte es so. Jens sollte sich an den Westen gewöhnen, die Zeit nutzen und seinen Führerschein machen. Aber so, wie er das Fahrzeug malträtierte, war klar, dass mit ihm etwas nicht stimmte. In dem Alter noch keinen Führerschein zu haben, keine Autoerfahrung, das verhieß nichts Gutes. Möglich, dass er aus schwierigen Verhältnissen kam, vielleicht bei den Grünen gewesen war. Vater Pape ließ sie in dem Glauben. Er wollte sie nicht darauf bringen, dass alles noch viel schlimmer war.

Das Papesche Haus, in dem sich die Fahrschule befand, war nicht besonders groß. Mit seinen zwei Etagen stand es geduckt zwischen den anderen Häusern. Jenny war der Zentralen Studienplatzvergabe überaus dankbar, dass sie sie nach Berlin geschickt hatte. Zweimal im Jahr kam sie her, um nach ihrem Vater zu sehen. Dann kümmerte sie sich um den Papierkram der Fahrschule und brachte das Rechnungswesen in Ordnung. Jenny hatte schon geholfen, als ihre Mutter noch gelebt hatte. Wenn sie nicht nach Berlin gegangen wäre, hätte nie jemand gefragt, was aus ihr sonst hätte werden sollen, außer der mithelfenden Tochter. Doch die Anti-AKW-Bewegung und die Gründung der Grünen hatten dazu geführt, dass sie sich für Politik interessierte. Also war die Studienempfehlung klar gewesen. Und damit der Studienplatz in Berlin.

Ihr Politologiestudium war auch der Grund für ihre Reise nach Prag gewesen. Man erlebt nicht alle Tage, dass ein politisches System dieser Größenordnung zusammenbricht. Sie war in Ostberlin gewesen, in Leipzig und eben in Prag, wo ihr Vater tatsächlich für kurze Zeit als Fahrer gearbeitet hatte. Es war nach dem Tod der Mutter gewesen. Jenny hatte gewollt, dass er rauskam aus dem Dorf. Vielleicht, so war ihre Hoffnung gewesen, änderte sich dadurch sein Blick auf die Welt. Aber es war bei einem knappen Gastspiel geblieben. Das Leben in der Stadt war ihm unbehaglich. Es reichte ihm, wenn er mit seinen Fahrschülern in die nächste Kreisstadt fuhr, damit ihre Fahrpraxis aus mehr als schnurgeradem Fahren auf der Landstraße bestand.

In Prag war Jenny in der Botschaft gewesen und hatte sich angesehen, was sich dort abspielte. Als sie Jens traf, ihm förmlich auflauerte, weil sie ihn jeden Tag um die Botschaft herumschleichen sah, hatte sie wissen wollen, was ihn denn von einer Flucht noch abhielt.

Zunächst tat sie es aus rein wissenschaftlichem Interesse.

Aber dann traf sie sich weiter mit ihm. Jens gefiel ihr, und sie wollte ihm den Aufenthalt auf dem überfüllten Botschaftsgelände ersparen. Die Stimmung dort wurde von Tag zu Tag gereizter und die Bedingungen immer katastrophaler.

Als sie dann im Westen waren, hatte es zu dem Haus ihres Vaters keine Alternative gegeben. Denn erst, als sie durch den bayerischen Wald fuhren, war ihnen klargeworden, dass ihre Pläne sie zwar bis in die Bundesrepublik gebracht hatten, aber keiner von ihnen wusste, wie es nun weitergehen sollte. Mit dem Auto oder dem Zug nach Westberlin zu fahren, zurück an die Uni, quer durch die DDR, die sich bestimmt schon auf den Republikflüchtling Jens freute, das ließen sie besser bleiben. Für einen Flug fehlte ihnen das Geld. Also entschied Jenny, dass sie in das elterliche Haus im elterlichen Kaff fuhren.

Sie zeigte Jens die Orte ihrer Kindheit, was erwartungsgemäß schnell ging. Dann machte Jens seinen Führerschein. Auch das nahm nach einigen Anfangsschwierigkeiten nicht übermäßig viel Zeit in Anspruch. Zusammengefasst: Jens war im Westen, er hatte einen Führerschein und wieder einmal viel Zeit für die Frage seines Lebens: Was sollte er tun?

Jenny dagegen fiel bald wieder ein, weshalb sie normalerweise nie länger als eine Woche bei ihrem Vater blieb. Eine Woche war ungefähr die Zeitspanne, die er brauchte, um die Frage seines Lebens zu stellen: Wann sie endlich wieder zurückkäme. Er wollte die Dinge in Ordnung haben. Erst stirbt die Frau und dann kümmert sich die Tochter nicht. Zweimal im Jahr kommt sie für ein paar Tage. Es redeten doch alle, dass etwas gewesen sein musste, wenn sie nicht zurückkam. So ging das nicht für Vater Pape. Das musste in Ordnung kommen.

Vielleicht war das der Grund, weshalb er sich mit Jens anfreundete. Jens schien ihm die Tochter im Haus zu halten. Und wo er gerade dabei sei, könne Jens doch gleich noch seinen Schein als Fahrlehrer machen. Vielleicht könne er dann ja mal alles übernehmen. Dass seine Jenny tüchtig war und ihm das Büro machen würde, das stand für Vater Pape außer Frage.

Es gab also sehr viel Erleichterung und sehr viel Entsetzen unter dem Papeschen Dach, als am 9. November die Nachricht kam, dass die Mauer gefallen war.

3

Karl Haffner war am Ende der Vorlesung angekommen. Er sah zur Uhr, er hatte keine Lust mehr.

»Und nach den Regeln von Murphys Gesetz könnens davon ausgehn, dass Sie in der Realität an ganz anderen Dingen scheitern werden«, schloss er. »Noch Fragen?«

»Professor Haffner!«, rief ein junger Mann. »Eine Frage hätte ich noch!«

»Ja?«

»Murphys Gesetz, kommt das in der Prüfung dran? Weil, das habe ich nicht mitgeschrieben.«

»I zeig Ihnen gern noch mal die Folie.«

Haffner schaltete den Overhead-Projektor wieder ein und legte die Folie auf. Er fand, dass seine Tochter die Murphy-Folie sehr hübsch gezeichnet hatte. Jeder Trottel konnte erkennen, dass es sich um einen Scherz, um eine kleine Auflockerung des staubtrockenen Volkswirtschaftsseminars handelte. Aber genau genommen wunderte sich Haffner nicht mehr darüber. Seit anderthalb Jahrzehnten unterrichtete er an einer kleinen bayerischen Universität Volkswirtschaft. Noch zwei Jahrzehnte hatte er vor sich. Zwei Jahrzehnte waren eine lange Zeit. Haffner war Mitte vierzig und dachte nicht daran, seine Energien unnütz zu verschwenden.

In seiner Jugend hatten sie ihn Che genannt. Da hatte er lange Haare gehabt, Zigarren geraucht und das erste Konzert einer richtigen amerikanischen Bluesband in Bayern organisiert. Fünf schwarze Musiker im schwarzen Bayern. Es war hoch hergegangen damals. Heute hielt Haffner die Idee von der prinzipiellen Gleichheit aller Menschen für sinnlose Sozialromantik. Er war Hochschulprofessor, Beamter auf Lebenszeit. Er konnte die Jahre durchwinken und dabei auf einen leisen Jahreswechsel bestehen. Seine Kinder waren so gut wie aus dem Haus, sie studierten in Frankreich und in Amerika, und als seine Tochter ihm die lustige Murphy-Folie gezeichnet hatte, war sie noch in die Grundschule gegangen. Es gab nichts im Hause Haffner, was nicht ähnlich wertbeständig war.

»Habens jetzt alles?«, fragte Haffner und sah zu dem Studenten. Er kniff kurz die Augen zusammen, aber er hatte richtig gesehen. Der junge Mann, Student im vierten Semester, übertrug die Kinderzeichnung seiner Tochter akkurat in seine Unterlagen. So hoffnungslos dieser Student auch sein mochte, Haffner würde ihn nie im Leben durchfallen lassen. Im Gegenteil. Ihm grauste vor jedem Tag, den er mit diesem Menschen länger als nötig verbringen musste. Ob die Noten und Diplome, die seine Studenten bekamen, etwas taugten oder nicht, würde sich sowieso erst zeigen, wenn sie einen Job fanden. Haffner wollte niemandem im Weg stehen. Wenn er nur keinen von ihnen mehr wiedersah.

Als der Student seine Mitschrift beendet hatte, schaltete Haffner den Projektor aus und legte die Folie zurück in seine Aktentasche. Dann ging er nach draußen. Noch im Gehen zündete er sich eine Zigarette an.

In der Mensa war es voll. Haffner wollte seine Tasche an dem Tisch abstellen, an dem er immer saß. Doch er spürte, dass etwas nicht stimmte. Seit Wochen schwirrte ein unruhiger Geist durch die Universität. Es lag etwas in der Luft. Irgendetwas war ins Haus geschwappt, und was auch immer es war, Haffner wollte nicht damit in Berührung kommen.

»Karl!«

Haffner fühlte sich nicht angesprochen.

Viele Menschen hießen Karl, und dass ihn jemand mit seinem Vornamen ansprach, war ihm zum letzten Mal als Student passiert.

»Karl, lass uns zusammen was essen gehen!«

Essen war ein Schlüsselwort, auf das Haffner immer reagierte. Er sah auf.

Ein hagerer Mann kam auf ihn zugelaufen. Haffner konnte nach einigen Sekunden klar erkennen, dass es sich um Albert Mommsen handelte. Haffner hatte mit Mommsen studiert. Gemeinsam waren sie in Lateinamerika gewesen, wo sie die Ökonomie eines Entwicklungslandes untersucht hatten.

Es war eine interessante Zeit gewesen. Auf den Thesen, die Haffner damals entwickelt hatte, gründete sein Ruf, ein exzellenter Volkswirtschaftler zu sein. Haffner hatte mit diesen Thesen promoviert und zusammen mit Mommsen ein Buch daraus gemacht. Davon wollte er heute jedoch nichts mehr wissen. Es war Ende der Sechzigerjahre gewesen, und die Versuchung, die revolutionären Ideen jener Zeit in der Realität auszuprobieren, war groß gewesen. Aber noch während das Buch im Druck war, war Haffner zum Friseur gegangen und hatte seine Haare und seinen Che-Guevara-Bart vor der Trennlinie zu einer äußerst konservativen Zukunft fallengelassen. Er hatte es nie bereut. Mommsen dagegen war nach Bonn gegangen und hatte zum Marsch durch die Institutionen angesetzt. Auch er hatte seine Entscheidung nie bedauert. Und dadurch, dass er und Haffner in Kontakt geblieben waren, konnte er sich ebenfalls als Fachmann profilieren.

»Mommsen, was machst du denn hier? Ist das Abendland in Gefahr, dass sie di hergschickt haben?«

»Komm, lass uns was essen gehen.«

»Nur zu, stell di schon einmal an. I hol mir ein Weißbier. Magst auch eins?«

»Karl, komm mit«, drängte Mommsen. »Wir fahren woanders hin.«

»Bin net interessiert«, winkte Haffner ab. Immer wieder wollte Mommsen, dass er nach Bonn wechselte, in irgendein Ministerium.

»Bitte, Karl.« Mommsen stellte sich ihm in den Weg. »Ich werde dir alles erklären, aber erst kommst du mit.« Er packte Haffner energisch am Arm, gewillt, ihn mit Gewalt aus der Mensa zu zerren.

»I protestiere!«, rief Haffner und umklammerte seine Aktentasche. »Es gibt genug Zeugen, der Staat vergreift sich an einem unbescholtenen Bürger!«

»Wenn wir dann gehen können?« Mommsen fasste Haffner noch fester am Arm und zog ihn nach draußen. Im Hof der Universität stand eine schwarze BMW-Limousine.

Mommsen öffnete eine Tür und zwang Haffner einzusteigen. Als Haffner saß, schlug er die Tür zu und stieg von der anderen Seite in den Wagen.

»Zünftig«, nickte Haffner, »habts noch so viel Geld im kleinen Bonn, dass ihr euch was Bayerisches leisten könnt?«

Mommsen gab dem Fahrer ein Zeichen, sie fuhren los.

Haffner fiel der Brief ein, den Mommsen ihm vor ein paar Wochen geschrieben hatte. Jetzt entsann er sich auch wieder, dass Mommsen im Finanzministerium arbeitete. Haffners Interesse hatte nicht weit genug gereicht, sich zu merken, was er dort inzwischen geworden war.

»Suchts immer noch Leut?«, fragte er, und mit einem Blick zur Seite sah er, dass Mommsen nervös war.

»Komm, lass uns mal da drüben reinfahren. Da hats was Vernünftiges zu essen und ein Weißbier gibts auch.«

Mommsen nickte und bedeutete dem Fahrer, dass er in einen Feldweg einbiegen solle, der zu einem Gasthof mit Biergarten führte.

Haffner atmete tief ein, als er aus dem Wagen stieg. Es war ein warmer Frühlingstag. Sie entschieden sich für einen Platz im Garten, direkt unter einem Apfelbaum. Haffner bekam endlich sein Weißbier, Mommsen hielt mit einer Apfelsaftschorle dagegen.

»Also«, stichelte Haffner, »ist der Bund so unbeliebt, dass ihr net einmal mehr genug Deppen für den Karriereturbo zusammenkriegt?«

»Ich will gar nicht behaupten, dass wir genug Leute hätten«, gab Mommsen zu und machte eine wegwerfende Handbewegung. »Für das, was ansteht, könnten wir doppelt so viele gebrauchen. Aber darum gehts nicht. So etwas hat noch keiner gemacht. Nicht einmal theoretisch. Mit einer Ausnahme.«

»Nur, weil i irgendwann einmal zwischen Hepatitis und Cholera schwankend von einer vernünftigen Wirtschaftspolitik halluziniert habe? Seids so am End mit eurem Latein?«

»Karl, auch darum gehts nicht. Ich persönlich will dich dabeihaben.«

Haffner sah seinen alten Studienfreund an, als wollte er sagen, dass ihm Freundschaft ein hohes Gut sei, es aber durchaus Güter gebe, die höher standen.

»Schau, wie stellts euch dös vor? Soll i jahrelang zwischen zwei Vorlesungen nach Berlin fahren?«

Mommsen schüttelte den Kopf.

»Natürlich nicht. Du bekommst eine Wohnung dort,

und das hier«, er zeigte hinüber zur Universität, »macht so lange ein anderer.«

Haffner prustete in sein Bier.

»Weißt, was du da sagst?«

Mommsen zuckte mit den Schultern. Er wusste es.

Haffner war hier fest verankert, er hatte ein Haus, eine unkündbare Stellung, und seine Vaterlandsliebe hielt sich in Grenzen. Er war so durch und durch Bayer, dass er den Rest der Welt für eine missglückte Spielerei Gottes hielt. Damit also konnte Mommsen ihm nicht kommen. Der winkte der Bedienung und bestellte zwei Weißbier.

»Ich brauche dich, Karl. Ich brauche deine Analysen. Ich brauche jemanden, der einen Betrieb ansehen und mir binnen eines Tages sagen kann, was seine wirtschaftliche Substanz ist, wo es Potenziale gibt und so weiter. Ich brauche dich.«

»Dös ist doch a Schmarrn. Lassts die Ossis den Job doch selber machen, war ja schließlich auch deren Idee mit derer Treuhand. Habts schon mal daran gedacht, dass die den Laden nur gegründet haben, damits den Wessis am Ende die Schuld in die Schuhe schieben können? Die Dimensionen, die dös hat! So viel kompetente Leute, dies dafür braucht, die haben wir selbst net. Und denn noch dös: Wir haben selbst so viele Überkapazitäten, da wärn wir schön blöd, mit unsern Steuergeldern deren Betriebe zu saniern, damit die uns dann plattmachen. I sag dir eins: Seids froh, wenns am End keine Toten gibt. Aber wenn du mich unbedingt brauchst; ruf mich doch an. Hat doch die letzten Jahre auch geklappt.«

Die Bedienung brachte das Bier. Sie tranken. Mommsen kritzelte ein paar Zahlen auf einen Bierdeckel und schob ihn Haffner hin.

Haffner warf einen kurzen Blick darauf, dann stand er auf und ging zur Toilette.

Mommsen sah ihm nach, nur um zu wissen, wohin Haffner unterwegs war. Er traute ihm zu, dass er das Gespräch beendete, indem er nach Hause ging. Man musste Haffner mögen, um mit ihm arbeiten zu können. Er war eigenbrötlerisch, grantelte und konnte so verletzend sein, wie niemand sonst, den Mommsen kannte. Für viele hob das nicht auf, dass Haffner auf der anderen Seite einer der Besten seines Faches war.

»Ich habe auch schon mit deiner Frau gesprochen«, informierte ihn Mommsen, als Haffner zurückkam. »Sie sagt, dass dir eine Herausforderung ganz gut tun würde.«

»So, sagt mei Frau das.« Haffner setzte sich. »Das i mit ihr verheiratet bin, und dös seit fünfundzwanzig Jahren, dös ist mir eigentlich Herausforderung genug!« Er lachte und winkte der Bedienung. »Komm, mach uns noch mal zwei!«

»Da ist bestimmt noch das eine oder andere Extra drin.« Mommsen spielte mit dem Bierdeckel. »Der Kuchen ist groß, der da verteilt wird.«

»I denk, die Ossis sind pleite.«

»Sind sie auch. Deren Kuchen ist es ja auch nicht.«

»Verstehe. Was wir achtundsechzig net gschafft haben, holen wir jetzt nach. Wir schlagen das System mit seinen eignen Waffen.« Haffner lachte schon wieder. Mommsen sah ihn gequält an, und erst jetzt fiel Haffner auf, dass Mommsen schlecht aussah: Er hatte aschfahle Haut und seine Wangen waren eingefallen. Haffner wollte nicht genauso aussehen. Schon deshalb war es besser, wenn alles so blieb, wie es war.

4

Über dem Bauwagen war sternenklarer Himmel. Obwohl es bereits Frühling war, konnte Scholle den Winter noch schmecken. Er hatte mal versucht, Petra zu beschreiben, wie die eisige Morgenluft auf der Baustelle schmeckte. Aber wie erklärt man, wie gefrorene Luft schmeckt?

Er klinkte die Tür des Bauwagens auf. Hart, der Brigadier, war schon seit einer halben Stunde hier und hatte die elektrischen Heizkörper angeschaltet. Trotzdem war es noch kalt und klamm. Die Stiefel, ihre Sachen in den Spinden, selbst die Polster der Stühle fühlten sich an wie tiefgefroren.

Scholle beeilte sich, die Tür schnell wieder hinter sich zu schließen.

»Morgen«, nuschelte er.

»Guten Morgen«, sagte Hart.

Auf dem Tisch standen neun Flaschen Bier. Hart schien zu erwarten, dass seine Brigade heute vollzählig war.

»Hast du Geburtstag?«, fragte Scholle und schloss seinen Spind auf.

»Nee, weil Markus wieder da ist. Ich weiß nicht, irgendwas stimmt nicht mit ihm. Er sagt kaum was, als wären wir Fremde für ihn. Dabei sind wir doch eine Truppe. Immer noch. Oder?«

»Klar.«

Hart öffnete eine Dose mit Bockwürsten.

»Ist echt ’n Ding, dass der zurückgekommen ist, was?« In seiner Stimme lag immer noch diese Mischung aus Erstaunen und Unglauben, mit der sie alle reagiert hatten, als Markus sich wieder zur Schicht gemeldet hatte.

Scholle nickte, hängte seine Jacke in den Schrank und nahm die Wattejacke heraus. Das Wasser im Topf auf dem Kocher brodelte, Hart kippte die Bockwürste hinein.

»Lässt ja richtig was springen«, sagte Scholle. Er überlegte kurz, dann entschied er: »Ich geb auch was, ich schick nachher einen von den Stiften los, ja?«

Hart nickte. Scholle wollte, dass es fair blieb. Er würde einem der beiden Lehrlinge zwanzig Mark geben, damit er eine Flasche Korn holte, später, wenn die Kaufhalle aufmachte. Scholle fand, dass sich das so gehörte. Hart hatte recht, Markus war immer noch einer von ihnen, auch wenn er damals, im letzten August, »die Budapest« bekommen hatte. Jene seltsame Krankheit, die via Ungarn und Österreich in die Bundesrepublik führte. Was hatten sie damals diskutiert. Hatte Markus sie nun sitzen lassen, obwohl sie sowieso schon knapp an Leuten waren und im Plan zurücklagen, oder hatte er nur das gemacht, was die meisten von ihnen heimlich wollten. Sie hatten doch damals alle überlegt, ob sie nach Ungarn und dann weiter nach Österreich fahren sollten. Selbst Scholle, obwohl er eigentlich ganz zufrieden mit allem war, hatte mit dem Gedanken gespielt. Vielleicht waren es aber auch Petras Gedanken gewesen, die da mit ihm gespielt hatten. Letztlich war es egal. Gewollt, einfach nur mal sehen, wie es drüben war, das hatten sie alle. Von denen, die sich damals getraut hatten, war Markus nun der Erste, der zurückgekommen war. Scholle wollte zu gern wissen, was da passiert war. Auf jeden Fall sollte das für die Brigade nichts ändern. Scholle fand es gut, dass sie Markus das auch zeigten. Die Tür des Bauwagens ging auf. Grünwald, Schmidti und Jochen kamen. Fehlten noch Ebers, Markus und die Lehrlinge, dann waren sie komplett.

»Männers, wie stand er am Wochenende?«, polterte Schmidti und deutete mit den Händen große Brüste an. »Live-Show am Bahnhof Zoo, vom Feinsten, sage ick euch, vom Feinsten!«

»Alle drei zusammen?«, fragte Hart.

»Klar«, grinste Jochen. »Drei Mann in eene Kabine, die Weiber wussten jar nicht, dass so wat jeht.«

»Ddddd …«, Grünwald stotterte, seit Jochen ihn bei der Armee mit dem Panzer angefahren hatte. Wenn er den ersten Buchstaben geschafft hatte, ging es. »Dit war richtig jeil da.«

»Hab ick doch jesagt, oder?« Schmidti rieb Daumen und Zeigefinger aneinander. »Aber Taler musste haben, sonst jeht jar nüscht. Hat eener Jeburtstag?«

Scholle schüttelte den Kopf. »Hart gibt einen aus, weil Markus wieder da ist«, erwiderte er. »Ich lass einen von den Stiften nachher 'ne Granate holen, klar?«

»Klar, jroßer Meister«, nickte Schmidti und setzte sich an den Tisch. »Wat steht an für heute?«

Hart erzählte kurz, was sie heute schaffen mussten. Er rechnete nicht damit, dass er jemanden für eine zweite Schicht brauchte. Bis jetzt war nicht einmal genug Material für die erste gekommen.

»Und wenn Markus da ist, also … wir sind immer noch eine Brigade, klar?«, stellte er fest.

»Wwwwww … wie meenstn dit?«

»Kein Gerede, nichts. Lasst ihm 'n bisschen Zeit, wieder anzukommen.«

»Wwwww … warum isser denn dann erst wegjejangen?«

Schmidti boxte ihm in die Seite. »Wir machen, wat Hart sagt. Lassen erst mal ankommen.«

Hart öffnete die Bierflaschen. Die Männer griffen zu und tranken.

Dass Markus zurückgekommen war, verstanden sie alle nicht. Irgendwas musste passiert sein, dass er es drüben nicht ausgehalten hatte. Als er damals im Westen gelandet war, hatte er ihnen geschrieben, dass es ganz gut aussah. In dem Notaufnahmelager, in das sie ihn und seine Familie gebracht hatten, hatten sie ihm gesagt, dass auf dem Bau immer Leute gesucht würden. Markus und seine Frau waren sich einig gewesen, dass sie in den ersten Jahren keine großen Sprünge machen konnten. Nur die Kinder sollten ein paar Wünsche extra erfüllt bekommen. Was sollte schon schiefgehen. Dass Markus arbeiten konnte wie ein Tier, darüber wussten alle in der Brigade Bescheid. Wenn er drüben genauso anpackte wie hier, würde er es schneller zu was bringen als Kosake, dem anderen Abgang, den die Brigade gehabt hatte. Doch jetzt war Markus zurückgekommen, und von Kosake hatten sie nie wieder etwas gehört.

Was Scholle den anderen nicht sagte, war, dass er mit Markus des Öfteren telefonierte, seit er zurück war. Er versuchte herausfinden, was Markus drüben erlebt hatte und wollte daraus ableiten, was er machen sollte. Von allen, die er kannte, war Markus der Einzige, der jemals im Westen gewesen war. Was auch immer bei Markus danebengegangen war, Scholle wollte es für sich und seine Familie ganz gern vermeiden. Immerhin so viel wusste er schon, dass Bau drüben nicht besonders gut angesehen war. Da musste man wenigstens Bauleiter sein, dass sich das noch lohnte. Und eigentlich, wenn er so darüber nachdachte, seine große Liebe war dieser Beruf nicht. Er hatte auf dem Bau immer gutes Geld verdient, keine Frage. Aber das war auch schon der einzige Grund, weshalb er ihn erlernt hatte: Nirgends ließ sich so schnell und einfach Geld verdienen. Schon kurz nach der Lehre hatte er manchmal mehr rausgehabt als die meisten Studierten mit Ende dreißig. Aber jetzt? Markus erzählte, dass sie ihm drüben weniger gezahlt hätten als den Gastarbeitern. Er hatte Türken und Polacken gesagt, aber Scholle sprach lieber von Gastarbeitern.

Auch sonst war drüben alles anders. Die Westler sprachen anders, sie dachten anders. Als Ostler kommst du dir bei denen einfach nur blöd vor, hatte Markus gesagt.

Seit zwei Wochen war Markus wieder bei ihnen. Bis heute ließ er niemanden an sich heran. Vielleicht lockerten ihn das Bier und der Korn ja auf. Markus ackerte jetzt noch mehr als früher. So als hätte er entsetzliche Angst vor dem, was kam, was unweigerlich geschehen musste: dass der Westen ihn hier wiederfand.

Draußen hupte ein LKW. Hart wischte die beschlagene Scheibe des Bauwagens frei. Ein voll beladener LKW. Sie konnten arbeiten. Der Tag war gerettet. Auch Markus und der Rest der Brigade waren inzwischen gekommen. Hart verteilte die Bockwürste. Die Männer aßen und tranken, zogen ihre Wattejacken an und gingen auf die Baustelle. Scholle arbeitete sein Pensum ab, dann machte er Feierabend und fuhr nach Hause.

Am U-Bahnhof Otto-Grotewohl-Straße stieg er aus und lief hinüber zur Straße An der Kolonnade. Als er die Tür aufschloss, brannte Licht in allen Zimmern. Seine Kinder kamen auf ihn zugerannt und erzählten ihm, was heute in der Schule los gewesen war.

Für seine Tochter war das Wichtigste, dass es außer ihr noch niemand zu einer echten Barbie-Puppe mit so viel echtem Zubehör gebracht hatte. Timo erzählte von einem elektronischen Spielzeug, das jetzt alle in seiner Klasse hatten. Es beruhigte Scholle, dass Timo etwas gefunden hatte, das ihn interessierte. Dass er endlich aufhörte, still und verstört herumzuschleichen, wie er es die letzten Monate über getan hatte. Für Timo war es schwer, dass sich in der Schule alles änderte. Seine Lehrer begannen, unterschiedliche Meinungen zu haben, die noch dazu häufig wechselten. Plötzlich wurde er für Dinge gelobt, die ihm früher Ärger eingebracht hatten. Seine Lehrer fanden neuerdings Westfernsehen klasse und behaupteten, schon immer ARD und ZDF gesehen zu haben. Nur die privaten Kanäle fanden sie doof. Das irritierte Timo genauso sehr wie der Umstand, dass er nicht mehr zu den Pioniernachmittagen musste, von denen eben noch der Gang der Welt abhängig gewesen war.

»Wo ist Mutti?«, fragte Scholle.

»Die hat noch zu tun«, sprudelte es aus seiner Tochter heraus, »die war vorhin kurz da und hat uns Abendbrot gemacht und dann hat sie gesagt, dass sie noch mal nach Weltberlin geht und was besorgt.«

»Es heißt Westberlin«, verbesserte Scholle.

»Ja, und morgen soll es wieder Barbie-Häuser geben, da fahren wir dann zusammen dahin.«

»Wünsch ick euch viel Spaß.«

»Papa?«

»Ja?«

»Du hast ick gesagt.«

»Entschuldigung.« Scholle musste lächeln, obwohl ihn diese ewigen Ermahnungen nervten. Er berlinerte ja inzwischen kaum noch, eigentlich nur, wenn er aufgeregt war. Früher, also vor Petra, war ihm gar nicht aufgefallen, wie stark er seinen Heimatdialekt pflegte. Aber spätestens seit die Kinder da waren, achtete Petra darauf, dass er sich einer vernünftigen Sprache befleißigte. Und offensichtlich betrachtete es nun auch seine Tochter als ihre ureigenste Aufgabe, ihren Vater diesbezüglich zu ermahnen.

»Du weißt, dass Mutti das nicht will«, fügte sie hinzu.

»Da hast du völlig recht. Ist sonst noch was?«

»Was meinstn Papa, kann ich fürs Zeugnis 'n Mountainbike haben?«, fragte Timo.

»Klar«, sagte Scholle. »Mal sehen, was die kosten.«

»Logo«, nickte Timo nachdenklich. »Papa?«

»Was ist, Großer?«

»Kannst du nicht auch drüben arbeiten? Mutti sucht sich schon was. Dann verdient ihr beide richtiges Geld.«

»Muss mal sehen, ob die noch 'n tüchtigen Bauarbeiter brauchen können. Schon Hausaufgaben gemacht?«

Seine Kinder nickten. Scholle ging mit ihnen in die Küche, wo die vorbereiteten Abendbrotteller standen.

Seit er das Thema Geld angesprochen hatte, war Timo wieder still geworden. Zu gern hätte Scholle gewusst, was ihn beschäftigte. Überhaupt, diese in sich gekehrte Grübelei, wo kam die auf einmal her? So war Timo doch früher nicht gewesen. Scholle überlegte, ob das vielleicht etwas Präpubertäres war, ob er selbst in dem Alter so gewesen war. Von Petra jedenfalls war derlei nicht bekannt. Sie sei immer so wie Jessica gewesen, hieß es, und Scholle glaubte es aufs Wort. Alles an seiner Tochter erinnerte ihn an seine Frau. Sogar die Art, wie sie die Augen verdrehte, wenn ihr etwas nicht passte, war ihm vertraut.

Scholle sah seinen Kindern zu, wie sie ihre Brote aßen, dann schickte er sie ins Bett. Außer am Wochenende kam er normalerweise nicht dazu. Wann immer es ging, schrubbte er Doppelschichten. Der Wartburg, der als Nächstes dran war, wollte irgendwie bezahlt sein. Doch wenn er ehrlich war, hätte er lieber Zeit für die beiden gehabt.

Als sie nach ihm riefen und sagten, dass sie fertig waren, ging er zu ihnen ins Zimmer, deckte sie zu und gab ihnen einen Gute-Nacht-Kuss. Dann schaltete er das Licht im Kinderzimmer aus und zog die Tür hinter sich ins Schloss.

Petra hatte ihm einen Zettel an den Kühlschrank geklebt. Scholle hatte ihn nicht lesen wollen, solange die Kinder noch wach waren. Es stand ungefähr das darauf, was ihm Jessica schon gesagt hatte.

Sie war mit einer Freundin nach Westberlin gefahren, um sich umzusehen, ob sie irgendwo Arbeit fanden. Sie machten beide denselben Bürojob, Scholle kannte sich nicht aus in diesen Dingen. Er wusste nicht, ob es einen Unterschied machte, ob sie nun Sekretärinnen oder Sachbearbeiterinnen waren. Sie saßen beide den ganzen Tag an Schreibtischen, und wenn man sie anrief, störte man sie selten bei irgendwas. Gut, Scholle rief nicht oft bei seiner Frau an. Es war umständlich, er musste dazu ins Bauleiterbüro, wo alle zuhören konnten. Überhaupt telefonierte er nur ungern. Er wusste selten, was er sagen sollte und wie er es sagen sollte. Er holte auf umständliche Art die benötigte Auskunft ein und legte auf, meist, ohne sich zu verabschieden.

Scholle fand es gut, dass seine Frau nach einem Job in Westberlin suchte. Je früher, desto besser. Wenn sie nach Hause kam, wollte er sie bitten, ihm die Zeitungen mit den Stellenanzeigen aufzuheben, damit er am Wochenende nachsehen konnte, ob etwas für ihn dabei war.

Er ging ins Wohnzimmer und schaltete den Fernseher ein. Er wusste nicht so richtig, was er mit sich anfangen sollte. Ihm fiel Hotte ein, ein Kumpel, der hier in der Gegend wohnte. Hotte war Klempner, ein Beruf, mit dem man für besseres Geld vielleicht auch in Westberlin arbeiten könnte. Was Markus über den Westen erzählte, das konnte so einfach nicht stimmen. Er musste es selbst ausprobieren.

Scholle schaltete den Fernseher aus und nahm im Flur seine Jacke vom Kleiderständer. Weiter vorn an der Friedrichstraße war eine Kneipe. Möglich, dass Hotte Lust auf ein Bier hatte. Gemeinsam ließ sich die Zukunft viel besser planen.

5

Ein paar Monate später saß Hotte in der Filiale der Sparkasse in der Leipziger Straße und trommelte mit seinen dreckigen Fingern auf dem Tisch. Er war jetzt das vierte Mal hier. Hotte hasste es, in kleine Zimmer eingesperrt zu sein und warten zu müssen.

Vorige Woche war er in Westberlin bei der Deutschen Bank gewesen. Das hatte ihm besser gefallen. Ein großer Raum mit vielen Tischen, ein paar Sitzgruppen zwischendurch, Grünpflanzen. Es war beinahe wohnlich gewesen im Vergleich hierzu. Nur einen Kredit gab man ihm dort nicht. Man gab ihm nicht einmal ein Konto. Tendenziell jedoch fühlte sich Hotte bei der Deutschen Bank eher zu Hause als hier. Bei der Sparkasse hatten doch nur Sozialhilfeempfänger ihre Konten. Und Leute wie er, die woanders nicht kreditwürdig waren. Noch nicht. Alles nur eine Frage der Zeit.

Für die Sparkasse dagegen war klar, dass er als Ostberliner, bislang angestellter Klempner bei einer kleinen Handwerksfirma, keine großartigen Sicherheiten bieten konnte. Dass er mehr auf der Basis gefühlter Sicherheiten unterwegs war. Er brachte zwar eine Immobilie ein, ein Grundstück in einer Stadtrandsiedlung draußen in Weißensee, aber hier stand die Bewertung noch aus. Hotte verstand als Sicherheit, dass er das Häuschen dort selbst gebaut hatte. Es war eine Sicherheit in dem Sinn, dass er von dem Handwerk, mit dem er sich selbständig machen wollte, tatsächlich etwas verstand; dass er genau genommen sogar mehr als nur das eine Handwerk beherrschte. Schließlich war er ja Klempner; dass er außerdem mauern und Dächer decken konnte, war doch genau das, was die hier diversifizieren nannten: Wenn es mit dem Klempnern nicht klappte, konnte er immer noch als Maurer gehen. So viel Sicherheit, rein beruflich, kriejense bei 'nem Zahnarzt nicht. So muss mans doch mal sehen.

Bei der Deutschen Bank hatten sie ihm gesagt, dass er seine Laube, seine Datscha oder wie auch immer man so ein Gartenhäuschen im Osten nannte, getrost behalten könne. Bei der Sparkasse dagegen wusste man, wie die Verhältnisse nun einmal waren. Und für Hotte sollte ein Traum in Erfüllung gehen.

Er war Mitte dreißig, die Mauer war im richtigen Moment gefallen. Er war im besten Alter, um seinen eigenen Laden, seinen eigenen Betrieb aufzubauen: Horst Kaminsky, Gas-Wasser-Scheiße. Genauso deutlich war sein Firmenkonzept. Zwei, drei Leute, ein paar Maschinen, Werkstattwagen und los gehts. Bei dem, was im Osten alles kaputt war, konnte das gar nicht schiefgehen. Sicher, er wusste noch nicht, was er im Einzelnen für die Aufträge berechnen sollte. Aber das würde sich einpendeln im freien Spiel des Marktes. Für die Kalkulation, die seinem Kreditantrag zugrunde lag, hatte er sich an dem orientiert, was in seiner alten Firma genommen worden war. Aber das war natürlich alles viel zu klein gedacht. Für den Westen brauchte man Visionen. Er hatte alles darüber gelesen. Im Westen hatten alle Firmenchefs Visionen. Jeder wusste, wie seine Firma in zehn oder zwanzig Jahren aussehen sollte. Auch Hotte begann, Visionen zu entwickeln. In der Schalterhalle der Sparkasse hatte er die weißen Platten an der Decke gesehen, aus denen seit Jahren der Asbest rieselte. Fertig war Hottes Vision: Erst riss er überall die alten Bleirohre raus, dann war der Asbest dran. Und wenn er den Osten praktisch im Alleingang saniert hatte, dann war er auch saniert. So einfach war die Sache. Dann fehlte ihm nur noch eine Vision für seinen Ruhestand. Alles in allem: Bei dem, was hier in den nächsten Jahren zu verdienen war, nahmen sich die paar hunderttausend, die er für den Anfang brauchte, geradezu läppisch aus.

»Wo bleiben Sie denn, ick hab Termine!«, rief Hotte in Stadionlautstärke in den Flur hinaus, wo er irgendwo seinen Kreditsachbearbeiter vermutete. Wenn ihm früher etwas zu lange gedauert hatte, hatte er gedroht, eine Eingabe zu schreiben. An den Magistrat, an die Volkskammer oder an Erich Honecker. Diese Eingaben waren sein Lebensmittel gewesen. Mit Eingaben hatte er die Wohnung An der Kolonnade bekommen, Eingaben hatten ihm ein Telefon beschert und mittels Eingaben hatte er Urlaubsplätze ergattert. Was Eingaben anging, war er ein gewiefter Hund gewesen. Ein Künstler beinahe. Seine Einstiegsdrohung war immer gewesen, dass er das nächste Mal nicht zur Wahl gehen würde. Dann ließ er durchblicken, dass er Westjournalisten Abschriften seiner Eingaben zuspielen könnte. Der absolute Paukenschlag war immer der Ausreiseantrag gewesen. Doch ausgerechnet dieses Argument war in den Achtzigerjahren etwas schlaff geworden, nachdem alle möglichen Leute angefangen hatten, ihre Ausreise ins Spiel zu bringen. Wenn es möglich gewesen wäre, hätte Hotte auch deswegen eine Eingabe geschrieben. Immerhin galt er, Hotte Kaminsky, als einer der Erstnutzer dieser Drohung, wenn nicht sogar als ihr Erfinder. Schon in den Siebzigerjahren hatte er damit hantiert, weshalb er sich auch als das eigentliche Urgestein der Bürgerbewegung sah. Er hatte schon Widerstand geleistet, als Bärbel Bohley noch in ihrem Malkasten herumgekrabbelt war. Insofern war es skandalös, dass ihn nach dem Mauerfall niemand für ein öffentliches Amt vorgeschlagen hatte. Aber der

Zorn darüber war inzwischen verraucht, das war vorbei, vergeben und vergessen, er hatte jetzt ohnehin keine Zeit mehr dafür.

»Junger Mann!«, rief Hotte. »Ick kann auch woanders hinjehen! Ick muss Maschinen kaufen, meine Leute warten, meine Kunden jenauso. Dit muss doch hier mal irjendwie vorwärtsjehn!«

Hotte hörte Schritte.

»Herr Kaminsky, es hat einen kleinen Augenblick gedauert.«

»Dit hab ick jemerkt.«

Der Sachbearbeiter setzte sich hinter seinen Schreibtisch.

»Aber das Warten hat sich gelohnt. Sehen Sie hier«, er schob Hotte ein Papier zu, »wir haben eine Förderkonstruktion gefunden, ERP-Mittel, sagt Ihnen das etwas?«

»Wissen Sie, watn Blindflansch iss?«

»Nein.«

»Sehnse. Ick mein, hat eben jeder so seins.«

»Gut. Wir beleihen Ihr Häuschen mit einem sehr großzügigen Betrag, den Sie dieser Spalte hier entnehmen können. Dieser Betrag ist als Eigenkapital notwendig, ohne den Sie diesen Kredit nicht bekommen können. Ist Ihnen das so weit klar?«

Der Sachbearbeiter sah von dem Papier zu Hotte und hatte Zweifel daran, ob Hotte tatsächlich verstand, was er ihm erklärte. Aber darum ging es nicht. Sein Chef hatte dieses Vorgehen abgenickt, und er selbst hatte zeigen können, was für ein kreativer Kopf er war. Dieser Kredit war haarscharf auf der Außenkante des Zulässigen bewilligt worden. Und das war es, worauf es ankam. Es gab viele interessante Bereiche in der Finanzwelt. Er wollte nicht ewig bei der Sparkasse hängenbleiben. Also erklärte er Hotte geduldig die Einzelheiten des Kredites, der aus einer Menge Geld und noch wesentlich mehr Hoffnung bestand.

6

Vor der Sparkasse, nur wenige Meter von dem Schreibtisch entfernt, an dem Hotte gerade seinen Kreditvertrag unterschrieb, stand Scholle und wartete.

Die Währungsunion war erst ein paar Tage alt. Überall stand man sich die Beine in den Bauch, wenn man Bargeld brauchte. Scholle hatte Urlaub, deswegen musste er das hier erledigen. Petra jobbte in einem Büro in Westberlin. Mit einem Mal war sie es, die das richtige, das große Geld verdiente. Sie hatte inzwischen auch ein Konto drüben. Aber bis dort das erste Geld einging, dauerte es noch bis Anfang August. Also stand Scholle in der bratenden Sonne und wartete. Nur langsam rückte er in der Schlange vorwärts.

»Scholle, Junge, wat machste denn hier?«, fragte Hotte, als er aus der Sparkasse kam.

»Ach, Hotte. Hab dich gar nicht gesehen. Brauchst du auch Geld?«

»Nee, ick bin versorgt. Komm, lass uns ’n Bier trinken.«

»Geht nicht. Wir brauchen Bares, ich hab Petra versprochen, mich drum zu kümmern.«

»Wie viel brauchste denn?«

»Zwei-, dreihundert will ich holen.«

»Ja, komm, die pump ick dir.« Hotte wedelte mit einem Packen Geldscheine. »Jibste mir wieder, wenn hier wieder Ruhe rinjekommen iss.«

Scholle griff nach den Scheinen. Nur raus aus der Sonne.

»Und dit Bier jeht sowieso uff mich«, sagte Hotte.

»Hast du was gewonnen?« Scholle steckte das Geld ein.

»Erzähl ick dir, erzähl ick dir allet haarklein. Aber erst mal brauchen wa wat jejen den Durscht.«

Sie gingen in einen Biergarten auf der anderen Straßenseite. In dem tschechischen Spezialitätenrestaurant, zu dem er gehörte, hatte man zu Ostzeiten kaum einen Platz bekommen. Doch jetzt hielten die Leute ihr Geld zusammen. Hotte und Scholle waren die ersten Gäste des Tages. Sie bekamen lauwarmes Bier, reklamierten lautstark und zogen weiter nach Kreuzberg. Auf dem Weg erzählte Hotte von seinem Kredit. Etliche Biere und viele Stunden später landeten sie in einer Kneipe, die durchgehend vierundzwanzig Stunden geöffnet hatte. Dort tranken sie sich endgültig fest. Um zu zeigen, wer der Chef war, legte Hotte ein paar Scheine auf den Tisch und lud alle ein, die am Tresen standen. Moni, die Wirtin, versprach Bescheid zu geben, wenn das Limit erreicht war.

»Musst du hier den Maxen machen?«, fragte Scholle.

»Maxen? Wer macht hier den Maxen? Du musst zeijen, dassde wat bist, denn looft och die Bude. Und die paar Kröten, die sinds ja nun wirklich nich.«

Scholle sah ihn an, den kleinen drahtigen Hotte, der neben seinem Hocker stand, Bier trank und das Interesse der anderen genoss. Jemand fragte ihn nach seiner Visitenkarte. Er kenne jemanden in einer Hausverwaltung. Wenn Hotte wolle, könne er da sicher einen Deal einfädeln. Hotte schrieb seinen Namen und seine Telefonnummer auf einen Bierdeckel. Auf einen zweiten Bierdeckel schrieb er, dass er Visitenkarten brauchte.

»Siehste«, raunte er Scholle zu, »zahlt sich immer aus, wenn man wat investiert. Und wenns nur ’n paar Bierchen sind.«

Scholle nickte. Er fühlte sich benommen. Das lag sicher am Bier, aber auch an den Stunden, die er am Nachmittag in der Sonne gestanden hatte. Und daran, dass er begriff, dass Hotte es besser machte, dass er es schon immer besser gemacht hatte. Hotte hatte Kontakte gehabt; bei ihm hatte es nie an irgendetwas gefehlt. Aber erst jetzt in der Kneipe kapierte es Scholle. Hotte kannte unzählige Leute, die etwas bewegen konnten. Alles über die Jahre gewachsene Beziehungen. Gleich nach dem Mauerfall hatte er in Lichtenberg einen Puff ausgebaut. Das war nur ein Beispiel. Den Puff gab es seit Jahren, illegal natürlich, aber selbstverständlich hatte Hotte den Laden gekannt. Als die Betreiberin dann richtig loslegen wollte, hatte er sofort den Fuß in der Tür gehabt. Scholle kannte solche Läden selbstverständlich nicht. Aber was Hotte so erzählte, wie er da alles eingerichtet hatte, das klang ziemlich beeindruckend. Nach dem Puff hatte er eine Imbissbude und eine Zahnarztpraxis ausgebaut. Alles schwarz natürlich. Genauso, wie er es im Osten gemacht hatte. Mit denselben Leuten wie früher. Der Zahnarzt hatte Hottes Zähne überkront, dafür hatte Hotte in dessen Haus ein neues Bad eingebaut. So war es immer gelaufen, und so lief es weiter. Scholle wusste noch, wie verblüfft damals alle gewesen waren. Von einem Tag auf den anderen hatte Hotte hellgelbe statt dunkelgelber Zähne gehabt. Und jetzt? Hotte würde es packen, da gab es keinen Zweifel. Scholle kam ins Grübeln, ob er für die Zeit, die jetzt anbrach, der Richtige war. Als er mit Hotte vor ein paar Wochen in der Kneipe weiter oben in der Friedrichstraße gewesen war, um zu beratschlagen, was nun werden sollte, war Hottes Plan bereits fix und fertig gewesen. Hotte hatte gleich gesagt, dass er Scholle nicht dabeihaben wollte. Jetzt solle mal schön jeder seins machen, nix mehr Kollektiv. Scholle begriff, dass er allmählich in die Spur kommen musste. Petra hatte etwas Neues gefunden. Hotte baute mit einem riesigen Kredit seine eigene Firma auf. Sogar die beiden Lehrlinge aus dem Wohnungsbaukombinat waren längst über alle Berge. Sie arbeiteten jetzt in Köln als Warm-Upper beim Fernsehen. Warm-Upper. Schon wieder so ein Begriff, den Scholle nicht kannte. Er trank das nächste Bier und hielt sich am Tresen fest. Und als er merkte, dass ihm übel wurde, dachte er nur: Nicht mal saufen kannst du. Nicht einmal das.

7

Anfang Oktober, kurz nach sechs Uhr morgens, joggte Conrad Goergens durch den Tiergarten. Er zwang sich, nicht an die Uferpromenade zu denken, an das Siebengebirge, den glitzernden Rhein. Er war jetzt Neuberliner. Doch mit etwas Glück war das hier sein letzter Fronteinsatz.

Begriffe wie Fronteinsatz klebten an ihm. Sie waren sein Stallgeruch. Seine Karriere, seinen Aufstieg im Wirtschaftsministerium, in dem er als rechte Hand des Ministers arbeitete, verdankte er der Bundeswehr. Seine Mutter hatte ihn nach dem Krieg allein durchgebracht, sein Vater war bei Stalingrad gefallen. Als in den Fünfzigerjahren die Bundeswehr aufgebaut wurde, hatte er die Möglichkeiten gesehen, die sich aus einer Offizierslaufbahn ergaben. Anfang der Siebziger war er ins zivile Fach gewechselt. Nach Stationen im Außen- und Innenministerium war er nun einer der Spitzenbeamten im Wirtschaftsministerium.

Doch obwohl er seit seinem Abschied von der Bundeswehr alles mied, was mit dem Militär zu tun hatte, war er bestimmte Ansichten und Begriffe nie wieder losgeworden. Deshalb entsprach auch sein Wechsel nach Berlin dieser militärischen Denkweise. Es war Dienst am Vaterland, den er hier leistete. Dass er, der Sohn eines gefallenen Postbeamten und einer berufslosen Mutter, es so weit gebracht hatte, würde er diesem Land nie vergessen. Genauso wenig wie die Armut, in die er hineingeboren worden war. Während seiner Zeit im Außenministerium hatte er die Welt gesehen. Er hatte Indira Gandhi getroffen, Jimmy Carter und den Tenno. Als die Welt auf den Atomkrieg zusteuerte, hatte er mit Breschnews Leuten oben auf dem Petersberg Wodka getrunken. Wenn das Vaterland ihn nun in Berlin brauchte, dann sei's drum, er wollte sein Bestes geben.

Seine Stoppuhr piepte, Goergens machte kehrt und trabte zurück zur Straße An der Kolonnade. Man hatte ihm über die Stadt verteilt einige Wohnungen angeboten. Doch aus mehreren Gründen hatte er sich gegen Wilmersdorf und Charlottenburg entschieden: Er kannte Ostberlin nicht, er wusste nicht, wie es sich im Plattenbau lebte, wie die Eliten des Ostens gewohnt hatten. Er schloss die Haustür auf und lief die Treppen zu seiner Wohnung hinauf.

Drinnen roch es nach frischem Kaffee. Die Kaffeemaschine verfügte über eine Zeitschaltuhr. Goergens hatte sie so programmiert, dass sie sich genau fünf Minuten vor Ende seines Morgenlaufes einschaltete. Er schloss die Wohnungstür hinter sich ab, zog seine Sportsachen aus und warf sie in die Waschmaschine. Er drückte die Knöpfe für den Waschgang und das Trocknerprogramm, dann stieg er in die Badewanne und duschte.

Es war gewiss nichts Ungewöhnliches, in der Badewanne zu duschen. Dennoch war er verblüfft gewesen, dass es hier nicht einmal eine separate Dusche gab. Dafür, dass man ihm die Wohnung ausdrücklich als Luxusobjekt angepriesen hatte, hielt sich der Komfort in Grenzen. Letztlich war es ihm egal, es wunderte ihn nur. Denn eigentlich passte dieses Bad ganz gut zu der spartanischen Einrichtung, die er mitgebracht hatte: In seinem Schlafzimmer gab es ein Bett für eine Person und drei Kleiderkisten. In einer hingen seine Anzüge für das Büro, in der zweiten seine Freizeitsachen und in der dritten seine Sportklamotten. Im Wohnzimmer standen ein Fernseher und ein Videorekorder, eine sehr gute Stereoanlage, ein

Sofa und ein Tisch. In der Küche stand ebenfalls ein Tisch, darauf die Kaffeemaschine. Es gab einen Kühlschrank und eine Kiste Mineralwasser. Doch so karg das alles wirkte, es gab etwas, auf das Goergens nie verzichtete. Im Wohnzimmer hing ein kleines Gemälde von Jackson Pollock. Es begleitete ihn überallhin, wo er vorübergehend wohnte. Er hatte es in New York bekommen, Ende der Sechzigerjahre. Es war schon damals ein mittleres Vermögen wert gewesen. Goergens interessierte sich nicht für die Wertentwicklung des Bildes. Er liebte es ganz einfach. Es zu betrachten, hatte für ihn die Züge einer Meditation.

Er goss sich eine Tasse Kaffee ein, schaltete den Fernseher ein und spulte die Videokassette zurück, auf der die Nachrichtensendungen der letzten zwölf Stunden aufgezeichnet waren. Als die Kassette auf Anfang stand, drückte er den schnellen Vorlauf. Seine Augen waren geübt darin, die für ihn interessanten Meldungen herauszufiltern. Kam etwas, stoppte er kurz das Band, sah sich den Beitrag an und spulte weiter.

Es war sein Job, die Arbeit seines Ministeriums zu verkaufen. Er hatte es immer so gehalten, dass an erster Stelle das Ministerium stand. Niemals der, der es führte. Diese Loyalität hatte ihm das Vertrauen aller Minister eingebracht, die er im Laufe seiner Dienstzeit erlebt hatte. Es war das Ministerium, das den Minister glänzen ließ, nicht umgekehrt.

Noch während die letzte Meldung lief, sprach er den ersten Text auf sein Diktiergerät. Wenig später holte ihn sein Fahrer ab. Im Wagenfond lagen die Tageszeitungen für ihn bereit. Goergens las sie auf dem Weg zum Ministerium. Als sie dort ankamen, öffnete ihm der Fahrer die Wagentür, Goergens stieg aus und fuhr hinauf in sein Büro, wo er seiner Sekretärin das besprochene Diktiergerät zur Abschrift gab. Auf seinem Tisch lagen die Mappen für den heutigen Tag. Er warf einen Blick in seinen Terminkalender. Gegen Mittag war ein Treffen mit einem Professor aus Bayern eingetragen, der als Berater für die Treuhand arbeitete. Goergens wusste nicht viel über diesen Mann. Doch er schien wichtig genug zu sein, dass man ihm einen Termin gegeben hatte.

8

Scholle stand hinter der Baracke und kotzte. Er vertrug das Durcheinandertrinken nicht. Bier und Schnaps, das ging; aber Bier, Weinbrand, Rotwein, Klarer und dann auch noch Likör, das war ihm noch nie bekommen. Auch hier in Hürth bei Köln nicht.

Sein Baukombinat war abgewickelt worden. Der halbe Osten war arbeitslos. Scholle hatte die Initiative ergriffen und war dahin gegangen, wo die Jobs waren. Man könnte auch sagen, Petra hatte ihn dorthin geschickt. Scholle hatte es eigentlich ganz angenehm gefunden, Geld dafür zu bekommen, dass er zu Hause blieb. Gründe, sich nichts zu suchen, gab es genug. In Berlin sowieso. Es gab immer jemanden, der erzählte, dass es entweder keine Jobs gab oder weshalb man irgendwo besser nicht anfing, weil die nicht zahlten oder etwas anderes nicht stimmte.

Als Petra ihm gesagt hatte, er solle endlich etwas tun, wenn nicht in Berlin, dann eben da, wo alle hingingen, hatte er erst Markus anrufen wollen, damit der Petra Bescheid gab, dass im richtigen Westen alles noch viel beschissener war. Doch Petra war darauf nicht eingestiegen. Sie hatte Markus einen Loser genannt.

Jetzt arbeitete Scholle seit zwei Monaten in Hürth bei Köln und zog irgendeinen Gewerbebau hoch.

In der Schule hatte er gelernt, dass zwar die Könige in die Geschichtsbücher eingingen, dass aber er es war, Scholle, der Bauarbeiter, der die Städte und Häuser errichtete. Er war der wirklich Wichtige. Ohne ihn, den Arbeiter, gebe es auch über die Könige nichts zu schreiben. Scholle hatte das Brechtsche Gedicht mal auswendig gekonnt. Es war sein Selbstverständnis gewesen, sein ganzes Leben lang. Mochten andere König sein, er war der König über den Königen. So hatte er das gesehen. Nur hier in Hürth interessierte das niemanden. Loser oder nicht, Markus hatte recht gehabt. Im Westen wurde man behandelt wie der letzte Dreck. Und Brecht konnte ihn mal gerne haben.

Scholle war bei den Stahlflechtern gelandet. Die Firma, bei der er angefangen hatte, kannte keine Plattenbauweise. Scholle hatte es erklärt so gut es ging, aber irgendwie war dabei nicht das herausgekommen, was er erwartet hatte. Am brauchbarsten war er für seine neue Brigade, wenn er für alle in einem der riesigen Billigkaufparks rings um Köln einkaufen ging. Auf der Baustelle kam er nicht hinterher, seine Hände waren kaputt und aufgerissen, und mit den dicken Binden, die er darumgewickelt hatte, schaffte er erst recht nichts mehr. Seine Kollegen, die allesamt aus Rumänien kamen und mit denen er sich die Unterkunft in der Baracke teilte, lachten über ihn. Das Schlimmste aber waren die Freitage, an denen sie abends zusammen kochten und soffen.

Es war ja nicht so, dass Scholle nichts trank, nur diese Art des Trinkens hielt er nicht durch. Seine Kollegen kippten alles durcheinander, bis nichts mehr da war. Es war wie bei der Armee: Scholle musste mitmachen, er brauchte die anderen, damit er den Job behielt. Die Frage, warum er ihn überhaupt behalten wollte, konnte er nicht beantworten. Er kam nicht mehr dazu, über irgendetwas anderes nachzudenken als sein eigenes Überleben.

Vor ein paar Tagen war ein Brief von Petra gekommen. Er hatte ihn stolz den anderen gezeigt. Post von der Familie war immer heiß ersehnt. Dennoch hatte Scholle ihn nicht geöffnet. Er hatte so getan, als wüsste er, was drinstand: Dass seine Frau und seine Kinder am Wochenende vorbeikämen und sie dann alle zusammen ins Phantasialand nach Brühl fahren würden. Die anderen hatten genickt und gewusst, dass es nicht stimmte.

Scholle richtete sich auf und hatte den widerlichen Geschmack von Erbrochenem im Mund. Er ging in den Waschraum und putzte sich die Zähne. Dann kehrte er ins Zimmer zurück und legte sich auf sein Bett. Bevor er einschlief, rieb er sich die Hände mit der Salbe ein, die ihm ein Apotheker empfohlen hatte und die tatsächlich zu helfen schien. Dann war er weg.

Am nächsten Morgen suchte Scholle in den Resten auf dem Tisch nach etwas Essbarem. In einem Topf war Bohnensuppe. Er aß sie auf. Dann nahm er seine Jacke, steckte den Brief von Petra ein, schlich aus dem Zimmer und lief zur Straßenbahn. Er wollte tatsächlich nach Brühl fahren. Er musste dieser miefigen Baracke entkommen; der entsetzlichen Langeweile der Wochenenden. Als er in der Bahn saß, zog er den Brief aus der Jacke. Er riss ihn auf und las. Es war nicht so, dass es ihn umwarf.

Petra hatte einen neuen Job gefunden. Diesmal zog es sie nach Süddeutschland. Sie schrieb, es sei vor allem wegen der Kinder. Sie müssten raus aus Berlin. Petra schrieb, dass es ihr scheißegal sei, welcher Lehrer den anderen bespitzelt habe, was sonst noch für Sauereien gelaufen seien. Dass Einzige, was zähle, sei, ob sie den Kindern das vermitteln konnten, was heutzutage gebraucht wurde. Ob sie sie fit für die Zukunft machen konnten. Und da hatte sie so ihre Zweifel. Denn woher sollten die ganzen Ostlehrer denn plötzlich wissen, was ein Kind im Westen lernte? Es ging nicht um Mathe oder Chemie. Es ging um die Einstellung zur Welt. Und was sie da seit der Wende mit der Schule erlebt habe, das gehe auf keine Kuhhaut mehr. Da würde der gleiche Stiefel gefahren wie früher, allen Beteuerungen zum Trotz. Petra wollte nicht, dass Jessica und Timo die Köpfe zugemüllt bekamen. Deshalb zogen sie jetzt alle drei um. Scholle las es und nickte. Er konnte das alles nachvollziehen. Er wusste ja, wie schwer es ihm fiel, sich auf die neue Zeit einzustellen. Wenn er sich ansah, was aus ihm in so kurzer Zeit geworden war, wie er abrutschte, wieder berlinerte und nicht in der Lage war, etwas dagegen zu unternehmen. So gesehen verstand er, dass es auch den Lehrern schwerfiel, sich an all das Neue zu gewöhnen. Aber Petra hatte dafür eben kein Verständnis. Und Scholle war ziemlich sicher, dass sie auch ihn meinte, wenn sie so von den Lehrern schrieb. Dass auch er den Kindern nicht guttat. Wie gesagt, verstehen konnte er es. Die letzten zwei Jahre waren nicht gut gelaufen; erst recht nicht nach Petras Maßstäben. Insofern hatte sich der Umzug seit Längerem angedeutet. Doch wenn Petra bisher gesagt hatte, dass sie aus Berlin rauswolle, hatte Scholle immer geantwortet, solange er noch seinen Job im Baukombinat habe, komme das überhaupt nicht in Frage. Er hatte ihr alles über Kündigungsschutz, Betriebszugehörigkeit und Abfindung erklärt, genau so, wie er es von Hart gehört hatte und wie es in den Zeitungen stand. Auch vom Fachkräftemangel erzählte er, zu dem es unweigerlich kommen würde, wenn alle in den Westen gingen. Inzwischen waren alle im Westen. Er und Hart waren die letzen Mitarbeiter des ehemaligen Baukombinates gewesen. Natürlich bauten sie schon lange nichts mehr, auch von einer Abfindung war nicht mehr die Rede. Jetzt hielt sich Scholle an den Rat einer ostdeutschen Ministerin, die gesagt hatte, dass die Leute sich nach ihrem arbeitsreichen Leben endlich einmal ausruhen sollten.

Petra hatte gekocht vor Wut.

Was Scholle aus dem Brief erfuhr, war also das Ergebnis einer schleichenden Erosion. Vollständig wurde das Bild allerdings, als er las, dass Petra jemanden kennengelernt habe, der ihr und den Kindern den Neuanfang erleichtern würde. Ihr Neuer besaß ein Haus und einen mittelständischen Betrieb, der Teile für den Automobilbau herstellte. Herzlichen Glückwunsch, dachte Scholle. Und die Hände hast du dir heute Morgen auch nicht eingesalbt. Denn als er den Brief losließ, riss die frische Haut seiner Handinnenflächen wieder auf. Es brannte wie Feuer.

Scholle hatte immer versucht, sich vorzustellen, wie es sein würde, wenn Petra ihn verließ. Wenn sie gestritten hatten zum Beispiel. Seine Fantasie hatte nie dafür gereicht. Jetzt schien alles so folgerichtig zu sein, dass er nicht den geringsten Anlass sah, etwas dagegen zu unternehmen. Es war doch richtig, was sie tat. Für die Kinder war es ganz bestimmt das Beste. Nur was er machte, was er hier in Hürth machte, erklärte sich nicht. Wenn er Petra zurückgewinnen wollte, wenn er seine Kinder wiedersehen wollte, dann musste er endlich auf die Füße kommen, egal wie.

Als er seinen rumänischen Kollegen am Abend erzählte, dass er am Montag nicht mehr auf die Baustelle kommen würde, wollten sie nicht wissen warum. Sie reagierten so, als hätten sie nichts anderes erwartet. Scholle kochte und trank noch einmal mit ihnen, und als er am Montagmorgen zu seinem Chef ging und ihm sagte, dass er kündige, schien auch der nichts anderes erwartet zu haben.

9

Jens hatte eiserne Prinzipien gehabt. Eines davon war gewesen: Du darfst die Frau verlieren, aber nie die Wohnung. Eine neue Frau bekommst du schnell, eine neue Wohnung dauert Jahre.

Doch seit er mit Jenny zusammen war, kamen ihm Zweifel an diesem Prinzip. Es verblüffte ihn, wie angstfrei er wurde.

Sie waren zusammengezogen. Seine alte Wohnung in Lichtenberg hatte er aufgegeben. Was hatte diese Wohnung für ihn bedeutet! Jahre hatte er auf sie gewartet. Als er über Prag in den Westen gegangen war, hatte er sie behalten. Eine Kündigung unter Verweis auf die bevorstehende illegale Ausreise wäre wohl schwierig geworden. Auch der Dauerauftrag für die Miete war weitergelaufen, niemand sollte Verdacht schöpfen, dass er irgendeine Veränderung plante. Das Geld auf seinem Konto hätte für zwei Jahre gereicht. Achthundert Mark. Die brauchte er jetzt in anderthalb Monaten.

Als er und Jenny nach Berlin zurückgekommen waren, war es ganz angenehm gewesen, die Wohnung noch zu besitzen. Bei ihr im Studentenwohnheim in Dahlem war es zu beengt. Sie besuchten sich täglich, aber mit der Zeit wurde die ewige Fahrerei lästig. Und irgendwie war es auch so, dass Jens einsah, nun ja, dass er Jenny liebte. Früher waren seine Gefühle für Frauen immer schnell verblasst. Aber je länger er mit Jenny zusammen war, umso intensiver wurden sie. Eine Zeit lang hatte er Tagebuch geführt, um sich der Sache besser bewusst werden zu können. Nach Auswertung des ersten Bandes stand fest: Es war ein klarer Fall von Liebe. Das war das größte Eingeständnis, das Jens jemals gemacht hatte. Bei allen Frauen davor hatte sich nach einer Weile seine Lebensfrage zurückgemeldet, die da lautete: Was soll ich tun? Bleiben oder es sicherheitshalber doch noch mit einer anderen probieren? Bei Jenny war alles anders. Und daraus ergab sich, dass es auch ihn ziemlich bald nervte, halbe Tage damit zu verbringen, zueinander zu kommen. Sie hatten versucht, mal in Dahlem, mal bei ihm in Lichtenberg zu wohnen, aber das hatte nicht funktioniert. Dazu kam: In dem Haus, in dem Jens wohnte, hatte es schon immer einen kleinen, illegalen Puff gegeben. Unauffällig, in einer Wohnung in der ersten Etage, niemand hatte sich daran gestört. Doch gleich nach der Wende hatte sich der Laden über die gesamte Etage ausgebreitet. Geli, die Puffmutter, hatte kurzerhand drei Wohnungen zusammengelegt. Niemand fragte damals nach Genehmigungen, und wer schnell genug vollendete Tatsachen schuf, hatte gute Aussichten, Dinge für die Ewigkeit einzurichten. Und seitdem fraß sich das Etablissement Etage für Etage durch das Haus. Geli zahlte jedem, der freiwillig auszog, einen hübschen kleinen Betrag. Und so war Jens' Wohnung bald eingerahmt gewesen von Oasen der Lust und der bizarren Erfahrungen. Die Freier hielten Jenny regelmäßig für Frischfleisch, was genauso regelmäßig zu Handgemengen zwischen den Freiern und Jens führte. Deshalb saßen Jens und Geli eines Tages beisammen und überlegten, wie sie das Problem aus der Welt schaffen könnten. Jens, inzwischen ebenfalls Student der Politologie, brauchte zum einen Geld und zum anderen Ruhe. Geli dagegen wollte nichts lieber, als in dessen Mietvertrag einzusteigen. Und so besorgte sie eine große und preiswerte Wohnung für Jens und Jenny, bezahlte den Umzug und legte noch ein bisschen was für das erlittene Ungemach oben drauf. Der Umzugswagen kam, fuhr erst nach Dahlem, dann nach Lichtenberg und schließlich nach Mitte. Jens und Jenny zogen in eine riesengroße Wohnung an der Friedrichstraße, am Rande des neuen Regierungsviertels, inmitten angesagter Clubs und immer nobler werdender Restaurants und Geschäfte. Dass sich die beiden Studenten eine Wohnung dieser Größe in dieser Lage leisten konnten, lag an dem klitzekleinen Haken, den sie hatte: Sie lag direkt über der Kneipe Zur Bärenklause. Und was das bedeutete, sollten sie ziemlich bald erfahren.

10

Hottes Büro war ein Schreibtisch am Ende des Flurs. Hier standen sein Faxgerät und sein Taschenrechner, hier stand die Schreibmaschine, auf der er seine Post erledigte. Auf dem Boden daneben stapelten sich die Briefe und Faxe, die er bekam. In letzter Zeit war es vor allem anwaltliche Post. Umschläge mit einstweiligen Verfügungen und Unterlassungserklärungen, die er unterschreiben sollte.

Er musste dringend sein Akquisekonzept überdenken. Es genügte einfach nicht mehr, irgendwo reinzupoltern und die Ostkonkurrenz als Stasibuden zu beschimpfen. Allmählich wurde die Ecke im Flur zu klein für die Probleme, die sich aus diesem Ansatz ergaben.

Als er am Nachmittag nach Hause gekommen war, hatte er sich an den Schreibtisch gesetzt und den Kopf auf beide Hände gestützt. Er war ratlos. Für gewöhnlich fiel ihm immer etwas ein, wenn er hier saß. Doch anders als sonst erlöste ihn heute kein rettender Gedanke.

Tagsüber war er auf seinen Baustellen gewesen, dann war er zur Deutschen Bank gefahren. Er hatte ein wenig von dem Geld anlegen wollen, das von seinem Sparkassenkredit noch übrig war. Er hatte zwei Werkstattwagen und einen 7er BMW gekauft. Der Rest sollte seine stille Reserve sein. Der Sparkasse vertraute er nicht. Er wollte nicht, dass man dort wusste, wie viel er noch besaß. Womöglich verpfiffen die ihn beim Finanzamt. Wie das Finanzamt gehörte die Sparkasse ja zur Stadt, gewissermaßen waren beides Behörden. Woher sollte Hotte wissen, ob die nicht zusammenarbeiteten? Vielleicht konnten die schon an seinem Kontostand erkennen, wie seine Geschäfte liefen. Wegen des Kredits musste er dort sein Firmenkonto haben, aber natürlich hatte er inzwischen auch Konten bei anderen Banken. Die liefen auf den Namen seiner Frau. Als der Kredit durch gewesen war, hatte er das meiste abgehoben und auf die anderen Konten verteilt. Die Handwerkskammer hatte einen Lehrgang für Geschäftsführer veranstaltet, offen auch für Nichtmitglieder. Von dem Dozenten hatte er sich alles für den Fall einer Pleite erklären lassen. Danach war die beste Vorsorge, Gütertrennung zu vereinbaren und rechtzeitig viel Vermögen auf den Ehepartner zu übertragen. Hotte tat sein Bestes. Von seinen Einnahmen zahlte er immer nur gerade so viel auf sein Geschäftskonto ein, dass es für die Raten und Rechnungen reichte. Der Rest kam in seine Handkasse oder eben auf die Konten seiner Frau. Um die Geldflüsse zu verschleiern, schloss und eröffnete er Konten, wie es ihm gerade in den Sinn kam. Wenn es eine Buchprüfung geben sollte, würde man ihm schon abnehmen, dass er ein vielleicht überforderter, aber im Grunde doch rechtschaffener Kleinunternehmer war. Seine Bücher folgten dem, was er eine glaubwürdige Buchführung nannte. Glaubwürdig war, dass immer gerade so viel hereinkam, dass die Kosten gedeckt waren.

Und Kosten hatte er genug. Seine Frau bekam ein Gehalt für die Buchhaltung, Honorar für Beratungsdienstleistungen und dann noch die Entlohnung für ihre Dienste als Putzkraft. Er überlegte, ob er in ihrem Namen ein paar Subunternehmen mit imaginären Angestellten gründen sollte, einfach, weil irgendwann mal jemandem auffallen könnte, dass auch die Arbeitskraft der fleißigsten Frau begrenzt war. Aber vielleicht ließ er das auch besser. Alle vier Wochen griff er selbst in die Kasse und zahlte sich von seinem Geschäftskonto ein paar hundert Mark aus, die er als Privatentnahme verbuchte. Sollten die Buchprüfer nur sehen, für wie wenig Geld er sich jeden Tag krumm machte.

Was diesen Teil anging, hatte er das, was er sein System nannte, im Griff. Was ihm Sorgen bereitete, waren andere Dinge. Seine Auftragsdecke war dünn, manchmal bekam er erst am Dreißigsten etwas, womit er seine Leute ab dem Ersten weiterbeschäftigen konnte. Er hatte inzwischen vier Gesellen. Wenn einer von denen Urlaub machte, übernahm Hotte dessen Baustelle. Aber wenn er, Hotte, Urlaub machte, ging nichts mehr. Es war alles zu viel, in der Firma und überhaupt. Hotte sehnte sich nach der Ruhe, die er früher gehabt hatte. Oder auch nicht. Er war sich nicht sicher. Früher hatte man ihn regelmäßig zum Reservistendienst bei der Armee eingezogen. Drei Monate Pause. Hotte war es immer vorgekommen wie eine Revanche für seine ewigen Eingaben. Eine Fehlinterpretation, wie er heute wusste, leider. Seine Frau hatte einen Liebhaber gehabt. Einen Oberst, was kein Wunder war in dieser Gegend. Wenn die beiden damals Zeit füreinander haben wollten, hatte er Hotte in die Kaserne geschickt. Der Oberst war inzwischen Geschichte, Hotte musste nicht mehr zur Reserve. Öfter daheim war er dennoch nicht. Kürzlich war er zwischen zwei Terminen nach Hause gekommen. Er hatte immer gedacht, die Leute seien ihm freundlich gesonnen, wenn sie ihn anlächelten. Dann stand er mit einem Nachbarn im Fahrstuhl. Das Haus war erfüllt von den Lustschreien einer Frau. Hotte machte Witze, sein Nachbar lächelte. Er lächelte auf eine so dämliche Weise, dass Hotte mit den Witzen aufhörte. Als er aus dem Fahrstuhl stieg, wurde die Lust lauter. Sie wurde lauter mit jedem Schritt, den er seiner Wohnung näher kam. Hotte begriff, dass er der Letzte war, der es erfuhr.

Er saß in der Flurecke und hielt seinen Kopf gestützt. Das System, das er sich ausgedacht hatte, beruhte im Wesentlichen auf der Idee, dass seine Frau ihn nicht betrog. Er selbst hatte nach der Wende gedrängt, dass sie ihren Job aufgab. Den habe sie jetzt nicht mehr nötig, hatte er gesagt. Eine Frau, die von ihm abhängig war, schien ihm die beste Rückversicherung für sein System zu sein. Nie hätte er gedacht, dass sie so hinterhältig war. Denn natürlich verschwand Geld von den Konten. Es entwickelte sich alles anders, nichts funktionierte so, wie er es wollte. Im Gegenteil. Alle stellten Ansprüche an ihn, er wurde ganz fusselig bei dem Gedanken daran, was als Nächstes von ihm verlangt würde. Auf seinem Schreibtisch lag ein Buch, es hieß »Geschäftsbriefe mit Stil«. Er hatte es sich gekauft, als er seinen letzten Westberliner Kunden verloren hatte. Der war die Art und Weise leid gewesen, in der Hotte mit ihm umgesprungen war.

Hotte verstand ja das Problem. Seine Geschäftspost las sich rüde, grob und unhöflich. Aber nachdem er ein paar Tage mit dem Buch herumexperimentiert hatte, stellte er fest: Er konnte nur Beschwerdebriefe. Beschwerden und Eingaben. Er hatte keine Ahnung, wie man ein Angebot für einen öffentlichen Auftrag formulierte. Hotte konnte jemanden zum Bier einladen oder ihm ein paar in die Fresse hauen, aber eine Geschäftsbeziehung pflegen? Wie ging denn das? Das war wie Anbiedern, und das hatte er bis zum Fall der Mauer nicht getan. Und jetzt, wo Freiheit war, sollte er damit anfangen? Er dachte nicht im Traum daran.

Seine Idee war gewesen, wenn man erst wusste, wer er war, mit wem man es zu tun hatte, dann würde man auch seinen Stil akzeptieren, dann würden die Aufträge schon kommen. Dann würde man ihm die Tür einrennen, wie seiner alten Firma zu Ostzeiten. Aber wie war es tatsächlich gekommen? Jeder Depp machte heute eine Klempnerfirma auf. Und alle waren sie scheißfreundlich. Gingen Golf spielen und was sonst nicht alles.

Hotte hob den Kopf und öffnete wahllos ein paar Briefe. Er blätterte sie durch und ließ sie wieder fallen. Da war noch etwas, was ihn ärgerte: Er hatte immer noch kein Konto bei der Deutschen Bank. Am Nachmittag war er dort gewesen, die Taschen voller Tausender, mit denen er ein Konto eröffnen wollte. Er hatte erst gedacht, es sei ein Witz, dass der Mann von der Sparkasse jetzt dort arbeitete. Aber dann hatte ihm dieser Schnösel ziemlich unmissverständlich klargemacht, dass er recht froh war, insbesondere ihn und seinen wackligen Kredit unbeschadet überstanden zu haben. Hotte war so verblüfft gewesen, dass er völlig vergessen hatte, mit einer Beschwerde zu drohen.

11

Scholle gönnte sich eine Auszeit, seit er wieder in Berlin war. Das Arbeitsamt machte zwar häufiger Druck als früher, aber er hatte gelernt, damit umzugehen. Eine Ärztin, eine Empfehlung von Hotte, hatte ihn bis auf Weiteres krankgeschrieben. Für die Zeit danach bot sie an, ihm mit einem Gutachten behilflich zu sein. Bei seinem Krankheitsbild sei eine Umschulung in einen anderen Beruf mehr als angeraten. Scholle hatte genickt und gelächelt. Umschulung in einen anderen Beruf? Warum nicht. Er hatte schon öfter darüber nachgedacht. Er lief die Wilhelmstraße entlang. Das mit dem neuen Beruf war keine schlechte Idee. Er ging in den Supermarkt an der Ecke zur Mohrenstraße, kaufte sich etwas zu essen, ein paar Flaschen Bier und eine Zeitung. Und weil es ein warmer und sonniger Tag war, setzte er sich nebenan in die Imbissbude, bestellte eine türkische Pizza und ein Pils und begann, den Stellenmarkt der Zeitungen zu lesen. Es beruhigte ihn, dass er im Moment nicht wirklich etwas suchte. Er wollte sich nur orientieren, deshalb sah er die Anzeigen durch. Es gab jede Menge Jobs. Aber es fühlte sich alles wie etwas Vorübergehendes an. Nichts, was ihm wirklich eine dauerhafte Perspektive bot. Wenn er noch einmal von vorn begann, dann sollte es nicht nur etwas sein, mit dem er die nächsten Wochen und Monate herumkriegte. Dann sollte es etwas Solides sein. Etwas, in dem er Karriere machen und aufsteigen konnte. Ein Job, in dem er bis zur Rente ein Auskommen haben würde. Etwas Beständiges. Wie den Job im Baukombinat. Nur eben ohne Bau und ohne dieses abrupte, perspektivlose Ende.

Scholle aß die Pizza, nippte an seinem Bier und las. Die lukrativen Jobs waren alle in der Finanzbranche angesiedelt. Geld, Aufstiegschancen. Warum nicht, dachte er. Ihm fiel das Gutachten wieder ein, das ihm die Ärztin angeboten hatte. Sicher, es war ein gewaltiger Sprung vom Baufacharbeiter zum Finanzberater. Aber irgendetwas musste er ja machen, wenn es auf dem Bau nicht mehr ging. Er wunderte sich selbst, wie forsch er mit einem Mal wurde. Er trank aus und probierte, ob es schon reichte, um den Frauen hinterherzusehen. Neuer Job, neue Petra. Allein ihr Name ließ ihn zusammenzucken. Es war zu früh. Scholle sah woanders hin.

Ihm gefiel es, hier in diesem Imbiss zu sitzen und bei einem Bier über seine Zukunft nachzudenken. Es war schließlich nicht irgendeine Straßenecke, es war nicht irgendeine Imbissbude. Wenn Scholle den Kopf nach links wendete, sah er die Treuhandanstalt. Geradeaus wuchsen die Hochhäuser am Potsdamer Platz in den Himmel. Und rechts in der Imbissbude, über dem Dönerspieß und neben dem Ofen mit den Grillhähnchen, hingen großkopierte Geldscheine, die von Promis, die meisten von ihnen Politiker, unterschrieben worden waren. Alle waren sie hier gewesen. Es hieß, dass Helmut Kohl, wenn er mal in Berlin war, hier seine Hähnchen für zwischendurch holte. Scholle nahm jedenfalls an, dass er sich Hähnchen holte. Mit einem kleckernden Döner konnte er sich Kohl nicht vorstellen. Wie auch immer. Er saß in *der* Imbissbude der Bundesrepublik, dem Hoflieferanten. Hier aßen sie alle. Es hatte etwas von dem Brecht-Gedicht. Kohl und Scholle, vor den Brathähnchen waren alle wieder gleich.

Und so gesehen war das mit der Finanzbranche gar nicht mal allzu abwegig. In seiner Nachbarschaft, in den Häusern An der Kolonnade, zogen immer mehr SED-Leute aus und immer mehr Finanzleute ein. Die von der

Treuhand zum Beispiel. Von denen wohnten die meisten hier. Die wichtigen. Das war doch wie eine Fügung des Schicksals. Erst, dass er die Wohnung bekommen hatte, und dann, wie sich alles entwickelte, was für Leute jetzt in seiner Nachbarschaft lebten.

Scholle trank noch ein Bier und begriff, dass er zwar arbeitslos war, sich aber dennoch auf dem aufsteigenden Ast befand. Allmählich reifte in ihm der Plan, wie er in der Finanzbranche Fuß fassen konnte. Er brauchte dieses Attest, dieses Gutachten seiner Ärztin überhaupt nicht. Er hatte es gar nicht nötig, bei irgendwelchen Behörden nach einer Umschulung zu fragen. Schließlich musste er auch sein Alter berücksichtigen. Er hatte keine Zeit mehr, sinnlos die Schulbank zu drücken. Für ihn gab es noch einen anderen, besseren Weg in die Zukunft. Und der führte über seine Nachbarschaft. Alles, was er brauchte, waren die richtigen Kontakte. Jemand, der ihn hineinbrachte, bei dem er eine Weile mitlaufen und sich abschauen konnte, was er wissen musste. Netzwerken, das war jetzt sein Thema. Als der Kellner mit dem nächsten Bier kam, lieh sich Scholle einen Stift und notierte auf dem Zeitungsrand die Reihenfolge der Schritte, die er machen musste.

Als Erstes fiel ihm der Brief ein, den Petra und die Kinder geschrieben hatten. Die Kinder fragten nach ein paar Sachen, die er ihnen nachsenden sollte. Sie wohnen nun schon so lange in Süddeutschland und haben immer noch Sehnsucht nach den Sachen von früher, dachte Scholle. Die Idee, dass sie nach diesen Dingen nur fragten, weil sie nicht wussten, was sie sonst in den Briefen an ihn schreiben sollten, kam ihm nicht. Was er ihnen schickte, wanderte unbesehen in den Müll. Das alte Zeug war ihnen so peinlich, dass sie nicht einmal einen Trödler damit versorgen wollten. Scholle ahnte davon nichts. Ihm war das Hinterhersenden lästig, weil er alles mühsam zusammensuchen musste. Aber natürlich tat er es, wenn es für seine Kinder so wichtig war. Er wollte es sofort erledigen, wenn er nach Hause kam. Dann hatte er den Kopf frei für die wichtigen Dinge.

Der nächste Punkt war: Kontakte. Er wusste, dass die Treuhandleute da waren, aber er wusste nicht wo. Viele von denen, die herzogen, schrieben nicht mehr ihre Namen auf die Klingelschilder, sondern beließen es bei der Wohnungsnummer. Das mussten sie sein, die Treuhänder. Sie wollten nicht erkannt werden, aus Sicherheitsgründen. Deswegen die Nummern. Problem gelöst. Scholle überlegte, ob er sich auch hinter einer Nummer verstecken sollte. Auf die Treuhänder machte das bestimmt einen professionellen Eindruck.

Jetzt war er in Fahrt, also gleich weiter. Er bestellte ein Bier und einen Schnaps. Der nächste Punkt. Klamotten. Die Treuhandleute erkannte man an ihren Klamotten. In seinem Schrank brauchte er gar nicht erst nachzusehen. Das konnte er alles vergessen. Morgen, wenn er das Paket mit den Sachen für die Kinder zur Post gebracht hatte, würde er zum Alexanderplatz fahren und sich neu einkleiden. Im Kaufhof. Ein schwarzer Anzug? Für den Anfang zu protzig. Schließlich war er ja noch gar kein richtiger Finanzer. Was war mit Seide? War doch jetzt modern. Auf jeden Fall nicht so ein Ostgrau. Das musste mehr Pfiff haben. Wie wärs mit Flieder? Schwarze Hose, fliederfarbenes Hemd, dazu einen hellblauen Seidenblouson. Das passte. Nächster Punkt. Friseur. Bestimmt waren seine Haare zu lang. Bei der Armee waren seine Haare immer zu lang gewesen. Immer ein paar Millimeter länger, als erlaubt gewesen war. So was Rebellisches ging heute natürlich nicht mehr. Heute musste alles korrekt sein, gar keine Frage. Weiter, fünfter Punkt. Fünfter Punkt? Scholle verschwamm die Schrift vor den Augen. Es war vielleicht besser, wenn er erst mal nach Hause ging. Die sollten hier mal Sonnenschirme aufstellen, dachte er, die Hitze macht einem ordentlich zu schaffen. Er rief den Kellner, zahlte und wankte mit seiner Zeitung und seinen Einkaufstüten über die Straße.

12

Haffner lief die Wilhelmstraße hinauf. Alle hatten ihn bearbeitet, Mommsen und natürlich auch seine Frau. Irgendwann hatte Haffner eingewilligt, nur, um endlich Ruhe zu haben. Für ein Jahr hatte er nach Berlin gehen wollen. In seinen Vertrag hatte Mommsen jedoch eine Option aufnehmen lassen. Eine Option darauf, dass Haffner, falls es die Umstände erforderten, länger blieb. Haffner hatte bedenkenlos unterschrieben. Er war fest davon überzeugt gewesen, dass er in einem Jahr längst wieder in seinem Haus in Bayern saß. Doch davon war keine Rede mehr. Es war ihm lange nicht mehr passiert, dass er so gründlich danebengelegen hatte. Vielleicht fühlte er sich deshalb so hundeelend, seit er in Berlin lebte.

Schon in den ersten Wochen war ihm klar geworden, dass er kämpfen musste. Er hatte als Berater angeheuert. Er besaß keine Hausmacht, nichts. Stattdessen traf er viele seiner ehemaligen Studenten wieder. Mit Vergnügen ließen sie ihn gegen die Wand laufen. Natürlich, theoretisch hatte er Mommsen. Aber den sah er selten. Haffner musste kämpfen, nach fast zwanzig Jahren im universitären Ruhestand.

Dazu kam diese Wohnung. An der Kolonnade. Wer dachte bei dem Namen denn an einen Plattenbau? In Bayern besaß er ein Haus, die Vögel zwitscherten, und wohin er auch blickte, überall stand kerngesunder Wald. Hier bewohnte er zwei Zimmer. Davor der ehemalige Todesstreifen. In der dünnwandigen Wohnung hörte er seinen Nachbarn beim Furzen zu.

Nicht einmal eine Kneipe gab es. Eine Kneipe, in der man ein Bier trinken konnte. Mit einem Tresen, an dem man sich mit Leuten unterhalten konnte.

Seit er hier war, lief er kreuz und quer durch Mitte und fand nichts. Ein paar Restaurants hatten eröffnet. Aber die waren piekfein und hatten keine Tresen. Was sollte er damit anfangen? Allein an einem Tisch sitzen? Das konnte er auch in seiner Wohnung. Kneipen gab es entweder oben an der Oranienburger Straße oder weiter unten in Kreuzberg. Das war alles zu weit weg. Also landete er meist doch in einem der Restaurants. Es war zum Verzweifeln. So nahm es nicht Wunder, dass er abends, wenn er aus dem Büro kam, meistens noch eine Runde drehte, ob sich nicht doch irgendwo die ersehnte Kneipe versteckte.

Einmal mehr lief er die Wilhelmstraße entlang, bis zu der Ecke, an der der Supermarkt und die Imbissbude waren. Dort blieb er unschlüssig stehen. Welche Richtung sollte er heute einschlagen? Die vielen Leute, die An der Kolonnade wohnten, die mussten doch irgendwo hingehen, wenn sie Durst hatten! Hier musste doch irgendwas sein!

Und während er da stand, huschte jemand an ihm vorbei. Der Kleidung nach zu urteilen, ein Wessi wie er selbst. Haffner musterte ihn. Der Mann war lang und schlank und allein. Er hatte keine Tasche bei sich, nichts. Haffner zählte eins und eins zusammen: Einsamer Wessi ohne Aktenmappe, also nicht auf dem Weg zu einem Termin. Das konnte doch eigentlich nur bedeuten, dass der Mann unterwegs in seine Feierabendkneipe war! Haffner überquerte eilig die Straße, dem Mann hinterher, der schnellen Schrittes vor ihm herlief, und fing an zu schwitzen. Dieses Tempo war er nicht gewohnt. Obendrein war die Tasche hinderlich, die er mitschleppte. Seine ehemaligen Studenten lästerten, ob er auch in der Treuhandanstalt Vorlesungen halten wolle. Dabei war es nur die Gewohnheit der letzten anderthalb Jahrzehnte, die ihn an seine Professorentasche kettete. Es war äußerst selten, zumal hier in Berlin, dass er sie tatsächlich für irgendetwas brauchte. Doch sie gehörte zu ihm wie sein Sakko. Haffner hatte Mühe, mit dem Schritt des anderen mitzuhalten. Normalerweise konnte er gut damit leben, dass er füllig war. Von barocker Statur, wie er es nannte. Aber normalerweise rannte er auch nicht, wenn er in eine Kneipe wollte. Im Gegensatz zu dem Lulatsch vor ihm. Der schien das Bier noch nötiger zu haben als er. Endlich, vorn an der Friedrichstraße, bog er ab.

Haffner blieb stehen. Er könnte schwören, dass er hier schon einmal gewesen war. Sollte er wirklich eine Kneipe übersehen haben? Er? Er lief weiter. Doch tatsächlich, als er mit skeptischem Blick die Häuserfront an der Friedrichstraße betrachtete, sah er sie.

Die Kneipe hieß Zur Bärenklause und lag ein wenig unter der Friedrichstraße, fast im Souterrain.

Haffner stieg die Stufen hinab, griff nach der Klinke und zog die Tür auf. Was für ein finsteres Loch. Aber eines mit einem Tresen! Haffner konnte sein Glück kaum fassen. Er stand schnaufend in der Kneipentür und sah die Zapfhähne und die Flaschenregale an, wie er als Kind zu Weihnachten die Krippe bestaunt hatte. Am Tresen standen ein paar Leute und natürlich der Lulatsch, der ihn hierhergeführt hatte. Jetzt erkannte Haffner ihn, es war Goergens.

Haffner hatte nicht gewusst, dass Goergens auch hier in dem Viertel wohnte. Womöglich hatten sie ihn in die Wohnung über ihm gesetzt. Dann war er es, dessen Leiblüftungen er hörte. Ihre dienstlichen Kontakte jedenfalls waren selten erfreulich und schlimmer noch, sie wurden immer häufiger und notwendiger. Vielleicht war es von daher ganz gut, wenn sie hier zu einem besseren, weil mehr oder weniger inoffiziellen Kontakt fanden.

»Ach, Sie hier?«, fragte Haffner und legte seine Tasche auf einen Hocker.

»Guten Abend, Professor.« Goergens ließ sich nicht anmerken, dass ihm Haffners Auftauchen überhaupt nicht gefiel. Er hatte allerdings damit gerechnet. Es gab hier weit und breit nur diese eine Kneipe. Und so, wie er Haffner seit ihrem ersten Treffen einschätzte, war der als Kind in einen Maßkrug gefallen.

Doch dessen ungeachtet war die Bärenklause seit der Wende tatsächlich der Ort der informellen Gespräche. Minister, Staatssekretäre, Behördenchefs und Journalisten trafen sich hier, wenn es um »Unter drei«-Gespräche ging: Informationen, die niemals den Weg ins Protokoll finden durften, aber zur Einordnung bestimmter Vorgänge wichtig waren. Alles in Berlin war in jenen frühen bis mittleren Neunzigerjahren ein Provisorium, und so behalf man sich auch in diesen Dingen auf recht abenteuerliche Weise. Keiner kam hierher, weil es ein gastlicher Ort war. Die Bärenklause war diskret, weil sie keine Laufkundschaft kannte. Zu DDR-Zeiten hatte sie von den umliegenden Verlagen gelebt. Um elf wurde geöffnet, zwölf Stunden später geschlossen, in dieser Zeit war kein einziger Platz für Lokalfremde frei. Leicht verdientes Geld. Von den damaligen Stammgästen war kaum jemand übrig. Dennoch war in gewisser Weise alles wie früher geblieben. Das Essen, die Getränke, mit Ausnahme des Biers. Nach außen keine Werbung, keine Leuchtschrift. Von daher war es nicht verwunderlich, dass Haffner die Kneipe nicht gefunden hatte.

»Machens mir ein Weißbier«, sagte er zur Wirtin. Dann

wandte er sich Goergens zu und zeigte auf dessen Pils.

»I hab gedacht, Sie als Bonner trinkens eher einen Weißwein?«

»Woher nehmen?«, fragte Goergens und deutete auf die Auswahl an Weinen im Flaschenregal. Es war Liebfrauenmilch und Soave aus dem Supermarkt. Dann zeigte er auf die Wirtin und das Weißbierglas in ihren Händen. »Ich weiß nicht, ob Sie das da mögen«, sagte er. Haffner sah hin und stand einen Moment starr vor Schreck.

»Sinds wahnsinnig?«, brüllte er und riss der Frau das Weißbierglas aus der Hand. »Da tuns doch keine Zitrone rein! Wenn i eine Minestrone will, dann sag i dös auch!«

Haffner hielt das Glas vor seiner Brust wie ein gerettetes Baby. Einige Gäste applaudierten. Haffner erkannte ein paar Leute aus der Treuhandanstalt. Er glaubte, dass einer von Mommsens Assistenten dabei war.

»I sag Ihnen«, sagte Haffner nach einem tiefen Schluck, »dös ist net das erste Mal, dass mir dös passiert. Bei den Preußen werdens noch zum Pilstrinker.«

Goergens hielt das kleine Bier hoch, das er trank.

»Wie Sie sehen, geht das schneller, als man denkt«, seufzte er. »Sie scheinen da standhafter zu sein. Immerhin gehören Sie ja inzwischen auch schon zu den Altgedienten.«

»Hörens auf«, Haffner winkte ab. »Wenns mit der Familie einmal Urlaub in Bayern machen wollen, rufens mich an. Da steht gerad ein Haus fast komplett leer. Wohnens auch dahinten im Ossiparadies?«

Goergens nickte: »Wenn es Sie tröstet: Auch im Rheinland steht ein Haus leer.«

»Ah, schau an. Habts dös eigentlich schon länger gewusst, damals, dass da was im Busch ist bei den Ossis?«

Goergens schüttelte den Kopf.

»Der Kanzler hat es auf Staatsbesuch erfahren«, antwortete er. »Und wenn Sie mich fragen, ein geordneter Rückzug sieht anders aus.«

»I hab mir immer gedacht, dass wir Nachrichtendienste für solche Fälle haben.«

»Das dachten wir alle.« Goergens bestellte noch ein Bier. »Und zahlen bitte«, fügte er hinzu.

»Was, hab i Sie vergrault?«, fragte Haffner. »Von dem bisschen habens den Bürostaub ja net einmal aufgeweicht.«

»Zwei Pils sind mein Limit«, sagte Goergens. Er legte einen Schein auf den Tresen und ließ sich herausgeben. Er wollte mit Haffner keine Vertraulichkeiten beginnen. Bei ihrer ersten Begegnung hatte er ihn als Gewohnheitstrinker eingestuft. Die Erdbeernase war nicht zu übersehen gewesen. Goergens hatte es zur Kenntnis genommen. Es änderte nichts an ihrer dienstlichen Beziehung. Leute wie Haffner lebten in der Kneipe. Dafür war ihm die Zeit zu schade. Er konnte sich Besseres vorstellen, als seine Abende in einem verräucherten Loch wie diesem zu verbringen. Wenn er hier raus war, wollte er noch nach Prenzlauer Berg fahren. Vielleicht entstand da ja wirklich ein Künstlerviertel wie Greenwich Village. Er hatte Lust, heute noch etwas zu entdecken. Kneipen interessierten ihn über das dienstlich erforderliche Maß nicht sonderlich. Er beeilte sich mit seinem Bier.

Als Goergens gegangen war, nahm Haffner sein halbleeres Glas und wandte sich dem Tisch zu, an dem der Assistent Mommsens saß.

»Habts da noch einen Platz frei?«

Gewohnt, dass man zusammenrückte und einen Stuhl für ihn frei machte, stand er vor den Leuten.

»Kommts der Mommsen auch?«, fragte er dann und setzte sich.

»Dazu müsste er wissen, wo wir sind«, prustete jemand über den Tisch.

»Könnts dem net Bescheid sagen?«

Die Stimmung in der Runde änderte sich. Die Leute begriffen, dass mit Haffner das Ende dieser trauten Lästerrunde gekommen war.

»Professor Haffner«, wandte Mommsens Assistent ein, »Herr Mommsen wohnt doch auch viel zu weit weg von hier.«

»Wenn wir net im Dienst sind, heiß i Karl«, sagte Haffner und bedeutete der Wirtin, eine Runde für alle zu bringen. »Also, jetzt rufts den Mommsen an, und sagts ihm, dass er gebraucht wird.«

Christoph, Mommsens Assistent, verstand, dass er wieder im Dienst war. Er sprang auf und rief Mommsen vom Telefon am Tresen aus an.

Während sie auf Mommsen warteten, stieg Haffners Laune spürbar. Zum ersten Mal seit er in Berlin war, bekam er ein angenehmes Gefühl für das, was er hier machte. Mit der Aussicht, aus Mommsen und den jungen, aufstiegswilligen Leuten seine eigene Mannschaft zu formen, fühlte sich alles auf einmal an wie ein Ausflug der Pfadfinder. Das hier war mehr wert als eine ganze Woche in der Treuhand. Vielleicht konnte aus der Kneipe ja endlich sein richtiges Büro werden.

Er musterte die Leute, die außer ihnen hier waren. Einige wenige starrten in ihre Gläser, andere fütterten die Spielautomaten. Es schien, als wäre es früher ihre Kneipe gewesen. Sie saßen wie übrig gebliebene Ureinwohner in der letzten existierenden Kneipe der Ureinwohner.

Die Wirtin kam und brachte Haffner ein neues Bier. Ohne Zitronenscheibe. Haffner nickte zufrieden. So warns, die Ossis. Erst preschten sie ahnungslos vor, aber wenn man ihnen kräftig genug auf die Finger haute, fielen sie in sich zusammen und trabten in stiller Anerkenntnis fremder Überlegenheit folgsam hinter einem her. Übel nahmen sie es eigentlich selten. Solange man sich milde gab und lobte, wie menschlich sie auf ihre Art waren, blieben sie lieb und friedlich. Es war wie Glasperlen verschenken. Haffner wusste inzwischen, dass er sich in eine Halle mit tausenden Menschen stellen und ihnen sagen konnte, dass man ihren Betrieb dichtmache und sie alle entlassen seien, wenn er nur hinzufügte, was für tolle Sachen sie früher hier gebaut hätten. Der Aufstand blieb aus, wenn er sagte, dass der Trabant ein tolles Auto gewesen sei. Dann grummelten zwar alle, weil die Fabrik trotzdem geschlossen wurde, dennoch galt er als jemand, mit dem man reden konnte, der Verständnis für die Situation hatte. Haffner hatte irgendwann mal den »Archipel Gulag« gelesen. Darin beschrieb Solschenizyn das Phänomen, dass die Häftlinge nach ihrer Freilassung stolz auf ihr Leben in der Gefangenschaft waren. Hier schien es ähnlich zu sein; statt nach vorn zu schauen, flüchteten die Leute in die Vergangenheit und lobten und priesen auf einmal Dinge, die sie vor dem Mauerfall als äußerst verzichtbar empfunden hatten. Haffner war ziemlich sicher, dass das auch auf die Bierglasstarrer und die Leute an den Spielautomaten zutraf.

Weiter hinten in der Kneipe saßen die Glücksritter. Leute, mit denen Haffner auch schon in der Treuhand zu tun gehabt hatte, die im Osten das Geschäft ihres Lebens zu machen versuchten. Wenn Haffner Zerstreuung brauchte, lud er ein paar von denen ein und ließ sich von den Luftschlössern erzählen, die sie bauen wollten. Wenn sie fertig waren, zerpflückte er ihre Pläne mit großer Freude. Ganz hartnäckigen Fällen hatte er auch schon den Staatsanwalt auf den Hals gehetzt. Haffner bedauerte, zu wenig Zeit für diese Leute zu haben. Die ganze Treuhand hatte zu wenig Zeit, sich der Abzocker zu erwehren. Es galt, frei nach dem Theologen Reinhold Niebuhr, Dinge hinzunehmen, die man nicht ändern konnte.

Als die Tür aufging und Mommsen hereinkam, war die Runde weit genug fortgeschritten, um für einen Außenstehenden, der frisch und nüchtern war, unangenehm zu sein. Mommsen rang sich ein Lächeln ab und bestellte noch im Stehen eine Apfelsaftschorle. Dann ging er an den Tisch. Bis auf Haffner rückten alle beiseite, um eine Lücke für Mommsen zu schaffen.

»Albert, hasts doch noch gschafft«, lachte Haffner und hieb Mommsen auf die Schulter. Er wusste, dass Mommsen wütend war. Und Mommsen wusste, warum Haffner ihn herbestellt hatte.

Es war Mommsens Dilemma, schon immer gewesen, dass er nicht die Führungsfigur war, die er sein wollte; die er aber von Karriereschritt zu Karriereschritt zu werden gehofft hatte.

Er war inzwischen Abteilungsleiter, aber er war die Art Führungskraft, die ihrer Abteilung hinterherlief, statt ihr voranzugehen. Genau das war ja der Grund, weshalb Haffner hier war. Mommsen brauchte Berater, deren Leistung er als seine eigene verkaufen konnte. Und hinter denen er sich verstecken konnte, wenn es schiefging. Das Problem an diesem Konzept war, dass Leute wie Haffner regelmäßig alle Macht an sich zogen, ob sie wollten oder nicht, und ihn praktisch zu ihrem Assistenten degradierten.

Bis ihn eben der Anruf von Christoph erreicht hatte, war Mommsen der Ansicht gewesen, es diesmal richtig gemacht zu haben. Dass er Haffner hinreichend isoliert hatte, und ihm nichts anderes übrig blieb, als seine Aufträge abzuarbeiten. Dass er seine Expertisen anfertigte und sich ansonsten zurück nach Bayern sehnte.

Als Haffner nach Berlin gekommen war, hatte er ihm kurz dessen Büro gezeigt, die Sekretärin vorgestellt und im Übrigen gehofft, dass sich die beiden schnell genug spinnefeind sein würden, um ihre überschüssigen Energien in einem handfesten Bürokrieg aufzulösen.

Haffners Sekretärin war eine verschüchterte Mittzwanzigerin, die die Treuhand von einem DDR-Ministerium übernommen hatte. Sie rechnete ständig damit, aus irgendwelchen Gründen gefeuert zu werden. Mommsen war zuversichtlich gewesen, dass sie mit Haffners grober Art nicht zurechtkommen würde. Es hatte gut ausgesehen. Gleich als Erstes hatte sie Haffner ihren Persilschein vorgelegt, demzufolge sie niemals für die Stasi gespitzelt habe, worauf Haffner nur gesagt hatte: »Ja, aber in der SED, bei den Kommunisten, sinds schon gewesen, wenns hier gearbeitet haben.« Haffner hatte einen Scherz machen wollen, um die Atmosphäre zwischen ihnen aufzulockern. Doch die junge Frau war in Tränen ausgebrochen. Haffner hatte überhaupt nicht verstanden, weshalb. Er hatte doch nur sagen wollen, dass es ihm vollkommen egal war, ob sie bei der Stasi oder der SED oder bei beidem oder bei beidem nicht gewesen war.

Mommsen hatte frohlockt und gedacht, wenn Haffner so weitermachte, entdeckte die junge Frau noch den Personalrat für sich, der sich dann seinerseits um Haffner kümmern würde.

Aber das war bis heute nicht geschehen, und nun, wo er hier in der Kneipe saß, wusste Mommsen, dass er es wieder einmal falsch gemacht hatte. Er hätte Haffner besser von vornherein an sich gebunden – und er hätte ihm von dieser Kneipe erzählen sollen. Er hatte es nicht getan, weil er ein moderner Chef sein wollte, der keine Kungelrunden und Kneipenabsprachen nötig hatte. So, wie er es auf seinen Lehrgängen für Führungskräfte lernte. Danach waren Leute wie Haffner Auslaufmodelle. Fachlich sicherlich kompetent, aber ansonsten von gestern. Und jetzt konnte Mommsen zusehen, wie sich hier am Tisch, vor seinen Augen, die Machtverhältnisse verschoben. Es war eine Demütigung, die Haffner ihm erteilte. Es schien, als wollte sich Haffner für die bisherige Zusammenarbeit bedanken.

»Passts einmal auf, alle miteinander«, sagte Haffner. Er stützte sich auf seine Ellbogen, sein Kopf schien zwischen den Schultern zu versinken. »Jetzt wollen wir mal richtig dös Arbeiten anfangen. I brauch ein paar Leute, die mir die Sachen vorbereiten. Dös, was die Ossis hier anschleppen, bringts mir dös auf Wessi-Standard. Der Albert, den kennts ja, den kenn i schon aus meiner Zeit als Studi. Jetzt sehts, was aus dem geworden ist. Also. Dös machts mir jemand und schauts, dass wir im Haus was bewegen können. Und dann gehts aufwärts mit allen. Der Albert schaut einmal, was er für euch tun kann, da bin i mir sicher. I weiß ja net, was ihr jetzt habt, wo ihr dran seid; aber wenn dös hier einmal zu Ende ist, wollts ja auch noch was zu arbeiten haben. Der Albert wird da schon was Gscheites einfädeln, gell?«

Alle sahen zu Mommsen, dem die Mundwinkel zuckten. Er bot ein Bild des Jammers.

Jeder verstand, dass der Chef von nun an Haffner war.

Zwei Stunden später ging Haffner zufrieden und schweren Schrittes nach Hause. Im Großen und Ganzen war es ein guter Tag gewesen. Unter seinen neuen Leuten waren zwei, drei, aus denen etwas werden konnte. Wenn sie mit ihm arbeiteten, würden sie sich zwar ein paarmal blutige Nasen holen, aber sie würden Dinge lernen, die sie überall auf der Welt noch brauchen konnten. Haffner wusste, dass nach dem Umbau Ost der Umbau West kommen würde. Es ging nicht anders. Der Fall der Mauer war mehr als eine innerdeutsche Angelegenheit. Was hier gerade geschah, würde in ein paar Jahren den Westen treffen; den gesamten europäischen Westen. Haffner wusste es, und er wusste auch, dass er das besser für sich behielt. Leute wie Goergens verstanden schon jetzt nicht, was er ihnen zu erklären versuchte. Wenn er den Bogen überspannte, war es ganz vorbei. Auch Mommsen war damit überfordert. Haffner sah seine Arbeit zunehmend als Wissenschaftler. Deshalb brauchte er Leute, die ihm den Alltag abnahmen. Er wollte den Kopf freibekommen für das Wesentliche. Und dazu gehörte, dass er hier die Leute aufbauen konnte, die später überall in Europa begehrt sein würden. In Osteuropa entstand die Blaupause für den Westen. EU-Kommission, IWF, Haffner wollte Mommsen klarmachen, wo er seine Leute später würde unterbringen können; wo Mommsen vielleicht selbst hingehen sollte.

Haffner wusste, was seine Leute erwartete. Insofern war das mit den blutigen Nasen durchaus wörtlich gemeint. Er hoffte natürlich, dass alles friedlich blieb, aber er würde verstehen, wenn es anders kam.

Immer häufiger hörte er aus der Ecke der Ex-SED, dass es in der DDR keine Arbeitslosen gegeben hätte. Er sah, wie dankbar interessierte Kreise im Westen diese Legende aufgriffen. Das war nicht nur politisch ein Problem. Wenn die Leute das als wahr hinnahmen, konnte die Situation in den Betrieben doch noch gewalttätig werden. Dabei sah die Lage so aus: Statt Vollbeschäftigung hatten in der DDR rund 1,6 Millionen Menschen auf überflüssigen Stellen gesessen. Und das bei gleichzeitigem Arbeitskräftemangel. Statt vom Rentenstrafrecht zu faseln, wie es die ehemaligen Funktionäre taten, sollten sie besser zugeben, dass in der DDR 45% der Rentnerhaushalte Alterseinkünfte bezogen hatten, die an der Armutsgrenze lagen. Es machte selbst jemanden wie Haffner wütend, wie bestimmte Parteien der Treuhand die Schuld für alles zuschoben – eine Entwicklung, die er im Übrigen ganz genau so vorhergesagt hatte. Die Fakten dagegen waren eindeutig. Knapp 55% der Beschäftigten der ehemaligen DDR waren Arbeiter gewesen. Im Westen waren das nur noch 36%. Ein Viertel der Arbeiterschaft waren An- und Ungelernte. Wie sollte man für diese Menschen zukunftsfähige Jobs schaffen?

Wenngleich nicht ganz so dramatisch, aber doch zumindest ähnlich schätzte er die Lage in vielen Ländern Westeuropas ein. Rückständige Industrien; Arbeitnehmer, die für die Herausforderungen der Zukunft nicht ausgebildet waren.

In Ostdeutschland kam die denkbar ungünstige geografische Lage hinzu. Gemessen am Standard des gesamten Ostblocks hatte die DDR zwar das höchste Niveau gehalten, dennoch konnte sie mit dem des Westens noch lange nicht mithalten. Selbst, wenn man die Löhne hier weit unter dem Westniveau ansiedelte, waren sie immer noch zu hoch, um mit den anderen Staaten des ehemaligen RGW konkurrieren zu können. Als Markt war die Ex-DDR zu dicht an den Fabriken des Westens, die sogenannten Neuen Länder ließen sich problemlos von dort mitversorgen. Für ein Unternehmen war es also sinnvoller, gleich tiefer in den Osten zu gehen: nach Tschechien, in die Slowakei, nach Polen, Rumänien oder Russland. Bis dort das Lohngefüge stieg, hatten sich die Fabriken, die man dort bauen musste, anders als in Ostdeutschland, längst amortisiert. Auch, weil die direkten Absatzmärkte ein viel größeres Potenzial besaßen. Selbst mit der Forschung, auf die man hier so stolz war, ließ sich wenig anfangen. War sie doch vor allem darauf ausgerichtet gewesen, das nachzuentwickeln, was es im Westen längst gab. Beispielsweise hatte die Filmfabrik ORWO über zehn Jahre mit der Entwicklung eines Verfahrens verbracht, mit dem sich Filme auf dem Niveau von Kodak und Co produzieren ließen. Wohlgemerkt, Filme, die im Westen seit mehr als einem Jahrzehnt auf dem Markt waren und ihre beste Zeit längst hinter sich hatten. Jetzt stand die Digitalfotografie in den Startlöchern. Wie also konnte man da noch Investitionen bei ORWO rechtfertigen? Für Haffner war klar, dass man für die Region zwischen Elbe und Oder neue Ideen brauchte. Auch wenn es möglicherweise ein paar Generationen dauerte, bis hier etwas Neues, Zukunftsträchtiges entstand. Das Ruhrgebiet versuchte seit Jahrzehnten, von Stahl und Kohle wegzukommen. Vom Strukturwandel in Bayern gar nicht zu reden. Warum sollte es hier schneller gehen? Dass die Franzosen heiß auf die Leuna-Raffinerie waren, obwohl alle anderen Mineralölkonzerne seit Jahren überlegten, ihre Kapazitäten in Europa aufzugeben, war für Haffner lediglich ein Beweis mehr für seine These, dass nach dem Osten der Westen umgebaut werden musste.

Er blieb vor dem italienischen Restaurant auf der Wilhelmstraße stehen, das ihm als Orientierungspunkt diente. Links oder rechts davon wohnte er. Aber wo genau? Er konnte es sich einfach nicht merken. Das Restaurant hatte geschlossen, dort konnte er niemanden fragen. Er stand mutterseelenallein auf der Straße. Nicht einmal Autos fuhren noch. Da sah er plötzlich einen Mann, der mit einer Taschenlampe von Hauseingang zu Hauseingang schlich und überall etwas abzuschreiben schien. Haffner ging auf ihn zu. Als der Mann das nächste Klingelschild ableuchtete, war Haffner ziemlich sicher, dass sie beide im selben Haus wohnten.

»Sie da!«, rief Haffner, »Haben wir zwei net die gleiche Anschrift?«

Scholle zuckte zusammen. Er war so damit beschäftigt gewesen, die Klingelschilder nach den Nummern der Treuhandleute abzusuchen, dass er überhaupt nicht mitbekommen hatte, dass Haffner hinter ihm stand.

»Möglich«, sagte Scholle und sah zu dem wankenden Haffner hin.

»Ja, kommens, zeigens mir, wo i wohne«, sagte Haffner ungeduldig.

Scholle ließ sich die Adresse sagen. »Stimmt, wir wohnen tatsächlich im selben Haus. Na, denn kommense mal.« Als sie vor der Tür standen, sagte er: »Wenn Sie mir Ihre Wohnungsnummer jeben, kann ick Ihnen sagen, in welche Etage Sie müssen.«

»Nummer? Haffner. Haffner muss da irgendwo stehen. Aber richtig, wenns grad dabei sind, sagens mir, welche Etage i hab.«

Scholle leuchtete das Schild ab und fand den Namen. Haffner wohnte in der Etage unter ihm. Er schloss die Tür auf und rief den Fahrstuhl. Drinnen nahm er allen Mut zusammen und fragte Haffner, ob er auch zu den Treuhandleuten gehöre. Der hatte keine Lust mehr zu reden, nickte nur und drückte ihm eine Visitenkarte in die Hand. Er solle ihn anrufen, morgen, aber nicht vor Mittag, sagte Haffner und stieg aus.

Scholle brachte ihn bis zu dessen Tür, nur um sicher zu gehen, dass diese so wichtige Person für seinen beruflichen Neustart auch wirklich zu Hause ankam. Dann lief er die Treppe zu seiner Wohnung hinauf. Die Visitenkarte legte er im Wohnzimmer neben das Telefon.

Das war der Anfang, dachte Scholle. Endlich. Morgen konnte es losgehen. Er trank noch schnell ein Bier, dann ging er ins Bett.

13

Als er im Bett lag, konnte Scholle nicht einschlafen. Im Radio liefen erotische Hörspiele. Der Vorteil von Sex aus dem Radio war, dass er sich abschalten ließ. Petra hatte danach immer reden wollen. Meist hatte sie von Dingen gesprochen, die nichts mit Sex zu tun hatten und ihn die halbe Nacht wach liegen ließen. Was sie von ihm erwartete. Dinge, von denen er nicht wusste, ob er sie wollte und warum er sie tun sollte. Ihre letzte Idee vor dem Mauerfall war gewesen, dass er für die Volkskammer kandidierte. Er sei doch ein Arbeiter, hatte sie gesagt, eigentlich müsste er in dem Arbeiter- und Bauernstaat doch längst dort sitzen. Er hatte keine Ahnung, was sie sich davon versprach. Er wusste nicht einmal, ob sie es ernst meinte. Sie wollte andauernd, dass er etwas aus sich machte. Aber er war doch schon etwas, er war doch schon jemand! Sieh dir an, wo wir wohnen, wie wir leben, was denn noch? Jedes Mal nach dem Sex fing sie damit an. Er hatte schon längst keine Lust mehr darauf.

Scholle wälzte sich hin und her. Dann ging er in die Küche und nahm sich noch ein Bier. Als er es getrunken hatte, beschloss er, nie wieder eins zu trinken. Er konnte sich nicht vorstellen, dass er als Finanzer eine Zukunft hatte, wenn er weiter so viel trank wie jetzt. Er bekam allmählich einen Bauch davon. Als er eben von Haffners Wampe gegen die Fahrstuhlwand gedrückt worden war, hatte er sich selbst in ein paar Jahren gesehen. So ging es nicht weiter, auf gar keinen Fall, so machte er nie Karriere. Er glaubte nicht, dass Haffner ein großes Licht bei der Treuhand war. Vielleicht war er irgendein Sachbearbeiter, so wie Petra. Wenn Frauentag gewesen war, war sie meist genauso betrunken nach Hause gekommen wie Haffner gerade eben. Schwer zu sagen, was der wirklich war. Die Wessis benahmen sich doch immer, als gehörte ihnen die Firma, auch wenn sie nur die Klos putzten. Trotzdem wollte Scholle ihn morgen anrufen. War ja möglich, dass er jemanden kannte, der für ihn zuständig war. Andererseits, wenn er so die Zeitungen las, was bei der Treuhand alles nicht funktionierte, konnte es durchaus sein, dass Haffner eine richtig große Nummer war. Einer von denen, die die ganzen Sauereien hier zu verantworten hatten. Doch wenn es so war, dachte Scholle, dann war es erst recht besser, wenn er einen klaren Kopf hatte. Und er schüttete das restliche Bier weg, das noch im Kühlschrank lag.

14

Am späten Vormittag kam Haffner ins Büro und durchquerte das Vorzimmer, wo seine Sekretärin seit Stunden heißen Kaffee für ihn bereithielt. Er nahm sie überhaupt nicht zur Kenntnis. Stattdessen knallte er die Tür seines Büros hinter sich zu und warf seine Professorentasche auf den Tisch. Sie segelte gegen einen Stapel Mappen, den seine Sekretärin für ihn vorbereitet hatte. Dann rutschte sie weiter und fiel vom Schreibtisch direkt in den Papierkorb. Haffner brabbelte einen unwirsch klingenden Satz vor sich hin. Dann zog er die Tasche aus dem Papierkorb und drehte sich zu dem Einbauschrank gegenüber seinem Schreibtisch um. Ein mittelbraunes Monstrum mit Astlöchern. Haffner fiel die Geschichte ein, die ihm Mommsen – oder war es Goergens gewesen? – erzählt hatte: In der Treuhand, dem ehemaligen Haus der Ministerien der DDR, gab es ein Büro mit einem Einschussloch. In den Sechzigern hatte sich der damalige Leiter der staatlichen DDR-Plankommission in seinem Büro das Leben genommen. Ein sauberer Kopfschuss. Nachdem die Kugel aus dem Kopf des Chefplaners wieder ausgetreten war, war sie in einem der Schränke stecken geblieben.

Haffner betrachtete den Wandschrank, ob er nicht unter Umständen dessen Büro bekommen hatte. Gewundert hätte es ihn nicht. Heute Morgen, auf dem kurzen Weg hierher, war ihm bewusst geworden, wie er von seinem alten Freund Mommsen, der ohne ihn nie den Sprung nach Bonn geschafft hätte, über den Tisch gezogen worden war. Wie der ihm die Arbeit unnötig schwer gemacht hatte, indem er ihm jedwede Unterstützung vorenthalten hatte. Haffner wusste nicht, was das sollte, aber er konnte sich gut vorstellen, wohin das führte. Aufmerksam betrachtete er also den Schrank. Doch alle Unregelmäßigkeiten, die er im Holz erkennen konnte, ließen sich auf andere Ursachen zurückführen.

Er stellte seine Tasche in den Schrank, ging zurück an seinen Schreibtisch und klappte die erste Mappe auf. Irgendein Möbelwerk in der Nähe von Berlin versuchte ihn von seiner wirtschaftlichen Überlebensfähigkeit zu überzeugen. Eine lange Auflistung, wie viele Arbeitsplätze an dem Werk hingen.

Haffner blätterte weiter. Er wartete auf den Tag, an dem eine Fabrik dabei war, deren Manager ihn kurz und prägnant informierte und der sich zuvor die Mühe gemacht hatte, seine eigenen Zahlen zu überprüfen. Bei dem, was er seit Monaten las, kam er sich vor, als hielten ihn die Leute für einen Fahrkartenschaffner, der den Schwarzfahrern das Billett aus der eigenen Tasche bezahlte. Gleichwohl er andererseits Verständnis für die Leute hatte. Die Umbrüche, die hier geschahen, wären im Westen überhaupt nicht zu gestalten. Er bekam ja mit, wie einige westdeutsche Gewerkschaftsfunktionäre versuchten, hier jede Betriebsrettung zu sabotieren. Er war in den ehemaligen DDR-Betrieben schon Betriebsräten begegnet, die sich freimütig zu einem Stellenabbau bekannten, sofern sie die Bereitschaft spürten, dass man den geschrumpften Restbetrieb retten wollte. Aber das taten sie auf eigenes Risiko, gegen den Willen der Gewerkschaftsbosse. Sie führten tagein, tagaus einen Zweifrontenkrieg, gegen die Treuhand und gegen die Gewerkschaft, für ihre Leute. Und es war ja nicht so, dass es Haffner völlig kaltließ, dass, wenn man hier fertig war, rund die Hälfte der Industriearbeitsplätze verloren gegangen sein würde. Wer da nicht versuchte, seinen Laden mit allen Mitteln zu retten, dem war so oder so nicht mehr zu helfen. Doch es fraß an seinem Zeitbudget, sich immer und immer wieder mit den gleichen papiernen Illusionen zu befassen.

Haffner klappte die Mappe wieder zu und zündete sich eine Zigarette an. Es klopfte an der Tür.

»Bitte«, brüllte Haffner, immer noch in der Annahme, die Tür wäre gepolstert.

Als die Tür aufging und seine verschüchterte Sekretärin mit einem Tablett dastand, fiel ihm wieder ein, dass es keine Polsterung gab.

»Ja, was habens denn?«, fragte Haffner und bemühte sich, freundlich zu sein.

»Ich dachte, Sie möchten vielleicht einen Kaffee?«

»So, gedacht habens. Na, dann stellens dös einmal da hin«, antwortete Haffner. Er überlegte, ob er schnell noch einen Streichelsatz hinzufügen sollte oder ob er damit besser wartete, bis er den Kaffee getrunken hatte.

»Und dann ist da noch ein Herr Scholle, der bereits zweimal angerufen hat«, sagte seine Sekretärin, während sie mit dem Tablett Haffners Schreibtisch umrundete.

»Wer?«

»Er sagte, Sie würden ihn kennen. Sie hätten ihm gestern Ihre Visitenkarte gegeben.«

»I hab gestern hunderten Leuten meine Karte gegeben. Glaubens bloß net, dass i da irgendwen von kenne. Oder kennen will.«

Haffner beobachtete die Kaffeetasse, die sich neben seiner Schulter füllte und sich anschließend unter seine Nase schob.

»Möchten Sie Milch und Zucker?«

»Übens für die Mitropa?«, fragte Haffner und lachte.

Seiner Sekretärin kamen die Tränen.

»Nein, net was Sie denken. Himmelsakrament, kann man net einmal einen Scherz machen, ohne dass wir einen Wolkenbruch bekommen?«, Haffner versuchte sein freundlichstes Lächeln.

»Lassens«, sagte er dann. »I mag den Kaffee gern schwarz.«

Im Vorzimmer klingelte das Telefon.

»Das wird noch mal Herr Scholle sein«, sagte seine Sekretärin. »Soll ich ihm sagen, dass er nicht mehr anrufen soll?«

Haffner dachte nach. Er kannte keinen Scholle. Er überlegte die Namen der Runde von gestern Abend. Ihm fiel niemand ein, der so heißen könnte.

»Was würden Sie machen?«, fragte er seine Sekretärin. »Ach was, stellens ihn halt durch und machens die Tür zu.«

Wenig später klingelte der Apparat auf seinem Schreibtisch. »Haffner.«

»Ja, Tach, icke bin et, Scholle. Ick wollte mal fragen wegen jestern Abend. Sie haben jesagt, dass wa uns mal treffen können. Wat jetzt wird und so. Ick hab da so 'n paar Vorstellungen, kann ick Ihnen ja mal sagen. Vielleicht, dass Ihnen wat dazu einfällt.«

Haffners Blick fiel auf die Mappe mit der Möbelfabrik. Der Mensch, der ihm diese Mappe geschickt hatte, bekam eine Stimme. Es war die Stimme von Scholle, an den Haffner sich partout nicht erinnern konnte.

Scholle dagegen, der sich vorgenommen hatte, als Erstes an diesem Tag bei Haffner anzurufen, stand im Schlafanzug in seinem Wohnzimmer. Es hatte ihn Überwindung gekostet, die Nummer auf der Visitenkarte zu wählen; sie immer wieder zu wählen, mit der Sekretärin zu reden, die nach seiner Lesart nur den Auftrag hatte, ihn abzuwimmeln. Aber heute war der erste Tag seines neuen Lebens. Also war er war hartnäckig geblieben. Hartnäckig und im Schlafanzug. Er fürchtete, ihn könnte der Mut verlassen, wenn er etwas anderes tat, als sich auf den Anruf zu konzentrieren. Er wollte es als Messlatte dafür nehmen, wie weit er in seinem neuen Leben schon gekommen war. Ob er es endlich schaffte, sich durchzusetzen. Finanzer mussten harte Typen sein, sie durften sich nicht abschütteln lassen, da war Scholle sicher. Er merkte gar nicht, dass er dabei vor Aufregung vollends in seine Vor-Petra-Zeit zurückfiel, und er wieder anfing, wie ein Eckensteher zu berlinern.

Haffner am anderen Ende der Leitung dagegen hielt Scholle für jemanden, der wegen seiner maroden Fabrik bei ihm anrief.

»Sagens mir noch einmal schnell, worums bei Ihnen geht«, fragte er.

»Finanzen«, antwortete Scholle, »bei mir jeht dit nur um Finanzen.«

Damit war für Haffner klar, dass er mit dem Mann aus der Möbelbude sprach.

»Sinds jetzt hier in Berlin?«, fragte er.

»Praktisch jenau jejenüber«, sagte Scholle.

Haffner überlegte einen Augenblick.

»Kennens die Kneipe Bärenklause in der Friedrichstraße?«

»Logo, kennt doch jeder.«

»Sagen wir dort in einer Stunde.«

»Inne Stunde, is jut«, sagte Scholle und legte auf.

Dann nahm er den Hörer noch einmal ab, ballte die Faust und schmiss den Hörer mit Schwung zurück auf den Apparat.

Ja! Er war angekommen, jetzt ging es los!

Haffner dagegen sah auf den Telefonhörer, in dem es ohne jede Grußformel still geworden war. Dann legte auch er auf und trank seinen Kaffee. Er überflog die Mappe des Möbelwerkes, ob er irgendwelche relevanten Eckdaten fand. Es gab nichts. Haffner rollte die Mappe zusammen. Sollte dieser Herr Scholle ihm das alles doch gleich persönlich erklären.

Er stand auf, ging in das Vorzimmer und sagte seiner Sekretärin, dass sie Christoph anrufen solle. Er möge zum selben externen Tagungsort wie gestern kommen. Und er solle jemanden mitbringen, der sich mit Möbelwerken auskenne. Dazu tippte Haffner auf die Mappe. Seine Sekretärin würde schon wissen, um welchen Vorgang es sich handelte. Dann verließ er das Treuhandgebäude.

Was für ein angenehmer Tag, dachte er und stand eine Weile an der Wilhelmstraße. Als er sicher war, in welche Richtung er gehen musste, lief er langsamen Schrittes in Richtung Friedrichstraße.

15

Goergens drehte den kleinen Globus, der auf seinem Schreibtisch stand. In seinen langen Dienstjahren hatte er so ziemlich alles gesehen; war so ziemlich überall einmal gewesen. Vielleicht gab es deshalb für ihn nur einen einzigen Ort von Bedeutung, eine einzige richtige Stadt: New York. New York hatte ihn geformt und geprägt; New York war eine Zeit lang seine Heimat gewesen.

Ende der Sechzigerjahre war er dorthin gekommen. Er war ein unsicherer junger Mann gewesen, unsicher in allem, was sich außerhalb einer Kaserne abspielte. Er war im Chelsea-Hotel abgestiegen, er wusste nicht mehr warum, es konnte sich eigentlich nur um einen Irrtum gehandelt haben. Das Chelsea war kein guter Ort für jemanden wie ihn, einen Offizier. Aber er war gut fürs Chelsea. Unter all den Malern, Dichtern und Musikern war er wahrscheinlich der Einzige gewesen, der keine Probleme damit gehabt hatte, seine Rechnung zu bezahlen.

Im Chelsea hatte er dann eine Frau kennengelernt, Johanna, der Einfachheit halber Jo, halb Künstlerin, halb Geschäftsfrau. Eine Deutsche, deren Familie vor den Nazis geflohen war, und für die Deutschland kaum mehr als eine Kindheitserinnerung war. Ihre Eltern hatten zu Hause Deutsch gesprochen, deshalb beherrschte sie die Sprache noch, aber es verband sie nichts mehr mit diesem Land. Sie war um die dreißig und sagte, die Welt sei ihr Zuhause und New York darin ihr Wohnzimmer. Nach ein paar Tagen, Goergens hatte noch nie eine so aufregende und intensive Beziehung erlebt, erfuhr er, dass Jo verheiratet war. Sie trafen sich zufällig alle drei in der Lobby des Chelsea, als ihr Mann gerade ein paar Bilder ansehen wollte. Der Besitzer des Hotels hatte sie in Zahlung genommen und wollte sie nun veräußern. Jo's Mann war Galerist. Die meiste Zeit flog er um die Welt, um Kunst zu entdecken. Und er hatte überhaupt kein Problem damit, dass seine Frau einen Liebhaber hatte. Goergens verstand die Welt nicht mehr. Aber er verstand Jo's unbändige Wut, wenn sie sich über Blumenkinder und die 68er lustig machte. Deren Revoluzzertum fand sie genauso kleinkariert und spießig wie das, was sie zu bekämpfen vorgaben, eben weil sie die Welt in eine Richtung umerziehen wollten, die sie für die einzig richtige hielten. Da siehst du die neuen Konservativen, lachte sie nur. Jo lebte doch schon längst, was die Jüngeren forderten; und ihr Mann, den sie hin und wieder auf seinen Reisen begleitete, schloss Goergens so herzlich in die Arme, dass der erst nicht wusste, ob der Mann dämlich, bizarr veranlagt oder vielleicht in irgendeiner Weise unzurechnungsfähig war. Aber nichts davon traf zu. Er mochte Goergens einfach und wenn seine Frau ihn auch mochte, nur zu.

Wenn Goergens ehrlich war, dann verstand er diese seltsame Dreiecksbeziehung, die sie einige Jahre führten, schon längst nicht mehr. Er war sich bewusst, dass er die Liebe zu Jo seit Langem verklärte. In der Erinnerung war sie seine Frau, war es der andere, der sie ihm weggenommen hatte – was letztlich sogar stimmte.

Damals war er ins zivile Leben gewechselt, auch ihretwegen. Als er den beiden gesagt hatte, dass er seinen Dienst bei der Bundeswehr quittieren wolle, hatte ihm Jo's Mann den Pollock geschenkt. Einfach so, aus einem Gefühl heraus. Dieses Bild war die zweite Liebe gewesen, die sie geteilt hatten. Der Pollock hatte in einem Hinterzimmer der Galerie gehangen, nie im Leben hätte der Galerist ihn verkauft. Oft hatten sie zusammen davorgestanden und die tiefe Schönheit des Bildes bewundert. Sie waren sich einig gewesen, dass dieses Dripping das einzig wahre Porträt war, das es von Jo, ihrer beider Frau, gab, geben konnte. Natürlich nicht, weil es ihr ähnlich sah. Es beschrieb vielmehr ihre Wildheit, ihre Zärtlichkeit, ihre Kraft und diese dunkle Verletzlichkeit. Und vielleicht, um das Bild doch noch für sich zu retten, hatte er Goergens einen Job in der Galerie angeboten, doch Goergens hatte abgelehnt. Er brauchte Sicherheit in seinem Leben. Er war trotzdem in New York geblieben und ins Auswärtige Amt gewechselt, das hier einen Posten bei der UNO zu besetzen gehabt hatte.

Ein paar Jahre später waren Jo und der Galerist ums Leben gekommen. In Südamerika, als sie einmal nicht in Sachen Kunst unterwegs gewesen waren, sondern in ein Stück Land investieren wollten. Sie hatten den Tipp bekommen, dass Rinderzucht dort lukrativ werden sollte. Ihr Flugzeug war in den Amazonas gestürzt. Ebendas meinte Goergens, wenn er sagte, der andere habe ihm seine Frau weggenommen.

Goergens dachte an gestern Abend. Er war mit der U-Bahn nach Prenzlauer Berg gefahren. An der Eberswalder Straße war er ausgestiegen und durch das Viertel gelaufen. In der Kulturbrauerei hatte eine Punkband gespielt, eine Record-Release-Party, so stand es auf den Plakaten. Es hatte sich ein wenig angefühlt wie damals in New York. Damals hatte er im Chelsea Patti Smith kennengelernt; Janis Joplin nach ihrem Regenkonzert im Central Park erlebt. Es war eine ähnliche Stimmung zwischen Wut und Aufbruch gewesen: Eine heruntergekommene, kaputte Stadt, bis oben hin gefüllt mit mehr oder weniger mittellosen Kreativen. Aufbruchswillige, die die Stadt letztlich nur umso interessanter machten für die, die Geld hatten. Die das Geld hatten, sich die Stadt mit ihrem tollen Image einfach zu kaufen. Goergens wusste, dass es hier genauso kommen würde. Man verhandelte ja schon darüber, was aus der Kulturbrauerei einmal werden sollte; diesem Filetgrundstück. Er selbst fand den Gedanken reizvoll, hier die Ateliers zu lassen, die kleinen Theater und alles, was sich angesiedelt hatte. Aber wahrscheinlicher war es, dass ein Investor das ganze Areal kaufte und wer weiß was daraus machte. Ein Multiplex, ein Einkaufszentrum oder schlimmstenfalls ein Parkhaus. Wer ans Filet wollte, kam ums Schlachten nicht herum. Goergens war froh, dass er damit nichts zu tun hatte.

Dann war er weitergegangen, bis ihm am Kollwitzplatz, vor einem Puppentheater, eine junge Frau einen Flyer in die Hand gedrückt hatte.

Goergens saß in seinem Büro, der Flyer lag auf der Schreibunterlage. Steffi Kautz hieß die Frau. Sie war Malerin, eines ihrer Bilder war auf dem Werbezettel abgedruckt. Sie stellte gerade in dem Puppentheater aus.

Goergens musste an den Pollock denken. Daran, dass er immer der Meinung gewesen war, dass es niemals etwas geben könnte, das sich mit diesem Bild vergleichen ließ. Seit gestern Abend war er da nicht mehr so sicher.

16

Jens stand am Schlafzimmerfenster. Er pulte kleine Steinchen aus dem Hausverputz und warf damit nach den Tauben. Im Frühjahr hatte er eines ihrer Nester gefunden. Von einem vollgeschissenen Mauervorsprung neben den Mülltonnen hatten ihn kahlköpfige Taubenküken mit weit aufgerissenen Schnäbeln angestarrt. Kahle Köpfe mit überproportional großen Augen. Jens war das Frühstück hochgekommen. Am liebsten hätte er gekotzt, voll auf das Nest. Doch wahrscheinlich hätten die Küken dann gedacht, es sei Fütterung. Sie hätten gefressen und wären ihm nachgelaufen. Jeden Tag eine Stufe, bis sie eines Morgens mit ihren kleinen Schnäbeln gegen die Wohnungstür gehackt hätten, froh, ihn gefunden zu haben. Natürlich hätte Jens gleich wieder kotzen müssen. Voll auf die Kükenköpfe. Was Jenny wohl dazu gesagt hätte. Hässliche hungrige Taubenküken tschilpten nach ihm, und er kotzte ihnen eine pralle Futterlache hin. Vielleicht hätte sie gelacht. Sie konnte über alles lachen. Jens fühlte sich mies, seit er in Mitte wohnte.

Durch die Dielen zog der Qualm aus der Bärenklause hoch. Es gab Abende, da war die Wohnung blau vom Zigarettenrauch. Man hörte das Kneipengebrabbel, man hörte die Musik. Musik gab es immer dann, wenn die Rotte da unten besoffen war. Das war meist gegen ein oder zwei Uhr morgens. Die Glücksritter und die Journalisten des gegenüberliegenden Nachrichtensenders wechselten sich mit ihren Gelagen ab. Wie ruhig war es da mitten im Puff gewesen! Hin und wieder das professionelle Stöhnen der Frauen, aber nie nach zwölf! Da hatte Geli drauf geachtet. Hier spendierte ihm die Wirtin gelegentlich ein Bier.

Jenny machte das alles nichts aus. Sie war begeistert.

Ständig war irgendwas los, der Tiergarten lag praktisch um die Ecke. Bis zur Uni konnten sie mit dem Fahrrad fahren. Und dann die Clubs. Jenny war jede Nacht in einem anderen. WMF, Tresor, E-Werk. Jenny kannte sie alle und dort kannte jeder sie. Netzwerken nannte sie das. Kontakte aufbauen, Verbindungen, wer wusste schon, wozu man sie einmal brauchte.

Was das anging, war Jenny schlimmer als die Vitamin-B-Mafia im Osten. Jens hatte es immer für sein größtes Verdienst gehalten, dass er sich aus diesen ganzen Bonzen- und Schiebergeschäften, wie sie im Osten um Wohnungen, Autos, Ersatzteile und was nicht noch alles üblich gewesen waren, herausgehalten hatte. Im Osten war nichts ohne Beziehungen gegangen. Jetzt musste er lernen, dass im Westen nichts ohne Netzwerke ging. Wichtig ist, sagte Jenny immer wieder, wie du verdrahtet bist.

Neulich hatte sie von einem Goergens gefaselt. Sie hatte sich gar nicht mehr einbekommen. Ein ganz hohes Tier, hatte sie immer wieder gesagt, gewieft im politischen Geschäft. Jemand, der alle Ministerwechsel schadlos überstanden hatte. Allenfalls hatte er mit jedem neuen Minister nur noch mehr an Einfluss gewonnen. Und den hatte sie hier gesehen. Sonst sah man ihn nur im Fernsehen.

Es stimmte, auch Jens kannte ihn daher. Er stand immer neben irgendwelchen Ministern, Kanzlern und Präsidenten, wenn er nicht gerade selbst eine Pressekonferenz gab. Aber neulich, als sie von der U-Bahn gekommen war, hatte Jenny ihn hier gesehen, ganz leger, in Privatklamotten! Das konnte doch nur heißen, dass er hier irgendwo wohnte, dass er hier irgendwo seinen Feierabend verbrachte! Jenny konnte eins und eins zusammenzählen. Wenn Goergens der Typ war, der ein Feierabendbier trinken ging, dann tat er es genau unter dem Sessel, in dem sie gerade saß. Es ging nicht anders. Die Bärenklause war weit und breit die einzige Kneipe. Als Jens sagte, dann solle sie doch runtergehen und sich ein Autogramm holen, hatte sie ihn das erste Mal seit sie sich kannten nach allen Regeln der Kunst zusammengestaucht. Dass Goergens der vielleicht wichtigste Kontakt sei, den sie beide bekommen konnten. Als Jens erwidert hatte, dass er nicht in Dinge involviert werden wolle, die er nicht überschauen könne, hatte Jenny erst richtig losgelegt: Da unten säßen auch Journalisten. Jede Menge Journalisten. Scheißegal, ob sie versoffen waren oder nicht. Sie waren eine Möglichkeit, Karriere zu machen. »Wozu studierst du eigentlich, Jens Machnik? Um Taxifahrer zu werden?«

Jens war immer kleiner geworden in seinem Sessel. Während er noch nach einer Antwort gesucht hatte, war Jenny bereits dabei gewesen, einen Plan zu entwickeln, wie sie an Goergens herankommen konnten. Jens musste den Anfang machen, er musste hinuntergehen zu Goergens. Bestimmt war Goergens noch ein Mann alter Schule, da konnte sie nicht einfach vorpreschen wie ein Groupie. Jens musste wie zufällig mit ihm ins Gespräch kommen, dazu geht man schließlich in eine Kneipe. Sie hatte auch schon ein Thema. Sie wusste, dass Goergens USA-Fan war. Also sollte Jens möglichst schnell darauf zu sprechen kommen, dass sie beide gerade an ihren Magisterarbeiten säßen, und Jenny interessanterweise über das Wahlsystem der USA schriebe. Darauf musste Goergens einsteigen. Schon aus Höflichkeit. Mit ein bisschen Glück konnte Jens eine Telefonnummer bekommen, oder sie verabredeten ein Treffen, bei dem dann auch Jenny dabei sein würde. So könnte es gehen. Und genau das war es, was Jens heute noch bevorstand. Er musste in die Kneipe, am Tresen stehen und Goergens abpassen. Zufällig, zwanglos, aber interessiert. Er hatte keine Ahnung, wie er das hinbekommen sollte. Er pulte noch ein paar Steine aus dem Putz. Vielleicht traf er ja wenigstens endlich eine von den Tauben.

17

Draußen hatte die Sonne geschienen, und als er jetzt in die Bärenklause trat, brauchten Haffners Augen eine ganze Weile, bis sie sich an die Dunkelheit gewöhnt hatten.

»Da seids ja schon«, sagte er, als er Christoph an dem Tisch von gestern Abend sitzen sah. Christoph und noch jemanden, möglicherweise den Experten für Möbelfabriken.

Haffner ging an den Tisch und setzte sich. Vor Christoph und dem anderen standen bereits Biergläser, Haffner bestellte sich ein Weizenbier. Er war auf einmal skeptisch, was er von den beiden zu halten hatte. Es war nicht unbedingt eine Empfehlung, von Mommsen ausgesucht zu werden. Haffner kannte Mommsens Schwäche, Leute an Bord zu holen, die ihm in Dankbarkeit ergeben waren. Haffner stritt sich lieber mit jemandem, das führte zu besseren Ergebnissen.

Die Wirtin brachte sein Bier, obenauf schwamm eine Zitronenscheibe. Haffner glaubte nicht, was er sah. Doch in diesem Fall hielt er einen Streit für sinnlos.

»Fräulein«, rief er zum Tresen, »I hab mirs überlegt, bringens mir ein Pils und dös gebens irgendwem, der bedürftig ist.« Er schob das Zitronenweißbier an den Tischrand. »So«, sagte er dann, »und wer ist dös?«

»Das ist Mario, unser neuer Experte für alles, was mit der Möbelindustrie zu tun hat«, stellte Christoph ihn vor.

»So, der Möbel-Mario. Dann schauens sich dös einmal an und sagens mir, was Sie davon halten.« Haffner schob die Mappe der Möbelfabrik über den Tisch. Mario klappte sie auf und vertiefte sich in die Unterlagen.

Als Haffners Bier kam, stieß er mit Christoph an. Mario ließ den Blick nicht von der Mappe.

»Also, was? Sagens schon, müssen wir die nächsten paar hundert Leute entlassen oder haben wir ein neues Klondike in den Händen?«, fragte Haffner.

Er musterte Mario, dann sah er zu Christoph.

»Habts schon was machen können, mit den Leuten, die mir die Unterlagen aufbereiten, damit dös alles schneller geht?«, fragte er.

»Wir arbeiten daran«, antwortete Christoph. »Wir brauchen Leute, die wirklich topfit sind. Und«, er warf einen skeptischen Seitenblick auf Mario, »da haperts an allen Ecken und Enden.«

Haffner nickte. Er hatte nur die ersten Sätze lesen müssen, um zu wissen, was mit der Fabrik los war. Er schaute sich um, ob hier jemand wie ein Herr Scholle aussah. Aber außer den Leuten am Tresen, die stumm in ihre Gläser starrten, konnte er niemanden entdecken, der einem ostdeutschen Möbelwerker ähnelte.

Haffner wandte sich wieder Mario zu.

»Wie schauts aus?«, fragte er. »Hebens den Daumen oder senken Sie ihn?«

Mario verzog abwägend die Lippen. Der Job bei der Treuhand war sein erster. Er war direkt von der Uni hierhergekommen. Unsicher wie ein Fahranfänger wollte er auf keinen Fall etwas falsch machen.

Haffner winkte der Bedienung und bestellte noch eine Runde.

»Soll i Ihnen eine Wünschelrute holen oder was Sie sonst an Handwerkszeug brauchen?«, fragte er Mario. So lange konnte man doch gar nicht brauchen, dachte er, um zu sehen, dass in dieser Firma nur Probleme steckten. Kein Markt, keine Produkte, nichts. Allenfalls das Grundstück taugte etwas, wenn man es schaffte, eine Autobahnanbindung zu bauen. Um alles andere sollte sich eine von diesen Beschäftigungs- und Qualifizierungsgesellschaften kümmern. Die einzige prosperierende Branche, die es derzeit im Osten gab. Dort schienen Hellseher am Werk zu sein, dachte Haffner. Er konnte sich nicht vorstellen, für was man die Leute hier sinnvollerweise qualifizieren sollte, wenn man nicht einmal wusste, was es in den Neuen Ländern irgendwann einmal an Industrie und Handwerk geben würde. Aber letztlich interessierte es ihn nicht. Jede Bildungsmaßnahme war gut für die Statistik.

Haffner sah zu Mario, der mit seiner Analyse immer noch nicht weiter war. Vielleicht, dachte er, wenn dieser Herr Scholle endlich auftauchte und einigermaßen erträglich war, ließ sich mit dieser Möbelfabrik doch noch etwas anfangen. Vielleicht kam ihm ja irgendeine Idee, wie man die Bude retten könnte. Allem, was mehr als zwanzig Prozent Überlebenswahrscheinlichkeit aufwies, wollte er eine Chance geben. Wenn nicht, ging das Grundstück wie üblich in die Verwertung und die Firma wurde abgewickelt.

Immerhin schien Möbel-Scholle, wie Haffner ihn nun nannte, fähiger zu sein als Möbel-Mario. Möbel-Scholle war immerhin aufgefallen, dass es so wie bisher nicht weitergehen konnte. Das letzte Geld hatte er in eine neue Halle investiert, dort hatte er einen halben Eichenwald eingelagert. Rustikalmöbel wollte er herstellen. Das sei die Nische, in der das Werk überleben könne, wenn es denn eine Finanzierung bekäme. Vielleicht war etwas dran an dieser Idee.

Während Haffner noch darüber nachdachte, betrat Scholle die Kneipe. Er war am Alexanderplatz im Kaufhof gewesen und hatte sich neu eingekleidet. Schwarze Hose, fliederfarbenes Hemd, dunkelgrüner Seidenblouson. Hellblau war ausverkauft gewesen. Es fühlte sich ungewohnt an, so herumzulaufen. Es hatte auch alles viel länger gedauert, als er gedacht hatte. Jetzt hielt er die Tüten mit seinen gebrauchten Sachen in der Hand, die er lieber erst nach Hause gebracht hätte. Aber er war sowieso schon zu spät. Wie er jetzt mit seinen Tüten am Tresen stand, wusste er allerdings, dass er einen Fehler gemacht hatte. Die Wessis kamen auch immer zu spät. Aber sie hatten niemals Tüten mit alten Klamotten in der Hand. Scholle, du denkst immer noch wie ein Ossi, das solltest du lassen. Nachdem er Haffner entdeckt hatte, der mit dem Rücken zu ihm saß, bestellte er sich ein Mineralwasser. Bevor es losging, wollte Scholle sich noch kurz sammeln. Er rätselte, was es zu bedeuten hatte, dass Haffner nicht allein gekommen war. Hatte er schon jemanden mitgebracht, bei dem er einsteigen konnte? Scholle trank das Wasser und legte sich ein paar Worte zurecht, mit denen er an den Tisch gehen wollte. Da drehte sich Haffner plötzlich um.

»Sie da!«

Scholle ging an den Tisch.

»Bringens mir noch …«, Haffner stutzte. »Ach, Sie? Arbeitens hier? Sie wohnens doch da hinten, da … Sie wissen schon.«

»Ick bin Scholle. Wir haben vorhin telefoniert.«

»Ach, Sie sind das.« Haffners Stirn bekam Falten. »Na, dann setzens sich halt«, er zuckte mit den Schultern. »Trinkens ein Bier?«

»Nur Wasser«, lehnte Scholle ab und stellte sein Glas auf den Tisch. »Ick behalte jerne 'n klaren Kopp.«

Du berlinerst schon wieder, sagte Scholle zu sich selbst. Vor allem, wennde nervös bist. Dit is dit Nächste, watte in den Griff kriejen musst. Petra hatte dir dit so schön abjewöhnt, wejen der Kinder. Und nu klingste wieder wie eena vom Rummel. Ach, Petra, wenn du mir jetzt … hör uff! Jetzt bloß nicht daran denken!

»Meinetwegen«, sagte Haffner unterdessen und entdeckte die Wirtin, die aus der Küche geschlurft kam. »Sie da! Fräulein! Machens noch eine Runde!«

Scholle sah die leeren Biergläser. Ihm kam der Gedanke, dass er mit seinem Wasser vielleicht völlig danebenlag. Er hatte seriös erscheinen wollen, wie jemand, dem man bedenkenlos alles anvertrauen konnte. Jetzt war er nicht mehr sicher, ob die richtigen Finanzer nicht doch alle was tranken. Ob Bier so eine Art Betriebsmittel in der Branche war. Haffner jedenfalls konnte seit gestern unmöglich nüchtern geworden sein.

Haffner dagegen überlegte, wie er Christoph erklären konnte, dass er ihn und Mario wegen seines Nachbarn und einer maroden Möbelfabrik hierherbestellt hatte, die beide nichts miteinander zu tun hatten.

»Kommts der Mommsen auch noch?«, fragte er in der Hoffnung, dass der ihn aus der Verlegenheit retten könnte.

Christoph schüttelte den Kopf.

»Mommsen ist bis um drei in einem Meeting. Und danach«, Christoph hob die Hände, »wer weiß.«

Zu Haffners Glück traute sich nun Mario aus der Deckung und erzählte, was er von der Möbelfabrik hielt. Genau genommen fasste er nur zusammen, was in der Mappe stand. Keine Analyse, keine eigene Meinung. Haffner taten nach ein paar Minuten die Ohren weh. Er bezweifelte, ob es sich überhaupt lohnte, in Mario zu investieren. Er gab sich einen Ruck und wandte sich Scholle zu. »Sagens mir noch einmal«, sagte er und ließ Mario einfach weiterreden, »worum gehts bei Ihnen?«

»Finanzen«, antwortete Scholle. »Wat ick da machen kann.«

Haffners Kopf beschrieb eine kreisende Bewegung, eine Mischung aus Nicken und Kopfschütteln. Dann begann er, ohne dass es mit irgendwas in einem Zusammenhang stand, Anekdoten zu erzählen. Und wie immer, wenn er erzählte, lachte er selbst am lautesten, damit die anderen auch ja begriffen, wo die Pointe lag. Auch Scholle lachte, obwohl er nicht das Geringste verstand. Doch irgendwie fühlte er sich aufgenommen in diesen Kreis. Das lag möglicherweise am Bier. Denn das nächste, zu dem Haffner einlud, nahm er an. Hin und wieder wagte auch er eine Bemerkung und als er merkte, dass man ihn offensichtlich witzig fand, spendierte er ebenfalls eine Runde und fühlte sich den anderen absolut gleichwertig.

Als Haffner pinkeln ging, stand Scholle auf und begleitete ihn.

»Also«, sagte Scholle, als sie nebeneinander vor den Becken standen, »um noch mal druff zurückzukommen. Ick will künftig wat mit Finanzen machen. Haben Sie da nicht einen Tipp für mich?«

»Was habens denn bisher gemacht?«

»Bau. Also Baufacharbeiter.«

»Und was wollens da jetzt mit Finanzen machen?«

»Dit will ick ja jrade von Ihnen wissen. Wie man da vorjeht. Ick weeß natürlich och, dass ick da erst mal 'ne Menge lernen muss, aber ick mach och erst mal die Scheißjobs, die keener will.«

»So, machens dös«, sagte Haffner und schloss seine Hose.

»Also janz direkt, brauchen Sie nich janz persönlich wen?«

Haffner zuckte innerlich zusammen, aber dann kam ihm die Idee gar nicht mal so abwegig vor. Schlechter als Mario konnte Scholle den Job auch nicht machen. »Wissens was«, sagte er, »fragens mich nachher noch einmal, vielleicht fällt mir bis dahin was ein. Nehmens einstweilen meine Karte. So machen wirs.« Damit ging zurück an den Tisch.

»Aber Ihre Karte hab ick doch schon«, sagte Scholle, aber außer dem Becken, vor dem er stand, hörte das schon niemand mehr.

18

Am Kollwitzplatz saßen die Leute vor den Kneipen und genossen den warmen Sommerabend. Vor dem Café Westphal drehten sich ein paar nach Goergens um. In seinen Designerjeans, der teuren Lederjacke und den Laufschuhen erweckte er Argwohn. Er sah nicht aus wie einer, den sie hier haben wollten. Sie wollten die meisten nicht hier haben. Am wenigsten aber Touristen und die Kategorie, in die sie Goergens steckten: Alteigentümer, auf der Suche nach dem Haus, das er wiederhaben wollte. Goergens spürte, dass eine gewisse Feindseligkeit zu ihm herüberwehte.

Er lief schon eine ganze Weile durch den Prenzlauer Berg, genauer: er schlich um dem Kollwitzplatz herum, unschlüssig, was er tun sollte. Auf der anderen Seite des Platzes schleppte Steffi Kautz ihre Bilder zu einem Miet-LKW. Ein junger Mann war bei ihr, sie schienen sich zu streiten. Goergens hörte, dass die Malerin ihn immer wieder anschrie, aber er konnte nicht verstehen, um was es ging. Den LKW, den sie gemietet hatte, gab es zwischen achtzehn und zwanzig Uhr für die Hälfte, so stand es auf der Plane. Jetzt war es kurz vor sieben. Wohin auch immer Steffi Kautz strebte, wenn sie den Tarif halten wollte, musste sie sich beeilen. Goergens nahm an, dass sie darüber stritten. Dass sie den jungen Mann als Fahrer engagiert hatte. Vielleicht war er ein Nachbar oder ein Malerkollege. Vielleicht war er ihr Freund. Goergens überlegte, ob er besser woanders hinfuhr, ob er wirklich darauf aus war, sie kennenzulernen.

Es war Neugier, die ihn zu Steffi Kautz hinzog. Es war kein unbezwingbares Verlangen. Wenn er in Bonn oder in New York gewesen wäre, hätte er seine Plätze, seine Orte gehabt, an denen er seine Zeit verbringen konnte. Aber in Berlin war es wie überall sonst auf der Welt: Nach Büroschluss ergriff ihn eine entsetzliche Langeweile. Auf seinem Schreibtisch stapelten sich Einladungen zu Empfängen und allen möglichen gesellschaftlichen Anlässen. Wenn es danach ging, dann hatte er jeden Abend die Wahl zwischen mehreren Events. Dem Ball der Spielautomatenhersteller, dem Herrenabend des Verbands der Zigarrenimporteure oder einer arbeitnehmernahen Bootstour. Es war unvorstellbar, wie viele Organisationen und Verbände allabendlich um seine Gunst warben. Doch wäre Goergens jemals für solche Vergnügungen empfänglich gewesen, hätte er sich niemals so lange auf seinem Posten halten können. Es war das wertvollste Pfund, mit dem er wuchern konnte: Dass er sich von nichts und niemandem vereinnahmen ließ. Aber es hatte den Preis dieser entsetzlichen Leere, wenn er das Büro verließ. In Bonn war das kein Problem, da war er zu Hause. In New York hatte er seine Wege und Plätze außerhalb des politischen Lebens. Leute, die er seit Langem kannte, Cafés, wo er sich mit ihnen treffen konnte. Sich aber in Berlin, für die kurze Zeit, die er hier verbringen würde, ein Privatleben aufzubauen, ergab für ihn keinen Sinn. In ein paar Jahren ging er in Pension, danach gab es keinen Grund mehr wiederzukommen. Von Bonn aus war er in einer knappen Stunde in Frankreich; selbst in London war er schneller als in Berlin. Was also sollte er hier. Wenn er in Pension war, würde er ohnehin wieder öfter in New York sein und seine dortigen Bekanntschaften pflegen. Es gab dort einen kleinen Buchladen, dessen Inhaberin ihm alle halbe Jahre ein Paket mit lesenswerten Neuerscheinungen schickte. So gesehen war er schon jetzt häufig via Buch in den USA. Und so gesehen wusste er mit seinen Abenden durchaus etwas Besseres anzufangen, als um den Kollwitzplatz herumzustreichen. Nur gab es eben auch jene Stunden zwischen Büroschluss und dem Buch daheim, die gefüllt werden wollten, und für die er einen anderen Inhalt als bisher brauchte.

In der Bärenklause war er von einem Studentenpärchen angesprochen worden. Goergens war sofort klar gewesen, dass sie sich irgendwelche Kontakte von ihm erhofften. Weil er ein höflicher Mensch war, hatte er sich zu einem Abendessen überreden lassen. Die junge Frau wollte amerikanisch für ihn kochen. Er ahnte, dass es auf Steaks oder Hamburger hinauslief. Aber darum ging es letztlich gar nicht. Dass die beiden ihn abgepasst hatten, hatte Goergens klargemacht, dass seine Besuche in der Bärenklause zu regelmäßig geworden waren und er dringend davon loskommen musste. Er schien beim Dreisatz: Büro – Kneipe – Schlafen angelangt zu sein. Es war erschreckend, dass erst das Studentenpärchen hatte kommen müssen, um ihn darauf aufmerksam zu machen. Vielleicht ein Zeichen des Alters. Deshalb schlich er jetzt wie ein Pennäler um das Puppentheater und um Steffi Kautz herum; obwohl er eigentlich nicht so recht wusste, was er von ihr wollte. Sicher, er hätte sich ihre Ausstellung ansehen können, aber die hängte sie wohl gerade ab.

Er war inzwischen nahe genug herangekommen, um zu verstehen, worüber die beiden stritten. Es hatte tatsächlich damit zu tun, dass die Mietzeit für den günstigen Tarif ablief und sie sich den teureren Preis nicht leisten konnte. Sie musste hier also schleunigst fertig werden oder alles wieder ausladen und die Aktion abbrechen.

»Was glotzen Sie so blöd?«, fuhr sie Goergens an, der auf der anderen Straßenseite stehengeblieben war und zu ihr hinübersah. »Entweder Sie fassen hier mit an oder Sie ziehen Leine!«

»Ich wollte ins Puppentheater«, sagte Goergens. Er rief ihr den Namen des Stückes zu, das er angeblich sehen wollte.

»Die vom Theater kommen alle erst kurz vor acht. Bei dem Wetter vielleicht sogar später. Fassen Sie nun endlich mit an?«

Goergens überquerte die Straße. Auf dem LKW lag eine Anzahl Bilder. Unhandliche Formate, man sah ihnen die Eile an, mit der sie aufgeladen worden waren. Weder die Malerin noch ihr Gehilfe hatten sich die Mühe gemacht, sie in irgendeiner Weise zu sichern. Wenn der Fahrer nicht sehr aufpasste, musste es unweigerlich zu Transportschäden kommen.

»Ziehen Sie um?«, fragte Goergens und fasste an dem Bild an, das die Malerin über den Bürgersteig zerrte.

»Für einen Umzug brauche ich keinen LKW. 'ne Zahnbürste kann ich mir überall kaufen. Vorsicht! Da ist 'ne Ecke.«

Goergens hob das Bild auf die Ladefläche.

»Ja, und nun?« Die Malerin sah ihn auffordernd an. »Hat das Ding Beine, kriegt es Flügel, wenn es da auf der Kante steht?«

»Sie meinen …?« Goergens deutete auf die Ladefläche.

»Genau. Hochklettern und das Teil nach hinten ziehen.«

Goergens biss die Zähne zusammen. Er trug nach Feierabend nicht ohne Grund Laufschuhe: Um seiner beginnenden Arthrose zu begegnen, nutzte er spezielle Einlagen, die allerdings den Nachteil hatten, dass sie nicht in jede Art von Schuh passten. Die Laufschuhe waren also mitnichten

Ausdruck einer behaupteten Jugendlichkeit, im Gegenteil. Mit diesen Einlagen konnte er laufen, joggen, alles ohne Schwierigkeiten, doch ungewöhnliche Bewegungen, wie eben das Klettern auf eine Ladefläche, vertrug er überhaupt nicht. Wider besseres Wissen stieg er hinauf.

»Geht doch«, sagte die Malerin ungeduldig, als Goergens endlich oben war, und schob das Bild tiefer auf die Ladefläche.

»Falls es Sie interessiert«, sagte sie dann, »ich mache ’ne Ausstellung im Wedding.« Als sie sich umdrehte, um das nächste Bild zu holen, fügte sie hinzu: »Vielleicht haben wenigstens die im Westen Geld, um was zu kaufen.«

Goergens blieb auf der Ladefläche stehen und wartete auf das nächste Bild. Doch nach ein paar Minuten kam die Malerin ohne Bild zurück. Neben ihr her lief ihr Kollege oder was auch immer er war. Sie schwiegen sich so hörbar an, dass Goergens keine besonderen Fähigkeiten brauchte, um einen handfesten Krach zwischen den beiden zu erkennen.

»Sie können runterkommen. Mehr wirds nicht«, sagte die Malerin.

Der junge Mann ging um den LKW herum, stieg ein und startete. Als er losfuhr, ließ er die Kupplung springen. Der LKW machte einen Satz nach vorn, Goergens stürzte von der Ladefläche und schaffte es gerade noch, auf den Füßen statt auf dem Kopf zu landen.

»Idiot!«, schrie die Malerin dem LKW hinterher und drohte dem Fahrer mit der Faust.

»Alles okay bei Ihnen?«, fragte sie.

Goergens konnte nicht verbergen, dass der Sturz ihm höllische Schmerzen zugefügt hatte. Er hielt sich die Knie und setzte sich auf die Bordsteinkante.

»Tut mir leid, echt … dieser Idiot!« Sie sprang auf die Straße zurück und brüllte dem LKW noch eine Reihe unfreundlicher Bemerkungen hinterher, bis er in der nächsten Seitenstraße verschwunden war.

»Sollten Sie nicht mitfahren? Die Bilder hängen?«, fragte Goergens und atmete tief durch.

»Wozu denn, Mann, wozu?«, schrie sie weiter. »Der soll die Bilder da abladen und den Laster wegbringen. Hängen kann ich frühestens am Wochenende. Ist das alles eine Scheiße, ich hasse es!«

Und Goergens fand, dass in ihrem Ausbruch die Energie für mindestens zwei Bilder lag, die nun wohl ungemalt blieben. Soweit er das eben hatte sehen können, war Schreien auch ungefähr das Thema ihrer Bilder.

»Sie sollten besser malen als schreien«, sagte er.

»Ach, wer sind Sie denn auf einmal?« Sie ging auf ihn los. »Sind Sie Malpädagoge, Verhaltenstherapeut? Was haben Sie mir denn zu sagen?«

Goergens wusste nicht, woher er immer wieder die Fähigkeit nahm, ruhig zu bleiben, wenn andere ihn anschrien.

»Wie geht Ihr Tag jetzt weiter?«, fragte er die Malerin. Vielleicht war er noch vom Schmerz betäubt, vielleicht hatte er noch die Hoffnung, dass aus dieser Begegnung ein klein wenig New York für ihn würde. Ein kleines Wunder, ein Bild, das den Pollock ergänzte. Das Reißen in seinen Knien machte ihn träumen. Aber je länger sie ihn anschrie, umso bewusster wurde ihm, dass das hier nicht New York war; dass vor ihm Steffi Kautz stand. Sie hatte kein Geheimnis, nichts, was sich entdecken ließ; ebenso wenig wie ihre Bilder. Beide, Steffi Kautz und ihre Bilder, waren laut, aggressiv und rechthaberisch; wenn man wohlmeinend war, konnte man es berlinisch nennen.

Doch so ganz schien Goergens nicht auf sein Urteil vertrauen zu wollen. Denn so klar ihm das alles eben gewesen war, so klar war ihm auf einmal auch, dass er sich durchaus vorstellen konnte, sich auf sie einzulassen.

»Mein Tag?« Sie hob fragend die Schultern.

»Werden Sie in Ihr Atelier gehen und weiterarbeiten?«

»Mein Atelier?«

Ein Lachen kollerte aus ihr heraus.

»Hab kein Atelier. Hab hier 'ne Bude unterm Dach, aus der ich bald rausfliege, weil diese Penner alles auf schick machen.«

Sie sah Goergens an. Erst jetzt fiel ihr auf, dass er nicht hierhergehörte.

»Am Ende sind Sie der Typ, der sich den Laden unter den Nagel reißt! Wollen schon mal ausrechnen, wie viele Eigentumswohnungen Sie hier verschachern können, was?« Sie trat Goergens in die Seite und schrie die Straße hinunter. »He, hier sitzt eins von den Schweinen, die uns plattmachen!«

Goergens sah zu, dass er auf die Beine kam. Die Malerin schrie weiter, und unter den Leuten, die sich allmählich vor dem Puppentheater sammelten, fand sie die ersten Anhänger für ihre These.

Goergens spürte, dass der Zorn der Leute in seiner Person eine Adresse bekam, an der er sich entladen konnte. Das Letzte, was er jetzt brauchte, war ein Skandal. Er konnte die Journalisten und Fotografen schon beinahe körperlich spüren; wie sie in den Cafés und Kneipen aufsprangen, ihre Freunde, Getränke und Speisen zugunsten ihrer Diktiergeräte und Kameras im Stich ließen, um sich den Aufmacher des nächsten Tages nicht entgehen zu lassen.

Goergens drehte sich um und lief ruhigen Schrittes die Straße entlang, wo er an der nächsten Ecke ein Taxi stehen sah. Er stieg ein und ließ sich zurück nach Mitte fahren. Es ist besser so, dachte er, es ist nicht die Zeit für irgendwelche Abenteuer.

Sein kleiner elektronischer Kalender piepte und erinnerte ihn daran, dass er morgen Abend bei dem Studentenpärchen eingeladen war.

19

»Jens!«

Jens reagierte nicht. Er blieb in seinem Sessel sitzen und arbeitete konzentriert daran, den Lautstärkeregler, den er von der Stereoanlage abgezogen hatte, in einer Rolle Toilettenpapier festzustecken. Das Rädchen durfte nicht wackeln, aus dem Pappkern herausfallen oder sich sonst irgendwie selbständig machen. Jetzt schien er endlich eine Möglichkeit gefunden zu haben. Behutsam begann er, das Toilettenpapier abzurollen.

»Jens!«

Jennys Stimme wurde energischer. Jens tastete weiter an dem Regler herum. Er drehte ihn langsam mit zwei Fingern, sodass das Toilettenpapier gleichmäßig auf den Boden sank.

»Jens, nun komm doch endlich!«

Jens hörte Jennys Schritte, gleich stand sie im Zimmer, gleich gab es Krach. Er drehte weiter.

»Jens, es hat geklappt!«

Er sagte nichts. Er konnte an seinem schneller werdenden Pulsschlag spüren, wie ihn die Situation zu stressen begann. Genau das wollte er erreichen. Jemand aus dem Nachrichtensender hatte ihm einen Job angeboten, für den er eine ruhige, gleichmäßige Hand brauchte. Er musste in der Lage sein, diesen Knopf weiterzudrehen, egal, ob er Stress hatte, abgelenkt wurde oder im Studio eine Bombe hochging.

Jens hatte negativen und positiven Stress im Moment. Er wusste von dem Brief, den Jenny gerade las. Und er wusste, dass sie einen Schwangerschaftstest gekauft hatte. Die Quittung hatte im Mülleimer gelegen.

»Hier, sie nehmen mich.«

Jenny hielt ihm den Brief hin. Jens sah kurz auf, erkannte das UNO-Logo auf dem Briefkopf. Er hatte den Brief vorhin, als er von der Uni nach Hause gekommen war, selbst aus dem Briefkasten genommen. Es war ein kleiner Umschlag, deshalb wusste er, dass sie es geschafft hatte. Zusagen kommen in kleinen Umschlägen; Ablehnungen in großen. Der Bewerbungsmappe wegen, die sie »zu unserer Entlastung« zurückschicken. Er hatte in letzter Zeit einige davon bekommen. Das mit der UNO war also keine Überraschung mehr. Aber was sich damit verband, machte ihm Angst. Es wäre ihm lieber gewesen, wenn sie Jenny nicht genommen hätten. Blieb noch die andere Sache. Vielleicht ließ sie die UNO dafür sausen.

»Glückwunsch«, sagte er. »Und was ist mit dem Test?«

»Test? Ach so, ja, schwanger bin ich auch. Was machst du da eigentlich?«

»Teleprompter. Ich will herausfinden, ob ich so ein Ding gleichmäßig drehen kann. Autocue-Operator kann ich dann beim Sender machen.« Und er fügte ironisch hinzu: »Die Kneipe ist ein echter Glücksgriff für uns.«

»Wie du siehst, hat das mit Goergens funktioniert.« Jenny wedelte mit dem Brief. »Keine vier Wochen bis zur Antwort. Das ist perfekt. Außerdem wars doch ein schöner Abend mit ihm. Wenn wir mal in New York sind, wissen wir, wo wir den besten Italiener finden und wo es noch bessere Hamburger gibt als meine.«

»Stimmt«, Jens ließ den Lautstärkeregler los. »Das war eine klasse Idee von dir. Ich hätte mich das nicht getraut, Hamburger zu machen. Die waren wirklich gut.«

»Danke. Und vergiss nicht, es war auch ein Hauch Geschichte dabei.«

Jens nickte und hob seine rechte Hand.

»Diese Hand hat die Hand geschüttelt, die Indira Gandhi die Hand geschüttelt hat.« Er bewegte die Finger. »Und es ist immer noch eine Hand. Ein Wunder.«

»Würde ich nicht gerade freudetrunken noch einmal den Brief lesen, würde ich dir eine scheuern, so blöd bist du.«

Sie strich ihm über den Kopf.

»Dann lies bitte weiter«, sagte Jens. Er nahm ihre Hand, küsste sie und widmete sich wieder der Teleprompter-Attrappe.

»Siehs mal positiv«, sagte sie, »das mit den Fernsehleuten ist ein Anfang. Du weißt doch selbst noch nicht, wo du einmal hinwillst. Vielleicht ist Journalismus ja was für dich. Einer von den Chefredakteuren ist auch Politologe, soweit ich weiß. Berufsorientierender Studentenjob, wer hat das schon. Andere Leute müssen kellnern.«

»Wie lange geht denn das da?« Jens zeigte auf den Brief.

»Ein halbes Jahr erst mal«, sagte Jenny. »Dann wird vielleicht verlängert.«

»Und das Kind?«

Jenny nickte.

»Das Kind kann nicht mit«, sagte sie gedankenverloren und las weiter den Brief.

»Ist es überhaupt schon da, wenn du gehst?«

»Muss ich noch nachrechnen. Wäre natürlich besser, wenn es schon da wäre. Dann muss ich nicht so oft hin- und herfliegen. Ich weiß nicht, ob die da vernünftige Krankenhäuser haben.«

»Jenny …« Es war, als erwachte er. »Jenny, wir kriegen ein Kind! Wir kriegen ein Kind!« Er warf das Toilettenpapier mit dem Drehknopf weg und sprang auf. »Wir kriegen ein Kind!«

»Ja, toll, nicht?«

Jens riss ihr den Brief aus der Hand und umarmte sie.

»Ein Kind!«, rief er immer wieder.

Und ganz allmählich, so als würde sie aus tiefster Trance geholt, begriff auch Jenny, was sie da ganz nebenbei erwähnt hatte.

»Scheiße, ein Kind!«, rief sie. Ihr schossen die Tränen in die Augen. »Wir kriegen ein Kind!«

Sie blieben eng umschlungen stehen.

»Wie wird das denn, wenn wir ein Kind haben?«, fragte sie. »Ich kanns doch nicht mitnehmen, das ist doch viel zu gefährlich. Ich meine, in dem Land herrscht Bürgerkrieg.«

»Ich bleibe doch eh hier. Dann kümmere ich mich darum. Das ist doch jetzt auch völlig unwichtig. Wir kriegen ein Kind!«

»Ein Kind!«

Und Jens und Jenny hielten sich und es gab kein Glück, das größer war als ihres.

20

Hotte hielt mit dem Werkstattwagen an der Beusselstraße. Er wollte ein paar Tagelöhner für eine Baustelle holen. Es war dringend, der Auftrag war vor einer halben Stunde reingekommen. Hotte stand im Ruf, dass er immer und zu jeder Zeit alles organisieren konnte. Der Großmarkt in der Beusselstraße war eines der alternativen Arbeitsämter der Stadt. Hier waren die Schwarzarbeiter, hier war immer jemand, der seinen Landsleuten Jobs vermittelte. Diesmal waren es gute Jobs, die Hotte hatte. Drei Wochen auf ein und derselben Baustelle. Natürlich nur, wenn er zufrieden war. Dass Hotte kritisch war, sollte sich inzwischen herumgesprochen haben. Zwei- bis dreimal am Tag kam er kontrollieren. Morgens, nachmittags, auch mal überraschend zwischendurch. Wenn irgendwas nicht stimmte, war sofort Schluss.

Das letzte Mal hatte er Vietnamesen geholt. Es hatte nicht funktioniert. Hotte verstand die Vietnamesen nicht, und die Vietnamesen verstanden ihn nicht. Am Ende hatte Hotte sie bezahlt, weil er keinen Ärger haben wollte. Dann hatte er Rumänen geholt, mit denen war es besser gelaufen, aber die waren teurer. Diesmal wollte er polnische Handwerker. Die Polen verlangten noch mehr Geld als die Vietnamesen und die Rumänen, aber mit ihnen kam er immer noch billiger weg als mit den Gesellen, die er mal gehabt hatte.

Hotte stieg aus, schloss den Wagen ab und vergewisserte sich, dass er alle Fenster hochgekurbelt und die Hecktür verriegelt hatte. Er mochte diese Gegend nicht. Er hatte auch immer den Verdacht, dass die Polen hier in Westberlin teurer waren als die, die er im Osten bekommen konnte. Aber die aus dem Osten hatte er schon das letzte Mal geholt. Hotte wollte nicht, dass sich unter ihnen herumsprach, dass er nur noch schwarzarbeiten ließ. Also suchte er seine Leute immer woanders. Er nahm nie zweimal dieselben. Es sollte so aussehen, als finge er nur gelegentliche Engpässe so ab. Er fuhr immer noch seine alten Baustellen ab, so als würde er dort wie früher seine Kontrollgänge machen. Noch hatte niemand mitbekommen, dass seine Gesellen für jemand anderen arbeiteten. Dass er mit seinen Gesellen auch seine Baustellen verloren hatte. Der Markt, auch der für Klempner, entpuppte sich als ausgesprochen zyklisch. Volatil, sagte Hotte, wenn er jemanden beeindrucken wollte. Das Wort hatte er bei einem Banker aufgeschnappt, der ihm Aktien hatte verkaufen wollen. Mal geht es hoch und mal geht es runter. Überleben kann nur, wer flexibel bleibt. Zum Glück hatte Hotte den Abschwung erkannt und den zweiten Werkstattwagen, den er besessen hatte, rechtzeitig verkauft.

Hotte durfte gar nicht daran denken. Die Stasi-Fritzen machten ihm zu schaffen und die Ex-SEDler. Und die CDUler aus dem Westen. Alles eine Mischpoke. Die sprachen sich untereinander ab und machten die großen Geschäfte unter sich aus. Für ihn blieb kaum etwas übrig. Er war der in den Arsch Gekniffene. Denn die Steuern und Auflagen, die sich SPDler und Grüne ausdachten, die blieben an ihm hängen. Ein Witz war das alles. Die Stadt baute für Olympia, und er sah nichts von den Aufträgen.

Dabei war er es, der investiert hatte. Er hatte sein Grundstück verpfändet, er hatte sein Kapital nicht über irgendwelche dunklen Kanäle bekommen.

Man musste sich doch nur mal ansehen, in welchen Verbänden die alle waren. Da kungelten sie die Sachen aus, wer von wem was bekam. Hotte konnte es sich nicht leisten, in irgendeinem Verband, einer Berufsgenossenschaft zu sein.

Er zündete sich eine Zigarette an und versuchte, sich zu beruhigen. Jedes Mal, wenn er an den Verlauf seiner Geschäfte dachte, kam er auf hundertachtzig. Es war wie einen Schalter umlegen. Es war nicht fair, wie sie alle mit ihm umgingen. Es hatte gedauert, bis er dahintergestiegen war, dass die sich alle untereinander kannten. Von wegen unterschiedliche Parteien. Gauklertricks waren das. Wenn Hütchenspielen verboten war, dann gehörten Parteien erst recht verboten.

Hotte blieb stehen und sog an der Zigarette. Er rauchte unversteuerte. Er kaufte sie bei den Vietnamesen am Bahnhof Lichtenberg. Den Fidschis, wie sie in Ostberlin sagten. Komisch, dachte er. Wenn er Zigaretten wollte, verstanden sie ihn. Aber gut, es war auch nicht viel falsch zu verstehen, wenn er zwei Finger hochhielt und dafür zwei Stangen Zigaretten bekam.

Er sagte Fidschis, nicht weil er sie ärgern wollte, sondern wegen der Westler. Wegen dieses Etepetete-Gehabes von wegen ausländische Mitbürger. Deshalb waren es Fidschis. Und er kaufte nicht nur des Geldes wegen bei ihnen. Es war ein Zeichen. Die fehlende Steuerbanderole auf der Zigarettenschachtel war Ausdruck seines politischen Bewusstseins. Jeder konnte und sollte es sehen. Er, Hotte, war kein Wendehals, kein Mitläufer, der sein Fähnchen nach dem Wind drehte.

An einer Imbissbude holte er sich einen Kaffee und ein Brötchen mit Eiersalat. Er musste wieder runterkommen. Wenn die Leute merkten, dass er in Fahrt war, fingen sie an zu handeln. Sie dachten dann, dass er unter Druck sei. Wut trieb die Preise hoch.

Er hatte keine Angestellten mehr, aber was hieß das schon. Jetzt brauchte er die ganzen Versicherungen nicht mehr zu bezahlen, die er für seine Gesellen hatte abschließen müssen. Bei den Polen fragte keiner danach. Die bekamen ihr Geld und schick war die Sache. Sollten sie doch kommen und seinen Laden dichtmachen. Dann mussten die SPDler vom Finanzamt mit den CDUlern von der Sparkasse eben unter sich ausmachen, wie sie das Geld für den Kredit zurückbekamen. Er hatte mal überschlagen, mit wie vielen Milliarden sich die Stadt für die Olympiabewerbung verschuldete. Neben diesem Berg waren seine paar hunderttausend überhaupt nicht mehr zu sehen. Wenn sie ihn hopsnehmen wollten, bitte schön. Bei ihm war nichts zu holen. Das Grundstück in Weißensee bekamen sie jedenfalls nicht. Er würde schon jemanden finden, der den Alteigentümer spielte. Bis das geklärt war, würden Jahre ins Land gehen.

Hotte biss von seinem Brötchen ab und steckte angewidert die Kippe in den Eiersalat. Diese scheiß Westmayonnaise, alles voller Konservierungsstoffe. Die soll doch fressen wer will, er nicht!

Einer von den Polen suchte Blickkontakt zu ihm. Es war offensichtlich, dass Hotte hier war, weil er Leute brauchte. Hotte erwiderte den Blick des Polen. Er nahm seinen Kaffeebecher hoch und spreizte zwei Finger ab. Der Pole verstand und ging weg. Dass er Leute suchte, die klempnern konnten, war logisch. Außer seinem Werkstattwagen stand kein anderes Handwerkerauto in der Straße.

Der Auftrag war ein Privathaus, die Wasserleitungen mussten gemacht werden. Das Haus gehörte einer Erbengemeinschaft, die sich von einem Enkel vertreten ließ, der keine Ahnung hatte. Hotte war mit ihm in dem Lichtenberger Puff gewesen und hatte ihm eine Nummer spendiert. Danach hatte er den Auftrag in der Tasche gehabt. Wenn Hotte den Enkel richtig verstand, besaß die Gemeinschaft noch andere Häuser in der Gegend. Da wartete also noch eine Menge Arbeit auf die Mädchen. Hotte trank seinen Kaffee aus und ging zu den beiden Polen, die an seinem Werkstattwagen warteten. Er ließ sie einsteigen und fuhr zurück nach Lichtenberg.

21

Die Luft in Goergens Besprechungszimmer war zum Schneiden. Mommsen hatte Haffner und Christoph noch im Auto Kaugummis zugesteckt, als sie hierher ins Ministerium gefahren waren. Aus jeder Pore dünsteten sie aus, was sie bis vor Kurzem getrunken hatten.

Als Christoph ihn gestern Abend angerufen hatte, ob er noch vorbeikommen wolle, hatten die beiden schon schwer getankt gehabt. Deshalb hatte Mommsen gleich heute Morgen versucht, die Besprechung mit Goergens abzusagen. Aber Goergens war so vollgepackt, dass der nächste Termin erst in drei Wochen gewesen wäre.

Mommsen war frustriert, er hatte den Zeitpunkt so gut geplant wie lange keinen mehr. Um zu verhindern, dass Goergens eine Pressekonferenz annahm, hatte er dessen Sekretärin bestochen, damit sie den ganzen Vormittag mit Terminen belegte und in der Mitte seinen eigenen unterbrachte. Für Haffner hatte Mommsen zwei Termine gemacht. Den ersten um halb elf, es ging um ein Bauprojekt, das er Haffner persönlich anbieten wollte. Danach sollte die Sitzung mit Goergens stattfinden. Hätte es nur das Goergens-Meeting gegeben, Haffner wäre imstande gewesen, es ohne mit der Wimper zu zucken platzen zu lassen. Haffners Strategien begannen zu fruchten, seit er sich nicht mehr um jede noch so winzige Klitsche kümmern musste. Seit seine Abteilung – die eigentlich Mommsens war – nicht mehr versuchte, einzelne Betriebe ab-, sondern ganze Regionen zu entwickeln. Haffner war jetzt derjenige, den alle hier brauchten. Sollte sich Goergens doch einen Termin bei ihm holen, wenn er was wollte.

Zum Glück hatte Haffners Sekretärin dessen Ausarbeitungen parat gehabt, die er zur wirtschaftlichen Situation in den Neuen Ländern gemacht hatte. Dass sich Haffner auf den Termin überhaupt vorbereitet hatte, grenzte fast an ein Wunder. Er war in solche Besprechungen auch schon freihändig gegangen; irgendwas würde ihm schon einfallen, mit dem er die Deppen beschäftigen konnte. Diesmal gab es also Ausarbeitungen von ihm. Mommsen hatte sie kopieren und vorab zu Goergens bringen lassen.

Mommsen bat, die Fenster öffnen zu dürfen. Er begründete es damit, dass er gestern ein Gericht mit zu viel Knoblauch gegessen habe. Doch obwohl die riesigen Fenster nun sperrangelweit offen standen, stank es immer noch wie in einer Ausnüchterungszelle.

»Wenns einen guten Rat hören wollen«, sagte Haffner, als sie keinen Konsens darüber erzielen konnten, wie man der Öffentlichkeit die Situation erklären sollte, »gebens den Laden hier zurück und nehmens Österreich dafür. Da kommens billiger.« Haffner lachte sein typisches Pointenlachen. »Na, net, was Sie jetzt denken. I wollt Ihnen nur deutlich machen, dös wir wirklich riesige Probleme haben.«

Die Stimmung im Raum war eisig. Mommsen starrte entsetzt auf einen Fleck auf der Tischplatte.

»Leider«, sagte Goergens endlich, »bin ich in den deutschen Dialekten nicht sonderlich bewandert. Was, Herr Professor Haffner, haben Sie eben gesagt?«

»Dös … wartens eine Sekund.« Haffner stemmte die Ellbogen auf den Tisch und konzentrierte sich. »Wir stehen vor überaus ernsthaften Problemen«, sagte er dann. »Alles, was wir tun können, ist, noch einen Mord zu verhindern. Ich gehe davon aus, dass wir in dieser Runde vertraulich sprechen können.« Er erhielt von Goergens ein zustimmendes Kopfnicken. »Im Wesentlichen kann es nur noch darum gehen, Zeit zu gewinnen«, fuhr er fort. Und dann, nach einer weiteren langen Pause, fügte er hinzu: »Bauen Sie Luftschlösser, wecken Sie Hoffnungen, vertrösten Sie die Leute und finden Sie gute Erklärungen. Lösen Sie die Treuhand baldmöglichst auf und dezentralisieren Sie den Ärger. Legen Sie den Fokus auf etwas anderes. Das Problem ist, dass das hier nicht vorgesehen war. Alle unsere Strukturen und Pläne, unser gesamtes Denken ist auf die supranationale Integration Westeuropas ausgerichtet gewesen. Das hier …«

Das Telefon auf Goergens Schreibtisch klingelte.

Goergens entschuldigte sich und nahm ab. Wenn seine Sekretärin während eines Termins durchstellte, musste es etwas Wichtiges sein. In den Frühnachrichten war ein Bericht über einen neuen Schmiergeldverdacht beim Verkauf der Leuna-Raffinerie gesendet worden. Goergens hatte alle nötigen Unterlagen an den Minister geschickt und erwartete, deshalb zurückgerufen zu werden.

Er hörte, was seine Sekretärin ihm mitteilte, nickte und sah dann zu Haffner.

»Für Sie«, sagte er.

»Für mich?« Haffner war verblüfft. Er fragte sich, wer ihn hier erreichen konnte. Er stand auf und ging zum Telefon. »Haffner«, meldete er sich.

»Ja, juten Morjen, icke bin et, Scholle. Wieder klar im Kopp?«

Haffner riss sich zusammen. »Was kann ich für Sie tun?«, fragte er.

»Also dit jeht jetzt noch mal um die Sache mit den Finanzen. Du jibst mir doch imma wieder mal deine Karte, dass ick dir anrufe. Ick weeß ja nich, wie viele ick schon habe. Langsam wärt schön, wenn wa mal zu Potte kommen.«

»Hören Sie, lassen Sie uns das später besprechen, ich stell Sie zu meiner Sekretärin durch und dann regeln wir das.« Haffner starrte auf das Telefon. »Das haben wir gleich«, sagte er, drückte irgendeinen Knopf und legte auf.

Scholle, der Bauarbeiter, hatte ihn hier bei Goergens erreicht. Bis Mommsen ihn abholte, hatte er selbst nicht mehr gewusst, dass er diesen Termin gehabt hatte. Wenn er hier raus war, musste er sich mal seine Sekretärin zur Brust nehmen. Doch eigentlich konnte er sich kaum vorstellen, dass ausgerechnet sie sich traute, eine Besprechung bei Goergens zu stören. Hatte er Scholle etwa selbst gesagt, wo er heute Morgen zu erreichen war? Letztlich war es egal. Er wusste sowieso nicht, was das alles hier sollte. Als er wieder saß, schob ihm Christoph einen Zettel mit einer Notiz zu, worüber er zuletzt gesprochen hatte.

Goergens fragte sich derweil, warum Mommsen ihm die Zeit stahl. Es bestand inzwischen Einigkeit darüber, dass es sich um eine Aufgabe für Generationen handelte und alles noch dadurch erschwert wurde, dass viele die Auswirkungen fürchteten, die der Aufbau Ost auf die alten Bundesländer haben würde. Jeder, der sich mit der Sache befasste, wusste, dass die meisten Proteste gegen die Arbeit der Treuhandanstalt von interessierten Kreisen aus dem Westen gesteuert wurden, aus Angst, im Osten könnten die Vorbilder zur Beschleunigung des Strukturwandels im Ruhrgebiet, im Saarland oder sonst wo entstehen. Rohwedder war sehr wahrscheinlich von der westdeutschen RAF und nicht von ostdeutschen Stahlwerkern ermordet worden. Jedem war klar, was den Menschen im Osten zugemutet wurde. Insgeheim meinten deshalb viele, dass die eigentliche friedliche Revolution erst jetzt in den Neunzigerjahren stattfand, dass, gemessen an der Zahl der

Opfer, die gebracht wurden, 1989 allenfalls ein Revolutiönchen gewesen war. Doch das alles festzustellen, darüber zu philosophieren, dafür brauchte Goergens weder Haffner noch Mommsen noch sonst irgendjemanden.

Er ließ Haffner noch ein wenig weiterschwafeln, dann reichte es ihm und er löste die Besprechung auf.

»Karl, das war nichts«, zischte Mommsen, als sie draußen waren. »Hast du das Memo nicht gelesen? Du solltest begründen, warum wir in den nächsten Jahren einen erhöhten Finanzbedarf haben. Du solltest Hoffnung in die Sache bringen. Du! Hoffnung für dich, für mich, für die Leute, die hier arbeiten. *Wir* brauchen Perspektiven. Du solltest für *unsere* Arbeit im Ministerium werben. Was meinst du, warum ich diesen Termin gemacht habe? Damit du mich vor aller Welt lächerlich machst?«

»Albert, für deine Verhältnisse war dös jetzt ein richtiger Ausbruch.«

»Lass deine Witze. Und nie wieder was von Österreich! Verstanden?«

Mommsen ließ Haffner auf dem Gang stehen. Er ärgerte sich maßlos, dass er schon alles für das Bonbon, die Belohnung für diesen Termin, vorbereitet hatte. Sogar einen Wagen hatte er Haffner gestellt, damit er sich das Grundstück am Nachmittag ansehen konnte.

Es war ein großes, schön gelegenes Gelände in der Nähe von Potsdam. Eine ehemalige LPG, für die es nichts mehr zu bestellen gab. Sie hatten dort Traktoren gewartet und Landmaschinen. Jetzt war es als Bauland ausgewiesen, aber dadurch, dass noch die Hallen der LPG darauf standen, war es zu einem Bruchteil des Wertes zu bekommen. Eine solche Morgengabe hatte er Haffner auf den Tisch gelegt. Mommsen war außer sich.

Haffner dagegen blieb noch einen Moment auf dem Gang stehen und wunderte sich, weshalb Mommsen so aufgeregt war. Die Begründung für einen höheren Finanzbedarf konnte er ihm auch heute Nachmittag noch aufschreiben, und erklären konnte er Goergens das alles, wenn er ihn das nächste Mal in der Bärenklause traf. Zumal, wenn er sich richtig erinnerte, die Fachaufsicht für die Treuhand beim Finanzministerium lag, Goergens aber Wirtschaft war. Haffner gab es auf, das verstehen zu wollen. Es war wohl wieder einer von Mommsens taktischen Tricks, die erfahrungsgemäß immer in die Hose gingen. Er spuckte das Kaugummi, das er die ganze Zeit in einer Backentasche gehabt hatte, in eine Grünpflanze.

Als er wieder in der Treuhand war und in sein Büro kam, stand bereits ein dampfender Kaffee auf seinem Schreibtisch.

Neben der Tasse lag die Mappe, die Mommsen am Morgen für ihn abgegeben hatte.

»Für Sie steht ein Fahrer auf Abruf bereit«, sagte seine Sekretärin.

»Ach, dös haben wir ja auch noch. Danke. Sagens, haben Sie eine Ahnung, ob wir hier eine Kantine haben?«

»Ja, natürlich, möchten Sie den Speiseplan sehen?«

Haffner überlegte. »Könnens hier in Preußen denn was Gscheites kochen?«, fragte er. »I hätt gern mal was mit Fisch.«

Seine Sekretärin zog unsicher die Schultern hoch.

»Kommens«, lächelte Haffner, »schließens die Bude ab, stellens das Telefon um und kommens mit. Ist höchste Zeit, dass wir zwei mal was zusammen unternehmen. Was hat der Mommsen gesagt, wo soll dös sein?«

»Bei Potsdam«, sagte sie.

Als sie im Wagen saßen und die Potsdamer Chaussee hinunterfuhren, briefte seine Sekretärin ihn mit allem, was er zu diesem Grundstück wissen musste. Haffner kam es vor, als wollte sie sich ihm als Assistentin empfehlen, was vielleicht gar keine schlechte Idee war. Haffner hörte zu und ließ seine Gedanken schweifen. Wie wäre es eigentlich, dachte er, wenn er nach all den Strategiepapieren, der ganzen Theorie, selbst etwas aufbaute? Wie würde er sich als Unternehmer machen? Er musste darüber mal mit Mommsen sprechen. Der hatte doch Kontakte zu den Banken. Nach dem, was seine Sekretärin ihm über das Grundstück erzählte, schien es wie geschaffen zu sein für ein Projekt, das ihm als theoretisches Modell schon eine ganze Weile im Kopf herumschwirrte. Es ging dabei um den unterschiedlichen Wohnbedarf in den einzelnen Lebensphasen. Viel Platz, wenn es Zeit für Kinder und Familiengründung war, und später kleinere, barrierefreie Wohnungen fürs Alter. Und das eben alles in einer Wohnanlage. Eine Siedlung, die sich den jeweiligen Lebensabschnitten anpasste. Damit würde man doch so ein Zeichen der Hoffnung setzen, von dem gerade gesprochen worden war. Er musste sich wirklich mal mit Mommsen zusammensetzen, um zu klären, wie die Finanzierung für ein solches Projekt aussehen könnte. Er war sogar bereit, eigenes Geld zu investieren. Sein Haus ließe sich beleihen, auch seine Pensionsansprüche dürften für irgendwas gut sein.

Als sie die Glienicker Brücke überquert hatten, ließ er den Fahrer nach einem Restaurant Ausschau halten, in dem sie alle drei essen gehen konnten. Bis sie dort waren, diktierte er seiner Sekretärin einen ersten Entwurf des Projektes.

22

Der Bus hielt kurz hinter dem S-Bahnhof. Goergens stieg aus und war froh, aus diesem Backofen heraus zu sein. Es war ein drückend heißer Tag, und wenn Goergens etwas hasste, dann, bei solchem Wetter die öffentlichen Verkehrsmittel zu benutzen. Er selbst schwitzte, alles um ihn herum schwitzte, und die Hunde hechelten ihren heißen Atem gegen seine Waden. Es war so heiß und schwül, dass Goergens das Gewitter, das für heute vorhergesagt worden war, regelrecht herbeisehnte.

Er lief die Osloer Straße hinauf, bis er endlich zu dem Haus kam, in dem die Malerin ausstellte. Goergens hatte auf einen Altbau gehofft, einen kühlen Verwaltungsbau aus der Jahrhundertwende. Aber tatsächlich war es ein kleiner Betonpavillon mit großen Glasfenstern, in dem es jetzt wahrscheinlich so heiß war, dass man darin besser Tulpenzwiebeln ziehen sollte als eine Vernissage zu veranstalten.

Goergens verstand nicht, was die Malerin hier wollte. Sie würde hier weder etwas verkaufen noch brachte diese Ausstellung irgendwas für ihr Renommee.

Er wollte sie vorläufig nur noch »die Malerin« nennen. Denn ihr Name, fand er, war Teil ihres Problems. Sie hieß Steffi Kautz und sie war Steffi Kautz. Johanna hatte nicht ohne Grund Jo aus sich gemacht. Indem sie sich als Künstlerin Jo nannte, schuf sie eine Spannung, gab sie sich ein kleines Geheimnis. Bei ihr hatte das funktioniert. Warum nannte sich Steffi Kautz nicht einfach »…tz!«? Das machte neugierig, passte in die Zeit und irgendwie auch zu ihr, dachte er.

Er ging in den Pavillon hinein. Für gewöhnlich wurden hier Malkurse abgehalten. Goergens wusste, wie schwer es war, eine Ausstellung zu bekommen. Aber das hier half der

Malerin nicht. Er sah die Ergebnisse der Malbemühungen der Kursteilnehmer an den Wänden hängen. Wer hierher kam, suchte keine Kunst, der suchte bestenfalls sich selbst. Die Kunst von Steffi Kautz störte dabei nur.

Er nahm sich ein Glas Sekt und sah hinüber zur Malerin. Sie war noch dabei, rote Punkte an einige Bilderrahmen zu kleben, als Zeichen, dass sie verkauft seien. Ein Trick, der normalerweise funktionierte – wenn man denn in der richtigen Galerie ausstellte.

Auf einer Sitzgruppe verloren sich ein paar Frauen, die Goergens den Malkursen zurechnete. Sie hatten die Tabletts mit dem Sekt aufgebaut, das erste beanspruchten sie gleich für sich selbst.

Den Trompeter, der kurz darauf zu spielen begann, hatte ganz offensichtlich die Malerin mitgebracht. Er war der Nächste, der nicht hierhergehörte. Er improvisierte eine Mischung aus Jazzstandards und – passend zum einst roten Wedding – Arbeiterliedern, an die sich hier aber niemand mehr erinnerte. Das Publikum ertrug seine Bemühungen in lächelnder Gequältheit. Als der Trompeter eine leisere Passage spielte, begann es laut und heftig zu klatschen, als Zeichen, dass es genug war. Als der Trompeter weiterspielte, wurden aus den Anwesenden Feinde.

Goergens lief seine Runde ab und sah auf die Preise der Bilder. Sie waren Ausdruck von Hilflosigkeit und Verzweiflung. Zu billig für Leute, die Großformate hängen konnten, und zu groß für Leute mit schmalem Budget. An einer Wand hingen drei kleinere Werke, die einzeln zu diesen Preisen durchgehen mochten. Doch diese drei, so empfand es Goergens, gehörten zusammen.

Er ging weiter, und gerade als die Malerin ihn sah und auf ihn zukam, entdeckte er ein Bild, das versteckt in einer

Ecke hing und mit einem roten Punkt versehen war. Es überraschte ihn, denn es war ungewöhnlich zart und unüblich für ihren Stil.

»Was machen Sie denn hier?«, begrüßte sie ihn.

Goergens drehte sich zu ihr hin.

»Sie hatten mich eingeladen, erinnern Sie sich?«

»Ich hätte nicht gedacht, dass Sie kommen«, sagte sie.

Goergens erwiderte: »Bilder, die niemand kauft, wecken immer mein Interesse.«

»Arschloch.«

Sie ließ ihn stehen und ging zu dem Trompeter.

Goergens lief seine Runde zu Ende. In der Mitte des Raumes stand eine Gruppe von Plastiken, die die Malerin gemacht hatte. Goergens wollte gar nicht ausschließen, dass es einen Markt für ihre Arbeiten gab. Aber der war auf jeden Fall nicht hier in diesem Malkurs-Pavillon zu finden.

Der Trompeter packte sein Instrument ein und ging. Goergens war nun, abgesehen von den Malschülerinnen, der einzige Gast. Er fragte sich, was die Malerin jetzt wohl machen würde. Ging sie aufs Klo, in der Hoffnung, er würde weg sein, wenn sie zurückkam? Oder kam sie zu ihm und sie setzten ihr Gespräch fort? Die Malerin entschied sich für die zweite Variante.

»Den Leuten hier gefallen meine Bilder«, sagte sie und baute sich vor Goergens auf wie eine tapfere Soldatin, die zeigen wollte, dass sie keinem Kampf aus dem Weg ging.

»Sie werden trotzdem nichts verkaufen«, meinte Goergens trocken. »Und bevor Sie etwas sagen«, fuhr er fort, »wir können das Gespräch abkürzen: Ich weiß, dass Sie mich für ein Arschloch halten, ich weiß, dass ich mich nicht aufspielen soll, ich weiß, dass Sie auch schon ein Leben vor der Wiedervereinigung hatten und dass es so schlecht nicht gewesen ist und so weiter. Ich sage Ihnen nur eins: Das hier bringt Sie nicht weiter. Es sei denn, sie entwickeln Ihren Stil in Richtung dieser Malkurse.«

»Wenn Sie so gut Bescheid wissen, dann machen Sie doch einen besseren Vorschlag. Aber bitte einen realisierbaren.«

»Ich kann Sie für eine Ausstellung in der Treuhand empfehlen.«

»Wie bitte?«

»Sie haben mich verstanden.«

»Sie wollen was? Dass ich zu den Leuteschindern gehe? Den Plattmachern, den ganz Perversen? Nie im Leben.«

»Wie Sie wollen. Dann lassen Sie mich wenigstens ihre Umsätze hier um hundert Prozent in die Höhe treiben, indem Sie mir dieses Bild dort verkaufen.«

»Das ist schon verkauft.«

Goergens lächelte nur.

»Und selbst, wenn es nicht verkauft ist, Sie kriegen es auf keinen Fall! Und wenn ich unter der Brücke pennen muss!« Sie riss Goergens das halbvolle Sektglas aus der Hand. »Ich glaube, Sie gehen jetzt! Sie müssten sich mal reden hören, Sie müssten mal Ihre selbstgefällige Visage sehen! Allein, wie Sie dastehen! Das kalte Kotzen würde Ihnen kommen!«

»Und wenn Sie mir jetzt noch sagen, wie ich von hier aus zum U-Bahnhof Seestraße gelange, dann hatte ich einen perfekten Abend.«

Goergens lächelte und ging hinaus. Als er an der Tür war, nahm er einen der Flyer, auf denen die Malkurse angeboten wurden, und winkte der Malerin zum Abschied damit.

Draußen dann tat Goergens etwas, von dem er hoffte, dass er es nicht bereuen würde. Er schrieb seine Telefonnummer auf den Flyer und steckte ihn an der Tür fest. Dann lief er die Osloer und weiter die Seestraße hinauf, bis er in die U-Bahn stieg und nach Hause fuhr.

23

Scholle war wütend, dass Haffner einfach aufgelegt hatte, statt ihn mit seiner Sekretärin zu verbinden. Er hatte noch ein paar Mal versucht, ihn zu erreichen oder wenigstens mit der Sekretärin einen Termin zu vereinbaren, aber irgendwann sah er ein, dass es keinen Sinn hatte. Ihm blieb nur, ihn in der Kneipe abzupassen. Dort kam er nicht so leicht davon.

Scholle sah zur Uhr, es war Nachmittag inzwischen. Wenn er sich beeilte, konnte er Haffner noch halbwegs nüchtern antreffen. Bevor er das Haus verließ, warf er wie immer einen Blick in seinen Briefkasten. Hin und wieder machte er bei Gewinnspielen mit, vielleicht hatte er etwas gewonnen.

Er sortierte die Werbung aus. Was übrig blieb, war eine Stromrechnung und ein Brief von Petra. Scholle steckte die Rechnung zurück, befühlte den Briefumschlag und ging damit zu dem Imbiss neben dem Supermarkt. Es war ein dicker Brief. Das machte ihm Hoffnung. Er glaubte, dass ein schmaler Brief das war, wovor er sich fürchten musste. Dass ein schmaler Brief das Ende bedeutete. Scholle war realistisch. Er und Petra lebten inzwischen lange genug voneinander getrennt. Es war nur logisch, dass Petra diese Trennung irgendwann auch amtlich bestätigt haben wollte. Sie war mit dem anderen zusammen. Seine Kinder schienen ihn als neuen Vater akzeptiert zu haben. Einen flehentlichen Brief, in dem sie Scholle baten, sie nach Hause zu holen, hatten sie jedenfalls nie geschrieben.

Scholle war darauf gefasst, eines Tages ein Schreiben im Briefkasten zu finden, in dem Petra die Modalitäten der Scheidung darlegte. Er war darauf gefasst, allerdings sehnte er sich nicht danach. Er hatte immer noch den Optimismus, dass eines Tages ein anderer Brief kam. Der, in dem Petra letztlich zu dem Punkt kam, dass sie zurück wollte.

Scholle setzte sich an einen Tisch vor dem Imbiss und bestellte ein Pils und ein Brathähnchen.

Petra und er hatten sich bei einem Bauarbeiterball im Palast der Republik kennengelernt. Scholle war von Berufs wegen dort gewesen, als Bestarbeiter, und Petra hatte gewusst, wen sie bezirzen musste, um hereinzukommen. Unter der gläsernen Blume im Foyer hatten sie sich getroffen. Scholle hatte dort gestanden, weil er Hart, Markus und die anderen verloren hatte. Petra war auf ihn zugekommen und hatte ihn abgeschleppt. Was danach gekommen war – Hochzeit, Kinder, neue Wohnung –, hatte sich wie von selbst ergeben. Vom heutigen Standpunkt aus betrachtet war Petra schon immer die treibende Kraft gewesen.

Sein Bier und sein Hähnchen kamen. Scholle stellte den Brief gegen den Salzstreuer. Er konnte sich nicht erinnern, dass er und Petra sich jemals Briefe geschrieben hatten. Jetzt schrieben sie sich welche. Aber es ließ sich nicht behaupten, dass ihre Beziehung dadurch gewonnen hätte.

Er aß sein Hähnchen und behielt den Umschlag die ganze Zeit im Blick. Als er ihn dann endlich öffnete, fielen ein paar Fotos heraus: Timo als Sieger in einem Kartrennen, Jessica mit dem unvermeidlichen Pony. Er las, dass Timo, sein schüchterner Sohn, mittlerweile Klassensprecher war und Jessica sich auf ein Austauschjahr in England freute. Inzwischen, schrieb Petra, wussten die beiden längst nicht mehr, was DDR hieß, wer Honecker und Mielke gewesen waren. Dann jedoch schrieb sie, dass sie selbst sich drüben immer noch fremd fühlte. Manchmal käme es ihr vor, als wäre man nur deshalb nett zu ihr, weil *ihr Mann* der wichtigste Arbeitgeber in der Gegend war.

Ihr Mann. Sie schien schon nicht mehr zu wissen, dass *ihr Mann* derjenige war, der gerade im Biergarten neben dem Supermarkt saß und ihren Brief las!

Scholle steckte die Bilder zurück in den Umschlag. Den Brief selbst stopfte er in das abgegessene Gerippe des Brathähnchens. IHR MANN! Und was war er? Ein entsorgter Jugendfreund? So leicht konnte sie ihn nicht abfertigen. Noch war *er* ihr Mann, und außerdem und für alle Zeit: der Vater ihrer Kinder. Scholle ließ sich das nächste Bier bringen. Eine Chance brauchte er. Eine einzige, richtige Chance, mit der er beweisen konnte … ja, was eigentlich? Welchen Beweis sollte er denn erbringen? Hatte er nicht immer alles bewiesen, was von ihm verlangt worden war? Er hatte die Kinder gezeugt, auf die jetzt ein anderer stolz war. Er hatte einen Beruf gehabt, in dem er so oft ausgezeichnet worden war wie kaum ein anderer. Aber in dieser beschissenen neuen Zeit hatte er einfach nie eine Chance bekommen.

Das Bier tat gut. Es änderte ein wenig die Sicht.

Dass Petra immer noch Heimweh hatte, machte ihm Hoffnung. War ihr Brief nicht eigentlich ganz anders zu verstehen? Zu schade, dass der Kellner den Teller mit dem Gerippe und dem Brief inzwischen abgeräumt hatte. Denn hatte da nicht eigentlich gestanden, dass sie es im Schwabenland nicht aushielt und nur ein Zeichen von ihm brauchte, um zurückzukehren? Ein Zeichen, dass auch er ihr inzwischen etwas bieten konnte? Scholle begriff schlagartig, dass er es sich gar nicht leisten konnte, mit Haffner abzurechnen. Im Gegenteil, er würde ihm die Hand reichen und ihm alles noch einmal von vorn erklären: dass man im Osten nicht Baufacharbeiter geworden war, weil man für etwas anderes zu doof gewesen wäre, sondern dass es sich um einen genauso wichtigen und anerkannten Beruf gehandelt habe wie irgendwas bei der Sparkasse (eigentlich sogar noch wichtiger, weshalb er hier kurz Brecht ins Spiel bringen würde: Wenn der Bauarbeiter sein Geld nicht zur Sparkasse gebracht hätte, dann hätte man dort auch kein Konto führen können, so ähnlich jedenfalls). Wie auch immer, die Sparkassenleute hatten damals auch nichts von Börse und Warentermingeschäften gewusst, womit seine Voraussetzungen doch eigentlich gar nicht schlechter waren. Irgendwann musste Haffner es doch verstehen. Selbst jemand wie er brauchte doch jemanden, der ihm den Kaffee holen ging, dem er einen Anfängerjob gab.

Scholle zahlte und lief hinüber zur Bärenklause.

Inzwischen konnte auch er die einzelnen Grüppchen sortieren, aus denen die Kundschaft bestand. Heute standen die Journalisten am Tresen, daneben ein Neuer, weiter hinten saßen die Glücksritter.

Scholle setzte sich an den Treuhandtisch. Der einzige Tisch, der leer war. Er bestellte das Übliche und legte sich die Sätze zurecht, mit denen er Haffner überzeugen wollte. Die Wirtin brachte das Bier, und Scholle merkte, dass der unbekannte Neue ihn beobachtete. Als sich ihre Blicke trafen, nahm der Unbekannte seine Cola und setzte sich zu ihm.

»Bist du von hier?«, fragte er.

Scholle nickte. Der Unbekannte stellte sich vor, er hieße Torsten. Dann kam er schnell darauf zu sprechen, weshalb er einen Ortskundigen suchte. Scholle hörte zu. Torstens Gesicht war von Akne-Narben gezeichnet, die er mit viel Kosmetik zu überdecken versuchte. Er sprach mit nahezu unbewegter Miene. Scholle fiel Torstens Kleidung auf. Er verstand nicht viel davon, aber als er seine Seidensachen gekauft hatte, hatte er auch einen Blick auf die richtig guten Anzüge geworfen. Ihm sagten die Namen der Designer nichts, ihm war nur in Erinnerung geblieben, wie schwer und gut verarbeitet die Stoffe gewesen waren. Neben Torsten kam sich Scholle in der besten Kleidung, die er jemals besessen hatte, entsetzlich ärmlich vor.

»Ick weeß da wat«, sagte Scholle und nickte.

Er nahm die Zigarette, die Torsten ihm anbot und sah dabei die Uhr, die Torsten trug. Das Teil ist so dick, dass er eigentlich an jedem Arm eine tragen müsste, des Ausgleichs wegen, dachte Scholle.

»Riecht jut.« Er tippte auf die Zigarette.

»Feuer?« Torsten reichte ihm sein Feuerzeug.

Scholle schüttelte den Kopf.

»Bin Trockenraucher«, sagte er. Er zögerte, aufzustehen und zum Telefon zu gehen.

»Probleme?«, fragte Torsten.

»Ick hab hier eigentlich ’n Termin. Wat ick da weeß, da muss ick mitkommen, dit iss so ’n bisschen ’ne Vertrauenssache.«

Torsten nickte.

»Wann?«, fragte er.

»Ick weeß nich, meene Leute müssten eijentlich längst hier sein. Aber warte mal, ick weeß, wat ick mache.«

Er stand auf, ging zum Telefon, warf eine Münze ein und wählte.

»Hör mal, Alter, icke bins, Scholle«, sagte er, als Hotte sich meldete. »Du musst mir mal helfen.«

»Hast du ein Glück, dass du mich noch jekriegt hast. Fünf Minuten später, und ick wäre raus jewesen. Ick ziehe nämlich um.«

»Kannste mir bei Jelegenheit erzählen. Pass uff, jeht um Folgendes. Ick hab hier 'n Typen, solvente Erscheinung, und der sucht wat, wie soll ick sagen, wat Weibliches.«

»Wie solvent?«

»Reichlich.«

»Und wat will er?«

»Keene Ahnung, druckst so rum. Ick weeß ja och nicht, wat man da wollen kann. Also, ick jloob schon irgendwie, also … ick weeß nich.«

»Scholle, du warst schon immer meene beste Kraft. Wo bistn?«

»Friedrichstraße, Bärenklause.«

»Denn bleib mal da. Ick kiek mir den Vogel mal an.«

Hotte legte auf, und Scholle ging zurück an den Tisch.

»Kannst dir freuen, hat jeklappt. Kommt eena vorbei und denn, na, wirste schon sehen.« Scholle schnupperte an der Zigarette. »Ick nehm noch 'n Bier, willste och wat?«

Torsten schüttelte den Kopf.

»Trinkste jar nüscht oder ist dit bloß, weil de noch wat vorhast?«

»Ich trinke nie«, sagte Torsten.

Nach ein paar Minuten kam Hotte. Er stand plötzlich in der Kneipe, klein und drahtig wie immer, und kaute Kaugummi. Scholle wusste nicht wie, aber Hotte und Torsten waren sich auf den ersten Blick einig. Torsten zahlte für Scholle mit, draußen stiegen sie in Hottes BMW und fuhren nach Lichtenberg.

Unterwegs erzählte Hotte, dass er tatsächlich umzog. Er hatte in Lichtenberg eine kleine Wohnung gefunden, in die sie jetzt auch fuhren. Die alte Wohnung könne seine Frau behalten, nach seiner Scheidung sei ihm alles egal. Hauptsache, er habe ein paar Klötze weniger am Bein.

Als sie angekommen waren und in die winzige Dachgeschosswohnung stiegen, die Hotte ausgebaut hatte, gewann Scholle den Eindruck, dass das ganze Haus ein einziges Bordell war. In Hottes Wohnung warteten bereits zwei Frauen. Scholle war befremdet von diesem Mangel an Intimität. Doch es schien gerade das zu sein, was Torsten suchte. Als Hotte sie in den frühen Morgenstunden zurück nach Mitte fuhr, war Torsten jedenfalls äußerst zufrieden und zahlte ohne zu zögern, was Hotte verlangte. Scholle sah, wie die Hunderter den Besitzer wechselten. Ihm fuhr ein eiskalter Schauer den Rücken herunter.

Natürlich hatten sie in der Nacht auch geredet. Torsten war vor ein paar Tagen in Scholles Nachbarschaft gezogen. Ein Ersatzquartier. Er wollte nur so lange bleiben, bis seine eigentliche Wohnung fertig war. Die befand sich am Potsdamer Platz, in dem neuen Viertel, das dort gebaut wurde. Scholle, der nur noch Cola getrunken hatte, seit sie bei Hotte angekommen waren, hatte einen Draht zu Torsten gefunden. Sie hatten über Scholles Jobsuche gesprochen, darüber, dass ihm niemand eine Chance gab. Jetzt steckte in seiner Jacke Torstens Karte, auf der unter dessen Namen das Wort »Finanzdienstleistungen« stand.

24

Jenny war in einer der ehemaligen Sowjetrepubliken. Jens konnte sich nie merken, wie das Land hieß. Kasachstan, Usbekistan, Tadschikistan, er wusste es nicht. Er kannte nicht einmal die Telefonvorwahl. Es war sinnlos, Jenny anzurufen. Meist waren die Leitungen kaputt oder wurden unterbrochen. Was davon technische Unzulänglichkeit war oder bewusstes Abschalten ihres Anschlusses, ließ sich nicht feststellen. Es sprach allerdings einiges dafür, dass man nicht wollte, dass die Frau aus dem Westen, die Beobachterin des Demokratisierungsprozesses, irgendwem Bericht erstattete.

Jens wachte nachts auf, weil er Angst um Jenny hatte. Wenn Jenny es dennoch schaffte, für ein paar Minuten mit ihm zu telefonieren, erinnerte ihn alles an einen schlechten Kriminalfilm. Es konnte nichts zu tun haben mit einem Land, das Anschluss an die Europäische Union suchte. Selbst für Jenny in ihrer privilegierten Situation war es oft schon schwierig, genießbare Lebensmittel zu bekommen. Dazu kamen die Korruption und die offene Brutalität von Militär und kriminellen Banden, unter denen die Zivilbevölkerung litt.

Wenn Jens nicht ihretwegen aufwachte, dann, weil ihn die Frage seines Lebens wieder umtrieb: Was sollte er tun? Wie war er nur auf die irrwitzige Idee gekommen, Politologie zu studieren? Jenny mochte sich dafür begeistern, ihn interessierte es nicht im Geringsten. Er stand kurz vor dem Ende seines Studiums und schrieb lustlose Bewerbungen, auf die er genauso lustlose Absagen erhielt. Es war, als wüssten die Leute, dass er ins Trockene wollte.

Seine Diplomarbeit sah der von Jenny verblüffend ähnlich. Er hatte sie schon Jenny 2.0 nennen wollen. Seine

Leistung bestand im Wesentlichen darin, Jennys Arbeit möglichst stilsicher in seine eigenen Worte umzudichten. Immerhin gab er sich so viel Mühe, andere Beispiele zu nehmen.

Er wusste nicht einmal mehr, warum er überhaupt studiert hatte. Im Osten war ein Studium der Aufstieg in den Olymp gewesen. Schon mit dem Abi hatte man zu den Sonnenkindern gehört. Mit Abi war man Elite, erhöht über alle. Jemals wieder nach unten zu fallen, war praktisch unmöglich. Man bekam vielleicht nicht immer den Job, den man wollte, aber man war und blieb Akademiker. Angehöriger der Schicht der Intelligenzler. Mit Sonderrente und Aussicht auf weiterführende Privilegien. Im Westen dagegen war das Abi – genau wie das Studium – ein Lernnachweis. Nicht mehr und nicht weniger. Man war damit weder automatisch Elite noch hatte man einen Job sicher. Und irgendwie rächte sich jetzt, dass Jens nie darüber nachgedacht hatte, warum er eigentlich studieren wollte. Im Osten hieß es: Sie werden Ihrer Qualifikation entsprechend eingesetzt. Aber im Westen bezahlte ihn niemand, nur weil er ein Diplom besaß. Das machte Jens Sorgen und es frustrierte ihn. Auch, weil die Stadt Berlin sich mit der Olympiabewerbung so sehr verausgabt hatte, dass für die Behörden ein Einstellungsstopp verhängt worden war. Nicht, dass man dort auf Politologen gewartet hätte. Aber die Zahl der verfügbaren Jobs nahm damit spürbar ab.

Jens bewarb sich blindlings auf alles Mögliche, in der Hoffnung, sein guter Wille würde irgendwann belohnt. Inzwischen freute er sich, dass er bei dem Nachrichtensender den Teleprompter drehen durfte. Sehr viel mehr traute er sich ohnehin nicht zu. Schon unzählige Male hatte er jemanden im Sender fragen wollen, ob nicht in einer

Redaktion ein Platz für ihn frei wäre. Aber im entscheidenden Moment traute er sich nicht. Er kam sich für diese Welt nicht tough genug vor.

Gestern hatten die Journalisten in der Kneipe eines verstorbenen Kollegen gedacht. Der Chefredakteur hatte eine kurze Rede gehalten. Nur noch einen einzigen Krieg hätte Henry, der Kriegsberichterstatter, gebraucht, dann hätte er sich zur Ruhe setzen und Bücher schreiben können. Nur einen einzigen verdammten Krieg, einen einzigen beschissenen Krieg. Der liebe Gott war so ungerecht. »Desert Storm« hatte Henry überlebt, Afghanistan und noch ein paar andere Kleinigkeiten. Aber den letzten großen Krieg, die Krönung seiner Laufbahn, den hatte der liebe Gott ihm nicht mehr gegönnt. Stattdessen hatte er Henry von einer Balkonbrüstung stürzen lassen, in einem Hotel auf Mallorca. Ein schnelles, spontanes Wochenende. Freitag entschieden, Samstag geflogen, in der Nacht zu Sonntag gefallen.

So war Jens nicht. Er konnte weder über einen Menschen so sprechen noch taugte er zum Berichterstatter. Schon wenn man ihn anbrüllte, zuckte er zusammen. Wie sollte er da im Bombenhagel recherchieren und Berichte verfassen? Er war Bausoldat auf Prora gewesen. Aber nicht einmal darüber konnte er schreiben, ohne Schweißausbrüche zu bekommen. Er war damals Bettnässer gewesen. Mit einem anderen Bettnässer hatte er sich ein Doppelstockbett teilen müssen. Eine Nacht schlief der eine oben, die nächste Nacht der andere. Der Offizier meinte, sie würden am ehesten mit der Bettnässerei aufhören, wenn sie sich gegenseitig vollpissten.

Jens stand auf und sah nach, ob seine Tochter schlief. Sie hieß Annika. Er hatte sich ein Buch besorgt, in dem er nachlas, ob er sich wenigstens in seiner Rolle als Vater normal entwickelte. Im Moment war er in der Phase der Ähnlichkeitsvergleiche. Er war beruhigt, dass er sehr viel von Jenny in seiner Tochter entdeckte.

Manchmal beneidete er Leute wie Pallach. Pallach war einer seiner Nachbarn. Jens kannte bis vor Kurzem kaum jemanden im Haus. Aber seit die Idee umhergeisterte, dass sie das Haus kaufen und ein gallisches Dorf bauen sollten, trafen sich die Mieter, um ihre Pläne zu besprechen. Eine letzte Enklave des alten Berlin im künftigen Luxusviertel. Jens hielt nichts von der Idee, Leute, die keinen Pfennig besaßen, in einen Hauskauf hineinzuschwatzen. Aber um nicht als Außenseiter dazustehen, ging er zu diesen Versammlungen. Meist nahm er Annika mit, damit er einen Grund hatte, schnell wieder zu verschwinden.

Die letzte Versammlung hatte bei Pallach stattgefunden. Bei dem war in der Woche zuvor eingebrochen worden. Das passierte immer mal wieder im Haus. Mal diente der Hausflur als Toilette, mal wurde bei irgendwem das Türschloss geknackt. Diesmal ausgerechnet bei Pallach. Dem ärmsten Schwein im ganzen Viertel – der aber auch einer der Wortführer des Hauskaufes war.

Am Abend der Versammlung hatte er Jens hereingelassen und ihm den Tetrapak Wein abgenommen. Jens war ihm mit Annika auf dem Arm in die Küche gefolgt. In der Wohnung hatte ein unangenehmes Klima geherrscht. Obwohl es Sommer war, waren die Fenster geschlossen, die Gasheizungen liefen auf vollen Touren. In der Küche hatte Pallach umständlich das Tetrapak geöffnet und vom Einbruch erzählt. Es war nichts gestohlen worden, er hatte alles kontrolliert. Aber sie hatten das Türschloss kaputt gemacht. Es war noch unklar, wer dafür aufkam. Blech, der über ihm wohnte und andauernd gegen irgendetwas rebellierte, wollte sich darum kümmern.

Während Pallach erzählte, hatte sich Jens umgesehen. Was sollte man hier stehlen? Auf dem Tisch stand eine Schüssel mit Nudelsalat, daneben ein Stapel Teller und Gabeln. Eine Glaskaraffe besaß Pallach noch, in die er gerade den Wein goss, und ein paar Gläser, die schon auf dem Tisch standen. Alles war angeschlagen und wie zufällig zusammengetragen. Viel mehr Hausrat gab es nicht. Welcher Dieb war so verzweifelt, dass er davon etwas mitgehen ließ? Aber Pallach erzählte weiter von dem Einbruch, als wäre es pures Glück gewesen, dass niemand den wahren Wert der Salatschüssel erkannt hatte. Sonst, bestimmt, wäre die jetzt weg. Vermutlich hatte jemand die Wohnung der Kneipenwirtin hinter der schäbigen Tür vermutet und auf Geld oder Schmuck gehofft. Aber bei Pallach? Der spielte an drei Tagen in der Woche in der Schloßstraße in Steglitz. Er machte Straßenmusik und sang und tanzte zum Rhythmus seines Tamburins. An den Tagen dazwischen pausierte er, um seine Stimme zu schonen, wie er sagte. Es war nicht anzunehmen, dass er viel damit verdiente. Das Tamburin hatte an der Wand gehangen und Jens hatte gehofft, dass es dort auch blieb.

Nachdem er sich mit Annika auf das Sofa gesetzt hatte, war ihm der Gedanke gekommen, warum er nicht ein bisschen mehr wie Pallach war. Der hatte nie etwas studiert, er war nicht einmal musikalisch, aber er war glücklich und kam irgendwie über die Runden.

Während Jens nachdachte, hatte Pallach erzählt, dass er jetzt versuche, in seiner Wohnung Pflanzen zu züchten. Deshalb heizte er wie ein Wahnsinniger. Zweimal am Tag ließ er ein paar Liter Wasser verkochen, weil die Pflanzen die Luftfeuchtigkeit brauchten. Alles in der Wohnung war feucht. Die Wände schwitzten, die Salatschüssel war beschlagen, auch das Sofa, auf dem Jens saß, war feucht wie Laub vom Morgentau. Er war an diesem Abend mit Annika sehr schnell gegangen.

Jetzt war es früher Morgen. Jens trank in der Küche ein Glas Wasser. Draußen auf der Straße fuhren die Kehrmaschinen. Anderthalb Stunden noch, dann würde Annika wach werden. Gab es denn gar nichts, das er konnte? Nichts, was ihn interessierte, nichts, in das er sich hineinknien könnte? Lag nicht irgendein Thema in der Luft, das ihm die nächsten Jahre eine Beschäftigung bot?

In den Zeitungen stand jetzt immer viel über Computer. Vielleicht war das ja was. Vielleicht sollte er ein Computermagazin fürs Fernsehen machen. Jens konnte schreiben, das immerhin lag ihm. Er konnte Sachverhalte kurz und verständlich darstellen. Womöglich war es eine Überlegung wert, die Texte der Fachmagazine ins Allgemeinverständliche zu übersetzen. Er ging an seinen Schreibtisch und schrieb die Idee auf. Eine Sendung über Computer, das Internet, für Laien verständlich. Das war ein Vorschlag, für den er vielleicht den Chefredakteur begeistern konnte. Jens schrieb und wurde guter Dinge. Draußen ging die Sonne auf. Nebenan lag Annika in ihrem Bettchen und schlief.

25

Goergens lag auf dem Sofa und wartete. Im CD-Player lief McCoy Tyner. Draußen vor dem Fenster drehten sich die Kräne der Baustellen. Die Malerin hatte auf seinen Anrufbeantworter gesprochen. Auf seinen Rückruf hin hatten sie einen Preis für das Bild vereinbart. Vor einer Stunde hatte sie hier sein wollen, um es vorbeizubringen.

In der Friedrichstraße hatte ein Fitnessstudio eröffnet. Goergens hatte dort in einer halben Stunde einen Termin für ein Probetraining. Er fühlte, dass er körperlich abbaute und schlaff wurde. Wenn er morgens vom Laufen zurückkam, geduscht hatte und vor dem Spiegel stand, dann sah er seine weich werdenden Oberarme. Welkes, schlaffes Fleisch, das an ihm herunterhing. Er musste etwas dagegen tun.

Goergens war beinahe eingeschlafen, als es endlich klingelte. Er ging zur Tür und öffnete.

»Schön, dass Sie es doch noch einrichten konnten«, sagte er. »Möchten Sie etwas trinken?«

»Das Geld wäre mir lieber«, antwortete die Malerin.

Sie kam herein, stellte das Bild ab und sah sich ungeniert um. Goergens, der das Geld in der Hosentasche hatte, zog die drei Hundertmarkscheine heraus und gab sie ihr.

»Wo solls denn hin?«

»Lassen Sie es einfach da stehen. Ich bringe es an, wenn ich eine Bohrmaschine habe. Mit einem Nagel kommen Sie nicht in diese Wände.«

Die Malerin nickte und steckte das Geld ein. Dann, als wäre sie hier zu Hause, ging sie in die Küche und warf einen Blick aus dem Fenster. Als sie wieder ins Wohnzimmer kam, sah sie den Pollock an der Wand hängen.

»Ist der echt?«, fragte sie und grinste. Goergens nickte. Ihr Gesicht wurde ernst. »Das ist ein echter Pollock?«

»So echt wie dieser Kautz da«, sagte er.

»Darf ich?« Sie ging näher an das Bild heran. Dann holte sie ihr Bild und stellte es darunter. Goergens ging in die Küche und holte sich ein Glas Wasser. Als er zurückkam, hatte sie den Pollock gegen den Kautz getauscht.

»Sofort hängen Sie das Bild wieder ab!« Goergens schmiss das Wasserglas in die Spüle, wo es zerbrach. Dann nahm er den Pollock, den die Malerin auf das Sofa gelegt hatte.

»Man wird doch mal was ausprobieren dürfen, oder?«

»Sie dürfen hier gar nichts.« Goergens klang energisch genug, dass die Malerin ihr Bild wieder abnahm.

»Ist noch was?«, fragte er scharf.

»Ja, danke dann für …«, die Malerin tippte auf das weggesteckte Geld. Dann wandte sie sich zur Tür.

»Wenn Sie sich das mit der Ausstellung überlegt haben«, sagte Goergens, »Sie wissen, wo Sie mich finden.«

Die Malerin nickte.

»Muss es wirklich da sein, wo Sie sagten, in der Treuhand?«, fragte sie.

»Da oder gar nicht.«

Die Malerin zuckte mit den Schultern.

»Ich bin mit dem Fahrstuhl da. Kann ich Sie ’n Stück mitnehmen?«, fragte sie und versuchte ein nett gemeintes Lächeln.

»Danke, nein«, sagte Goergens ungeduldig. »Bitte, gehen Sie, und schließen Sie die Tür hinter sich.«

»Na dann … vielleicht wollen Sie mich ja mal in meinem Atelier besuchen … Sie wissen ja, wo es ist.«

»Auf Wiedersehen.«

»Tschüss.«

Die Malerin zog die Tür hinter sich zu. Goergens blieb stehen, bis er den Fahrstuhl hörte. Dann sah er das Bild an, ob es beschädigt war, drehte es um und sah nach dem Foto, das auf der Rückseite im Rahmen steckte.

Es war ein Polaroid, aufgenommen in New York. Es war das letzte Foto, das es von Jo gab. Goergens hatte es an dem Tag gemacht, an dem sie mit ihrem Mann nach Südamerika aufgebrochen war. Er hängte das Bild zurück an die Wand. Dann sammelte er die Scherben aus der Spüle, zog seine Sportsachen an und lief hinüber in das Fitnessstudio.

26

Sein neuer Anzug machte ihm die meisten Schwierigkeiten. Torsten hatte ihm einen Kredit gegeben, damit er sein Papageienoutfit künftig im Schrank ließ. Als er den Anzug im KaDeWe anprobiert hatte, hatte Scholle keine Umstände machen wollen und gesagt, er säße wie angegossen. Tatsächlich aber zwickte er im Schritt. Es war äußerst unangenehm. Sehr viel angenehmer dagegen war der Job, für den er lernte. Das Geschäft mit den Investmentfonds. Er hatte gewusst, dass das sein Thema war. Torsten gab ihm die Chance, um die er gebeten hatte.

Torsten war Gebietsleiter einer Firma, die solche Fonds auflegte. Die Büros und Schulungsräume befanden sich in der Bülowstraße in Schöneberg. Die ersten Monate hatte Scholle auf der Schulbank gesessen und gelernt. Mit ihm noch ein paar andere, die ebenfalls als Quereinsteiger in der Finanzbranche gelandet waren. Torsten war ein harter Lehrer. Obwohl sie sich beide gut miteinander verstanden, schenkte er Scholle nichts. Im Gegenteil, manchmal sah es so aus, als wäre Torsten bei ihm noch unnachgiebiger als bei den anderen.

Vielleicht lag es daran, dass Torsten genauso angefangen hatte wie er. In seinem ummauerten Leben hatte Torsten in einer Kaufhalle gearbeitet. Zwei Jahre vor der Wende war er in den Westen abgehauen. Er war nach Frankfurt am Main gegangen und hatte genau wie Scholle versucht, auf die Beine zu kommen. Vielleicht war es das. Vielleicht lag es auch daran, dass sie in einem Alter waren. Vielleicht lag es aber auch ganz einfach daran, dass Scholle sich als gelehriger Schüler erwies. Der Markt war groß, die Firma konnte gut und gern eine zweite Filiale eröffnen. Scholle glaubte, dass Torsten deshalb so schonungslos mit ihm umging, weil er ihn für die Expansion fitmachen wollte.

Torsten machte eigentlich kaum noch etwas anderes als diese Schulungen. Er arbeitete die Leute in die Welt der Fonds ein, die von irgendjemandem aufgelegt wurden, der in der Hierarchie weit über ihm stand. Er selbst verdiente an dem, was seine Leute verkauften.

Die Wohnung, die er nun endlich am Potsdamer Platz bezogen hatte, war mit repräsentativ nur unzulänglich beschrieben. Torsten betreute dort einen exklusiven Kundenkreis, bei dem es finanziell richtig zur Sache ging. Scholle kannte bisher nur ein paar Andeutungen. Diskretion war das wichtigste Kapital in diesem Geschäft. Torsten hatte erzählt, dass immer wieder mal Informationen an einzelne Mitarbeiter gegeben würden, die sich eindeutig rückverfolgen ließen. Eben weil Diskretion wichtig war, konnte man keine Leute brauchen, die quatschten. Oder die den Kunden mehr erzählten, als das, was sie wissen mussten. Das Wissen um die Fonds war das Kapital der Firma. Wer sagte denn, dass unter den Kunden nicht Leute von der Konkurrenz waren? Scholle verstand den Wink. Er würde nicht quatschen.

Scholle lief die Potsdamer Straße hinunter zur Bülowstraße. Besser: Stefan Scholz lief dort entlang. Scholle gab es nicht mehr, sollte es nicht mehr geben. Sich das Kumpelhafte und das Berlinern abzugewöhnen, fiel ihm schwerer als auf Alkohol zu verzichten. Torsten hatte gesagt, dass man ohne Alkohol leistungsfähiger sei. Und jetzt, wo er endlich die Chance dazu hatte, wollte Scholle auch etwas leisten. Er wollte der Beste sein, so wie früher. Er wollte, dass Petra und die Kinder zurückkamen. Er wollte etwas schaffen, ihnen etwas bieten, es ihnen leichter machen, zurückzukommen. Ihr Lebensstandard sollte hier genauso sein wie da unten im Süden.

Andererseits – sollten sie ihn doch alle am Arsch lecken. Torsten hatte ihm eingeschärft, sich neue Ziele zu setzen. Wenn er das alles nur für Petra tat, dann war er in einem Jahr wieder da, wo er hergekommen war. Torsten war es so gegangen. Er hatte alles für seine Frau gemacht, und als sie dann einen anderen gefunden hatte, war er in eine Sinnkrise geraten. Scholle wollte nicht in dieselbe Falle tappen. Aber sich neue, andere Ziele zu setzen, war leichter gesagt als getan. Vielleicht reichte es fürs Erste, dass er auch an den Potsdamer Platz ziehen wollte. Etwas in der Art.

Er kaufte sich einen Kaffee an einer Imbissbude und ein Päckchen Fisherman's Friend. Er benutzte neuerdings Parfüm, dezent, aber edel. Die Flasche war teurer gewesen als sein letzter Wochenendeinkauf mit Petra und den Kindern. Scheiße. Schon wieder. Er musste weg davon.

Scholle trank einen Schluck von dem Kaffee, dann holte er sich ein Wasser. Er hatte vergessen, dass Koffein ihn nervös machte. Und nervös, aufgeregt, war er schon genug. Heute war sein erstes Verkaufsgespräch. Torsten sagte, es sei wie eine Sichtung auf dem Fußballplatz. Und die durfte Scholle nicht verpatzen, wenn er in die nächste Fördergruppe kommen wollte. Er las jetzt viel über solche Themen. Wie man weiterkam und sich mental verbessern konnte.

Heute würde Torsten noch dabei sein, für den Fall der Fälle. Das Gespräch wurde mit einer Videokamera aufgezeichnet, wie überhaupt alles aufgezeichnet wurde. Alle sollten sehen, was für Fehler sie machten. Körpersprache war auch etwas, mit dem Scholle sich jetzt beschäftigte. Es gab eine Reihe von Gesten und Bewegungen, die seriös wirkten, mit denen man souverän und selbstsicher rüberkam. Fürs Verkaufen war das beinahe wichtiger als die Sachargumente, predigte Torsten immer wieder. Scholle trank noch einen Schluck Wasser, dann warf er die Flasche weg und ging weiter.

Am Drogenstrich in der Kurfürstenstraße schauten sich die ersten Freier um. Es war billig hier, aber hierher gingen Torsten und Scholle nicht. Es war zu dicht am Büro. Es war schlecht fürs Geschäft, wenn die Kunden davon etwas mitbekamen. Auch darauf musste er jetzt achten. Was er in der Öffentlichkeit tat, wobei er gesehen werden könnte. Ganz nebenbei wusste man nicht, was man sich hier einfing. Lichtenberg war besser. Auch, weil Hotte immer wieder Frauen auftrieb, die, wie er sagte, nur gelegentlich anschaffen gingen. Alte Ostschule, so was gäbe es im Westen nicht. Dafür war es in den Westläden nicht so verranzt wie in Hottes Dachkammer.

Scholle überquerte die Straße und ging noch einmal den Ablauf des Gespräches durch. Bei den Trockenübungen, die sie während der Schulung machten, hatte er immer ganz gut abgeschnitten; umso ehrgeiziger war er nun, da er der Erste in der Gruppe war, der eine Chance bekam.

Er stieg die Stufen zur Firma hoch und bereitete seinen Raum vor. Zu ihm würden gleich Neukunden kommen, ein Ehepaar Mitte Fünfzig. Wenn sie Kinder oder Enkel hatten, wollte er mit deren Absicherung argumentieren. Er wollte ihnen langfristige Engagements verkaufen, die lohnten sich am meisten. Mit Mitte fünfzig konnten sie die Anteile ruhig noch zehn oder fünfzehn Jahre liegen lassen und dafür eine gute Rendite einstreichen. Weitaus mehr, als sie bei der Sparkasse bekamen. Die Firma legte mindestens alle drei Wochen einen neuen Fonds auf, eben weil die Anlagen so unglaublich erfolgreich waren. Er würde deshalb auch erwähnen, dass sie die Mittel immer wieder umschichteten, die ganze Laufzeit über. Dass das Geld immer in den Fonds kam, der gerade am meisten abwarf. Sicher, wegen dieser komplexen Struktur kam man nicht sofort an sein Geld heran, wenn man es vor Ablauf brauchte. Aber dafür gab es mit Abstand die besten Erträge. Investieren Sie also nur das, was Sie während der gesamten Laufzeit nicht brauchen. Sonst zahlen Sie drauf. Ich sag es Ihnen gleich, das ist fair und überfordert später niemanden.

Scholle schaltete den Fernseher ein. Im Hintergrund sollte immer der Nachrichtenkanal mit den Börsennachrichten laufen. Die Kunden merkten so nicht, dass nebenher die Videokamera lief. Er legte ein paar Prospekte zurecht. Auch wenn er schon wusste, was er den Leuten verkaufen wollte, sollten sie doch das Gefühl haben, dass er spontan den besten Fonds für sie auswählte.

Die meisten Fonds investieren in Immobilienprojekte in den neuen Bundesländern, memorierte er noch einmal. Gewerbeparks und Altbausanierung. Viel Arbeit, lange Laufzeiten und deshalb satte Gewinne. Aber, und das war das Entscheidende: Die Gesellschaft legte auch Fonds auf, die in Unternehmen investierten. Diese Anteile waren zwar zu teuer für private Anleger, aber sie waren die Garantie auch für deren Rendite. Das war es, was die Firma so erfolgreich machte. Die Unternehmensfonds setzten auf die Entwicklung neuer Technologien in Kommunikation und Medizin. Neue Krebstherapien zum Beispiel. Ein Milliardenmarkt. Der Clou für die Kleinanleger dabei war, dass all diese Firmen in den eigenen Gewerbeparks angesiedelt wurden. Das machte die Engagements der Großanleger günstiger und garantierte automatisch die Mieteinnahmen für die Fonds der Kleinanleger. Ging ein Unternehmen wider Erwarten pleite, war im Handumdrehen das nächste gegründet, die Auslastung der Immobilien also gewährleistet. Alles durchdacht bis ins Detail und deshalb absolut sicher.

Danach würde Scholle noch von Warren Buffett erzählen, dem reichsten Mann der Welt. Der investierte nur in Dinge, die er verstand. Genauso sind unsere Fonds aufgebaut. Es gibt nur das, was Sie verstehen können. Und was ich Ihnen eben erklärt habe, kann man doch verstehen oder nicht? Wenn er jetzt keine Unterschrift bekam, wollte er Kaffee anbieten und Torsten würde übernehmen. Aber Scholle war sicher, dass das nicht notwendig sein würde.

Er ging noch einmal zur Toilette und wusch sich die Hände. Er prüfte sein Aussehen und zog die Krawatte zurecht. Als er seine Hose richtete und sie ihn wieder zwickte, wusste er, dass er von seiner ersten Provision einen neuen Anzug kaufen würde. Aber noch besser wäre es, wenn sein Mut endlich ausreichte, ins KaDeWe zu gehen und zu sagen, dass sie das Ding gefälligst ändern sollten.

27

Jens war erleichtert. Neben ihm lag Jenny. In der Nacht war sie nach Hause gekommen. Sie war praktisch direkt aus dem Flugzeug ins Bett gefallen. Die Reise hatte eine Ewigkeit gedauert. Allein für die Fahrt zum Flughafen hatten sie und ihre Begleiter fast zwei Tage gebraucht. Immer wieder waren sie aufgehalten worden von Pannen und Leuten, die Schutzzölle verlangten. Letztere durfte wohl jeder erheben, der gerade ein Gewehr in der Hand hielt. Einiges von Jennys Gepäck hatte auf dieser Fahrt den Besitzer gewechselt.

Jens war sicher, dass sie nicht alles erzählte, was passiert war. Als er sie am Flughafen in die Arme genommen hatte, waren dunkle Ränder unter ihren Augen gewesen. Ihr Lachen, für das sie sich zusammenriss, hatte müde geklungen. Auch ihre Haare schienen dünner geworden zu sein.

Es war kurz nach sieben. Jens stand auf und holte Annika ins Bett. Sie krabbelte über die Bettdecke, bis sie am Kopf ihrer Mutter angekommen war. Mit ihren kleinen Händchen patschte sie ihr ins Gesicht. Jenny erschrak und schrie. Jens konnte ihr Herz rasen sehen, so sehr pumpte es in ihrem Brustkorb. Annika sah ihre Mutter an, dann schrie sie auch. Jens wollte einen Scherz machen, die Situation auflockern, und schrie mit. Jenny setzte sich auf, zog die Bettdecke unters Kinn und rutschte zitternd in die hinterste Ecke des Bettes. Sie wollte die Wand im Rücken haben. Sie wollte sicher sein, dass niemand hinter ihr war. Da erst begriff Jens, dass es ihr Albtraum war, eines Nachts in ihrem Haus überfallen zu werden.

Später erzählte sie, dass sie ein Haus hatte mieten müssen, damit sie vom Wagen aus sehen konnte, ob die Tür unversehrt war. Ob es Spuren gab, dass sich jemand am Haus zu schaffen gemacht hatte. Die Wohnung, die sie zuerst gehabt hatte, mit dem Treppenhaus, den Fluren, den anderen Wohnungen und den anderen Mietern, war wie eine Falle gewesen. Wie hätte sie wissen können, wer in dieses Haus gehörte und wer nicht? Wie hätte sie fliehen sollen, wenn ihr jemand auf dem Flur den Weg abschnitt? Dabei hatte sie gedacht, mit der Wohnung den Menschen näher zu sein; dass sie mehr über das Land erfahren könnte, wenn sie so lebte wie alle. Aber es funktionierte nicht. Es funktionierte noch aus einem anderen Grund nicht. Die Menschen nahmen sie und die Organisation, für die sie arbeitete, nicht ernst, wenn sie in einem normalen Viertel in einer normalen Wohnung lebte. Die Leute glaubten Jenny nicht, dass sie etwas Gutes ins Land brachte, wenn sie sich vor der alltäglichen Gewalt genauso wenig schützen konnte wie alle anderen hier. Hätte sie irgendwen dabeigehabt, der sie rund um die Uhr bewachte, dann vielleicht. Aber so war sie nur eine alleinstehende Frau. Ein Nichts. Weniger wert als eine Kuh. Das war die westliche Freiheit? Die westliche Demokratie? Eine wehrlose Frau?

Also war Jenny in das Haus gezogen. Sie hatte sich Telefonnummern von Leuten besorgt, die sie anrufen konnte, wenn etwas passierte. Sie war zum Glück nicht allein dort. Man riet ihr, niemals die Polizei zu rufen, egal was geschah. Man konnte nie wissen, wer mit wem unter einer Decke steckte. Und man riet ihr, dass sie sich einen Ehering besorgen solle. Besser noch, sie solle ihn von irgendwem besorgen lassen. Händler und Märkte, das waren hier die Nachrichtenzentralen. Es war nicht gut, wenn es die Runde machte, dass sie sich den Ring selbst gekauft hatte. Sie sollte den Ring tragen, wo immer sie hinging. Als verheiratete Frau war sie sicherer. Dann folgte eine Aufzählung von Orten und Zeiten, an und zu denen das nicht galt.

Jenny ging nur in Begleitung nach draußen. Sie ließ sich von einem Kollegen abholen, der schon länger dort lebte. Sie fuhren zusammen durch das Land, vorbei an Läden, die auf den ersten Blick prall gefüllt mit Lebensmitteln aussahen. Doch wenn sie in einen Laden hineingingen, existierte nur die eine Reihe Gläser und Konserven, die sie von der Straße aus gesehen hatten. Das alles war unverkäuflich. Zum einen, weil der Laden sonst leer gewesen wäre, zum anderen, weil die Haltbarkeitsdaten längst abgelaufen waren. Die Babynahrung, die hier stand, war zehn, fünfzehn Jahre alt.

Jenny saß im Bett an der Wand. Es fiel ihr schwer, sich wieder zu beruhigen. Das Erste, was sie nach einer Weile, immer noch schnell und flach atmend, sagte, war: »Ich trete in die FDP ein. Morgen trete ich in die FDP ein.«

Jens verschlug es die Sprache. Entweder war sie durchgedreht oder ein Albtraum hatte den anderen abgelöst.

»Du willst was?«, fragte er.

Jenny nickte und wiederholte: »Ich trete in die FDP ein. Ja, das werde ich tun.«

»Und das hilft in Tadschikasachusbekistan?«

Jenny riss die Augen auf.

»Bist du übergeschnappt? Was hat das damit zu tun?«

»Nur so. Ich geh uns mal Brötchen holen. Oder nein, besser, ich hole uns Croissants aus der Galeries Lafayette. Was hältst du davon? Deine Tochter mag das.«

»Mein Gott, Annika!« Jenny sah ihre Tochter über das Laken krabbeln. Sie ließ die Decke los, die sie ans Kinn gehalten hatte, und rutschte zu ihr hin. Annika sah zu Jens.

Sie schien nicht zu wissen, ob sie sich freuen oder sicherheitshalber wieder zu schreien anfangen sollte.

»Annika, komm her zu uns!« Jens streckte sich auf dem Bett aus und legte seinen Kopf auf Jennys Beine. Er hielt Annika die Hand hin. Sie klammerte sich daran fest und krabbelte über ihn hinweg zu ihrer Mutter.

Als Mutter und Tochter vereint waren, stand Jens auf, zog sich an und ging einkaufen. Vorbei an den Geschäften von Gucci, Armani und Prada lief er hinunter in die Lebensmittelabteilung der »Galeries Lafayettes«. Er musste an Blech denken, der hier Buttersäure versprühen wollte. Den Leuten sollte der Appetit auf Austern, Baguette und edlen Schinken vergehen. Er nannte das alles einen Fressporno, fand es unanständig und vulgär. Konnte sich jemand wie Blech vorstellen, mit welchem Genuss Jenny gleich in die ersten sauberen und unverdorbenen Lebensmittel seit Monaten beißen würde? Und das eben nicht nur, um ihren Hunger zu stillen? Dass dieser Überfluss auch ein Symbol für Sicherheit war?

Jens kaufte Croissants, ein Baguette und Wurst. Am Käsestand sah er den dicken Bayern aus der Kneipe stehen. Er stellte sich hinter ihm an und kaufte das Gleiche wie er. Was der Bayer kaufte, musste gut sein. Jens hatte keine Ahnung von solchen Dingen. Aber der Bayer sah so aus, als verstünde er was vom Essen. Jens kaufte es, weil er für Jenny das Beste wollte, das es gab. Weil er sie liebte. Weil er sich nach ihr gesehnt und verzehrt hatte. Weil er sie bewunderte.

Er klemmte sich die Tüte unter den Arm und fragte sich, ob es nicht wirklich eine gute Sache wäre, wenn sie heirateten. Er war sich nicht sicher; er wusste nicht, wie Jenny tatsächlich über dieses Thema dachte. In Tadschikasachusbekistan brauchte sie den Ehering nur zur Tarnung.

Als Jens in die Wohnung kam, hörte er das Wasser rauschen. Jenny lag mit Annika in der Badewanne. Jens ging in die Küche und machte das Frühstück. Sogar an Blumen hatte er gedacht. Er überlegte, wie er Jenny auf das Hochzeitsthema ansprechen sollte. Bestimmt würde sie es seltsam finden, wenn er einfach so mit der Tür ins Haus fiel. Sicher war es besser, einen Zeitpunkt zu finden, der wenigstens ein bisschen romantisch war.

In dem Augenblick rief Jenny nach ihm. Sie wollte Annika fertig machen, aber sie wusste natürlich nicht, wo Jens ihre Sachen aufbewahrte. Jens zeigte ihr, wo alles lag. Doch als er noch etwas sagen wollte, schob Jenny ihn beiseite. Jetzt, wo sie wieder da war, hatte sie nur noch Augen und Ohren für ihre Tochter, für sie ganz allein.

Als sie frühstückten, fing Jens noch einmal mit dem Parteieintritt an.

»Warum?«, fragte er. »Warum um alles in der Welt willst du in die FDP eintreten?«

»Studi-Attacke«, antwortete Jenny mit vollem Mund. Sie aß langsam das Croissant und hielt genießerisch die Augen geschlossen. »Hast du noch nichts davon mitbekommen? An der FU müssen doch auch alle davon reden.«

»Und woher weißt du das?«

»Internet. Über Satellit. Ich hab ein paar Leute, mit denen ich E-Mails schreibe. Schade, dass wir hier noch keinen Anschluss haben. Dann hätten wir uns während der ganzen Zeit schreiben können. Und du hättest mir Bilder von Annika schicken können.«

»Ja«, meinte Jens nachdenklich, »ich hab gehört, dass das jetzt geht. Also Internet. Ich arbeite an einem Projekt für den Nachrichtensender, das hat mit solchen Sachen zu tun. Ich hab gedacht, ich probier das mal auf deinem Laptop aus, ob das überhaupt funktioniert, was ich da will.«

»Klar, nur zu. Damit stimmt sowieso was nicht, irgendwie wackelt der Netzstecker. Den kannst du bei der Gelegenheit gleich reparieren. Aber über kurz oder lang brauchst du einen eigenen Rechner.«

»Ja, klar.« Jens nickte.

Auf ihrem Stühlchen saß Annika und wartete darauf, dass sie gefüttert wurde. Um sie zu beschäftigen, hatte Jens ihr schon mal den Löffel gegeben, aber aus irgendeinem Grund hatte er vergessen, rechtzeitig ihren Brei aufzuwärmen.

Dass Annika deswegen nicht schrie, lag daran, dass an diesem Morgen alles so aufregend war. Immer wieder schaute sie zu Jens und zu Jenny. Mal sah sie aus, als überlege sie, und mal, als versuche sie sich an etwas zu erinnern. Dann lächelte sie und betrachtete wieder ihre Eltern. Irgendwann jedoch überwog der Hunger und sie begann, mit dem Löffel auf ihren Stuhl zu klopfen. Jens probierte, ob der Brei schon warm genug war. Er war bestenfalls lauwarm.

»Lass mich!«, bat Jenny und nahm ihm das Gläschen aus der Hand. Annika registrierte aufmerksam, wie das Gläschen den Besitzer wechselte. Mit einem skeptischen Blick probierte sie den ersten Löffel. Als sie die Augenbrauen hob, war es, als merke sie zwar, dass der Brei nicht warm genug war, sie es aber heute ausnahmsweise durchgehen ließ.

»Noch mal«, hakte Jens nach und sah zu, wie Jenny ihre Tochter fütterte. »Was ist das für eine Studi-Attacke?«

Jenny nickte.

»Die Studenten wollen mit einem Masseneintritt die

Mehrheit im Landesverband übernehmen«, erklärte sie. »CDU, SPD, Grüne, das sind alles funktionierende Organismen, da kommst du nicht durch. Eine Parteikarriere, also Bundestagsmandat und so weiter, geht nur über die Berliner FDP. Der Landesverband ist schwach, hat kaum aktive Mitglieder.«

»Du hast doch mit Wirtschaftspolitik überhaupt nichts am Hut.«

»Aber ich bin karriereorientiert. Und das passt dann wieder. Alles andere regeln wir, wenn es geklappt hat.«

»Das heißt, es ist ein Karriereding, was ihr da vorhabt.«

»Logisch. Wäre der Eintritt in eine andere Partei ja auch. Nur da ist der Marsch länger.«

»Und was ist mit Parteiprogrammen, Überzeugungen?«

»Guck dir Schily an. Grünen-Gründer, heute SPD. Nicht mehr lange und die ersten Grünen wechseln in die CDU. Und umgekehrt. Du musst sehen, wo du durchkommst, wo du dich mit deinen Themen profilieren kannst. Dann steht irgendwann auch die richtige Partei vor deiner Tür und legt dir alles zu Füßen, wenn du nur wechselst.«

»Und ich hab ein schlechtes Gewissen, wenn ich im Lafayette einkaufe. Blech will da drüben Buttersäure verspritzen, als Protest gegen die Konsumtempel.«

Jenny strich mit dem Löffel Annikas Mund sauber.

»Soll er machen. Ich will Mehrheiten organisieren. Wofür oder wogegen ist mir egal. Was die Mehrheit will, soll sie bekommen. Wenn sie gegen Konsumtempel ist, organisiere ich Mehrheiten, dass die Dinger geschlossen werden. Und wenn die Leute wieder dafür sind, organisiere ich eine Mehrheit, dass neue, größere und schönere gebaut werden. Ich werde niemandem sagen, was er zu tun oder zu lassen hat. Ich finde Argumente und mit Argumenten findet man Mehrheiten. Und wenn Micky Maus Präsident werden soll, auch egal. Aber wenn Micky Maus tatsächlich Präsident geworden ist, weiß ich, dass ich einen sehr guten Job gemacht habe. Alles hat zwei Seiten und Wahrheit ist das, was die Mehrheit glaubt. Isst Annika immer so viel?«

Jens sah, dass das Gläschen fast leer war.

»Kommt drauf an. Heute kannst du glaube ich noch stundenlang etwas in sie reinstopfen. Hauptsache, du bleibst bei ihr.«

Jenny kratzte mit dem Löffel das Glas aus. Als Annika fertig war, hob Jenny sie aus ihrem Stuhl und legte sie sich an die Schulter. Jens räumte das Geschirr zusammen und wusch ab. Dann ging er zu Jenny. Er stellte sich hinter sie und strich ihr über die Schultern.

»Ich liebe dich«, sagte er leise. Und Jenny schloss die Augen und lehnte sich an seine Brust.

28

Haffner saß mit der üblichen Runde am Treuhandtisch. Vor ihm stand sein Bier, seine Scherze waren wie immer, nur seine Schultern waren herabgesunken. Es war nicht das bullige Aufstützen, das man von ihm gewohnt war. Haffner hatte das Grundstück bei Potsdam gekauft. Doch als alles unter Dach und Fach gewesen war, alle Kredite bereitgestellt und alle Sicherheiten eingebracht worden waren; alles felsenfest und unauflösbar geworden war, war ein Flächennutzungsplan aufgetaucht, der die gesamte Gegend als Grundwasserschutzgebiet auswies. Alles, was Haffner auf seinem Grund und Boden noch machen konnte, war, auf eigene Kosten das kontaminierte Erdreich auszutauschen, das der Reparaturstützpunkt der LPG hinterlassen hatte. Mehr als eine halbe Million Mark hatte er in den märkischen Sand gesetzt. Sein privates Geld, ohne Aussicht, jemals etwas davon wiederzusehen. Der Gütetermin, den es am Vormittag gegeben hatte, war gescheitert. Nun blieben Haffner zwei Möglichkeiten: dem Rat seiner prozessfreudigen Anwälte zu folgen und weiteres Geld in den Ofen zu werfen oder sich darauf einzurichten, dass er weder mit fünfundfünfzig noch mit sechzig Jahren in Pension gehen konnte. Dieses Grundstück war so wertlos wie nur irgendwas. Genaugenommen durfte er sich auf dem riesigen Areal nicht einmal eine Zigarette anstecken.

Seine Frau hatte gelacht, als Haffner es ihr am Mittag gesagt hatte. Inzwischen lachte wahrscheinlich die gesamte Treuhand. Wenn er es nicht jeden Abend tun würde, dachte er, so hätte er heute allen Grund dazu, sich zu betrinken.

Was ihn am meisten ärgerte, war, dass es niemanden gab, der dafür verantwortlich war. Wahrscheinlich war noch jener Unglücksrabe schuld, der den Passus gefunden hatte. Jener dienstbare junge Mann, den Haffner damit beauftragt hatte, alles für das Bauvorhaben vorzubereiten, das er hatte einreichen wollen. Letztlich, und das wusste Haffner, war es ihm wohl selbst zuzuschreiben. Warum hatte er nicht einfach die entsprechenden Anträge gestellt und abgewartet, was geschah? Die Wahrscheinlichkeit, dass es irgendwem in den zuständigen Ämtern aufgefallen wäre, tendierte gegen null.

»Fräulein, machens noch ein Bier!«, rief er in Richtung Tresen. »Im Moment kann i mirs grad noch leisten.«

Als die Tür aufging und Scholle hereinkam, dauerte es einen Augenblick, bis Haffner ihn erkannte. Dann dachte er: Jetzt bloß net auch noch der …

Sie hatten sich lange nicht mehr gesehen. Haffner wusste noch nichts von den Veränderungen in Scholles Leben. Er ging davon aus, dass Scholle immer noch auf Jobsuche war, und dass der Mann, der ihn begleitete, die Welt in gleicher Mission bereiste. Es war Haffner letztlich egal. Er hatte nur keine Lust, jetzt auch noch Scholles Ansichten über Grundstücksgeschäfte ertragen zu müssen. Es ist schon eine bittere Ironie, dass ausgerechnet mir das passiert, dachte er. Er hoffte, dass Mommsen, der deswegen immer noch im Büro war, es irgendwie schaffte, herauszufinden, wo sein Grundstück den Abzweig in Richtung Unberührbarkeit genommen hatte. Dass er irgendetwas fand, wie er da vielleicht doch noch herauskam, oder dass sich irgendein Kompensationsgeschäft einfädeln ließ oder die Treuhand es zurückkaufte oder man seinen Tagessatz als Berater drastisch erhöhte. Er hatte keine Ahnung, was in einem solchen Fall zu tun war. Er war nur ziemlich sicher, dass er nicht der Erste sein konnte, dem so etwas widerfuhr.

»Na, wie läufts so, Professor? Gehts gut?«, erkundigte sich Scholle und klopfte Haffner auf die Schulter.

»Ginge besser, wenn du was von Grundstücken verstündest«, entschied sich Haffner, die Flucht nach vorn anzutreten.

»Haste Glück, hier, Torsten Grabert, mein Chef. Grundstücke, Projektentwicklung, alles, was du brauchst.« Scholle setzte sich; Torsten gab Haffner beiläufig die Hand und nahm ebenfalls Platz.

Als die Wirtin kam und Haffners Bier brachte, bestellten Scholle und Torsten Apfelsaftschorle.

»Da habts euch ja was vorgenommen«, sagte Haffner. Er wandte sich an Torsten. »Sie machens also Grundstücke. Sagens bloß, Sie haben Ahnung davon.«

»Wenn Sie ein interessantes Objekt haben, können wir gern darüber reden«, erwiderte Torsten.

»Seins net so zurückhaltend. Wenns wirklich Ahnung haben, sinds hier am Tisch nämlich der Einzige. Wir anderen sind alle von der Treuhand!« Haffner prustete quer über den Tisch. »Sagens doch mal, was Sie so machen«, fragte er und versuchte, sich wieder zu beruhigen.

»Wir sind in Leipzig investiert, Rostock, Stralsund, Schwerin, um nur einiges zu nennen.«

»Ich zeige dir mal was«, warf Scholle ein und ging kurz nach draußen. »Hier«, sagte er, als er zurückkam, und legte Haffner die Prospekte auf den Tisch, die er aus Torstens Wagen geholt hatte. »Wenn dir das zu popelig ist, kein Problem, wir haben da och noch 'n paar richtig feine Sachen.«

Haffner war verblüfft.

Da hatte Scholle doch tatsächlich einen Job gefunden und das auch noch ohne seine Hilfe. Aber nach einem flüchtigen Blick auf die Fonds wusste er, dass hier mit Illusionen gehandelt wurde.

»Was halten Sie von einem Ostdeutschland-Fonds?«, fragte Torsten. »Wir legen einen Fonds auf, der international finanziert ist, und gleichen mit den Überschüssen aus dem internationalen Geschäft die zwangsläufigen Anlaufschwierigkeiten hierzulande aus.«

»Dass da noch keiner von uns drauf gekommen ist!«, erwiderte Haffner und sah Torsten herausfordernd an.

»Machen wir uns nichts vor«, fuhr Torsten fort. »Sehen wir die Neuen Länder wie ein Entwicklungsland, Costa Rica meinetwegen. Wenn die politischen Rahmenbedingungen stimmen, gehen Sie da mit ein paar großen Fondsgruppen rein und in wenigen Jahren haben Sie …«

»Blühende Landschaften!«, platzte Haffner heraus. Ihm ausgerechnet die Region als Beispiel anzudienen, über deren Volkswirtschaft er promoviert hatte, war mehr, als er verkraftete.

»Sie sind von der Treuhand?«, fragte Torsten.

»Wie i gesagt hab. Bis auf euch zwei sinds hier alles Treuhänder am Tisch«, nickte Haffner.

Torsten lächelte wie jemand, dem gerade die Lösung für eine ganze Reihe von Problemen klar geworden war. Er sagte: »Sie ruinieren eine komplette Volkswirtschaft mit Ihrer Mischung aus unternehmerischer Inkompetenz und mangelnder Kreativität. Da draußen sind Millionen Menschen, die um ihre Existenz bangen, die in den letzten Jahren ihren Job verloren haben, und Sie sitzen hier in der Kneipe und lehnen finanzpolitischen Sachverstand ab. Sie tun mir leid.« Torsten nippte an seiner Apfelsaftschorle.

Haffner ließ sich nicht beeindrucken. »Wollens einen guten Rat von mir hören?«, entgegnete er und klopfte

Torsten jovial auf den Rücken. »Sammelns die Prospekte, die Sie noch haben und hebens die gut auf. Irgendwann kriegen wir eine Papierkrise, und dann sinds damit ein gemachter Mann!« Haffner lachte und warf Torsten das Prospekt hin, das er sich angesehen hatte.

»Wenn Sie gestatten …«, Torsten ließ sich nicht aus der Ruhe bringen und winkte der Wirtin. »Ich lade die Herren auf eine Runde Bier ein.« Dann fuhr er fort: »Wirklich zu schade, dass Sie trotz der guten brandenburgischen Wasserqualität keine Brauerei auf Ihrem Grundstück errichten dürfen. Zu schade.«

»Woher wissens denn dös?«

»Informationen gehören zum kleinen Einmaleins einer erfolgreichen Projektentwicklung. Aber das brauche ich Ihnen ja nicht zu sagen.«

Die Wirtin brachte das Bier, Torsten zahlte, stand auf und verließ die Kneipe. Was für ein Abgang. Am Tisch war es totenstill. Christoph und Mario starrten Haffner an.

»Da haste ins Klo gegriffen, Professor, aber richtig!« Scholle grinste. Haffner so abgebürstet zu sehen, gefiel ihm. Er erhob sich und klopfte auf den Tisch. »Ich sag mal, man sieht sich.« Draußen stieg er zu Torsten ins Auto.

»Das war also Professor Haffner«, resümierte Torsten. »Kaum zu glauben, was für Luftpumpen bei der Treuhand herumlaufen. Aber das erklärt auch, warum wir mit denen nichts machen. Die kapieren unsere Geschäftsmodelle einfach nicht.«

Er ließ den Motor an.

»Was hastn da gesagt mit der Brauerei?«, wollte Scholle wissen.

Torsten schmunzelte.

»Ein Vögelchen hat mir gezwitschert, dass der Herr

Professor einen Haufen Geld in ein Wasserschutzgebiet versenkt hat, in der Annahme, es wäre Bauland.«

»Wer issn dein Vögelchen?«

Torsten schmunzelte weiter. »Lernst du alles noch kennen. Mach weiter wie bisher und du lernst alles kennen.«

»Lichtenberg?«

Torsten schüttelte den Kopf. »Nee, heute lass uns mal wie feine Herren verkehren. In Charlottenburg ist ein Laden, den wollte ich schon lange mal ausprobieren. Informationen, Scholle, Informationen sind unser Geschäft!«

Torsten parkte aus und am Brandenburger Tor vorbei fuhren sie die »Straße des 17. Juni« hinauf nach Charlottenburg.

29

Goergens war nach Dahlem gefahren. Er hatte in einem Restaurant einen Tisch für zwei Personen reservieren lassen, wie er es überall auf der Welt tat, wenn er nicht am Katzentisch landen wollte.

Alle paar Monate ging er essen und »leistete sich etwas«, wie es in seiner Kindheit geheißen hatte. Damals war Essen in einem Lokal eine Belohnung gewesen. Seine Mutter hatte daran festgehalten, bis sie gestorben war. Geburtstage, Zeugnisse, Beförderungen, alles hatte sie mit einem guten Essen gefeiert. Sogar ihr eigenes Ableben wollte sie so begangen wissen. Von dem Wenigen, das sie in einem Krämerladen verdiente, legte sie für solche Anlässe immer etwas beiseite. Für ihren eigenen Trauerschmaus hinterließ sie ihrem Sohn exakt 14,26 DM, aufbewahrt in einem leeren Gurkenglas.

Goergens hielt an dieser Tradition fest, obwohl er wusste, dass ihn in Restaurants nur selten etwas Gutes erwartete. Er tat es um des Andenkens an seine Mutter willen. Und weil er gelegentlich in die Situation kam, einer Empfehlung nachgehen zu müssen, wenn er nicht unhöflich sein wollte. Auch dieses Restaurant war so ein Geheimtipp. Jemand, mit dem er häufiger zu tun hatte, hatte es ihm wärmstens ans Herz gelegt. Aber was war hier der Empfehlung wert? Es gab Restaurants, in denen Sommeliers die Hoheit über die Weinkarte hatten. Hier bestimmte das Publikum. Also gab es überteuerte Mittelklasse. Wer von denen, die hier saßen, wusste schon, was ein guter Jahrgang, eine gute Lage war?

Goergens legte die Hände auf das Tischtuch. Unter der linken Hand spürte er einen Krümel. Vielleicht galt es hier als »echt italienisch«, beim Herrichten des Tisches nachlässig zu sein. Eigentlich gab es nur einen einzigen Italiener auf der ihm bekannten Welt, der seine Erwartungen erfüllte, und der befand sich in New York. Es war der Italiener, bei dem er so oft mit Jo gewesen war.

Goergens spürte, dass er müde wurde. Den Posten in Berlin hatte er aus Pflichtgefühl angenommen. Inzwischen wusste er, dass das hier besser jemand anderes gemacht hätte. Jemand, der in dieser provinziellen Enge heimisch war, der sich unter all den Überforderten und Klein- und Großkriminellen wohlfühlte. Goergens sah auf den abgetretenen Teppich, sah auf das Weinglas und den Wein, der zu kalt serviert worden war. Aber was sollte er sich darüber aufregen? Man hatte ihm den besten Italiener von Berlin empfohlen. Er hatte eine Saltimbocca bestellt. Wenn das Gespräch später darauf kommen sollte, würde er sagen, dass es die beste Saltimbocca Berlins gewesen sei. Höflicher konnte man etwas Vernichtendes nicht sagen.

Alles hängt von dem Maßstab ab, in dem es betrachtet wird.

Einen Moment hatte er überlegt, ob er die Malerin einladen sollte. Er hatte ihr einen Wagen mit Fahrer vorbeischicken wollen. Aber dann hatte er es doch nicht getan.

Warum dachte er überhaupt noch über sie nach? Darüber, ihre Einladung anzunehmen und in ihr Atelier zu gehen – was erwartete er davon? Er wusste doch, dass es mit einer Enttäuschung enden musste. Sie konnte nicht das erfüllen, was er auf sie projizierte. Sie konnte nicht der Ersatz für Jo sein, seine große Liebe, die irgendwo am Amazonas verbrannt war. Wenn er ehrlich war, suchte er seit Jahren und überall eine neue Jo. Vielleicht wäre es besser gewesen, wenn er damals in der Galerie angefangen hätte. Vielleicht wäre sie dann nicht nach Südamerika geflogen oder sie wären alle drei zusammen abgestürzt und verbrannt. Vielleicht wäre es so besser gewesen. Stattdessen versuchte er nun in dieser Malerin etwas zu finden. Und machte sich selbst etwas vor, indem er sich bemühte, ihre kleine Karriere zum Köcheln zu bringen. Wenn sie nur mitmachte und ein bisschen wie Jo war. Wenn das keine Altmänner-Verzweiflung war, dann wusste er nicht, was man sonst darunter verstand.

Goergens aß den Rest Saltimbocca. Er machte sich keine Gedanken mehr darüber. Er aß sie und trank den klirrendkalten Wein. Es ist manchmal gut, dass die Dinge, die uns wirklich beschäftigen, unsichtbar bleiben, dachte er und legte das Besteck auf den Teller.

Er überlegte, ob er sich künftig häufiger in der »Ständigen Vertretung« sehen lassen sollte, der rheinischen Kneipe am Schiffbauerdamm. Immer mehr Leute gingen jetzt dorthin, die früher in dem dunklen Loch Bärenklause gewesen waren. Das neue Berlin nahm Formen an, langsam, aber immerhin.

Nach den Ostlern zogen die ersten Westler aus dem Viertel An der Kolonnade fort. Die, die beschlossen hatten, in Berlin zu bleiben, hatten sich Wohnungen in anderen Stadtteilen gesucht. Einige hatten Häuser in den besseren Lagen des Ostens gekauft. Andere hatten den Ruhestand erreicht oder waren weitergezogen, dorthin, wo die Behörden ihren Sitz in den neuen Bundesländern genommen hatten. Die meisten von denen, die noch An der Kolonnade wohnten, waren Pendler wie Goergens, nur dass er nicht pendelte. Zu wem hätte er am Wochenende fahren sollen? Er wäre aus einer leeren Wohnung in ein leeres Haus gekommen. Nach Wachtberg, einem eingemeindeten Vorort von Bonn. Sein Nachbar hielt dort alles in Ordnung während Goergens' Abwesenheit. Das hatte sich so eingespielt in den vielen Jahrzehnten, in denen Goergens immer wieder längere Zeit woanders gelebt hatte. Daher wusste er auch, dass die Zeit zwischen Freitagnacht und Sonntagnachmittag nicht ausreichte, sich dort heimisch zu fühlen. Also ließ er den Stress mit der Fliegerei gleich ganz.

Hin und wieder kam ihm der Gedanke, ob er nicht alles verkaufen sollte. Es gab im Grunde nichts, was ihn in Deutschland hielt. Er hatte keine Verwandten, keine so nahen Freunde, die nie wieder zu sehen ein Verlust gewesen wäre. Aber selbst, wenn er in sein geliebtes New York zöge, er würde dort nichts anderes sein als in dem Haus in Wachtberg: Ein alter Mann mit demnächst wässrigen Augen, auf den niemand wartete. Dessen einzige verbliebene Aufgabe aber genau das sein würde: Warten. Warten darauf, dass es vorbei war. Er hatte keine Pläne, nichts, was er noch angehen wollte. Er war kein verkappter Künstler. Niemand, der im Alter über die Niagarafälle hangeln wollte, weil er glaubte, sonst etwas verpasst zu haben. Er hatte nie von etwas anderem geträumt als dem Leben, das er geführt hatte; nur, dass er es nie allein hatte führen wollen. Er fürchtete sich vor dem, was in wenigen Jahren, mit seiner Pension, auf ihn zukam. Aber das würde er überall fürchten, egal, wo er war.

Goergens bestellte eine Nachspeise und entschied sich, der Malerin zu sagen, dass er einen Ausstellungszeitraum für sie gefunden hatte. Vier Wochen konnte sie das Foyer und ein paar Gänge in der Treuhand bestücken. Die bisherigen Ausstellungen hatten gezeigt, dass sich daraus zumindest Kontakte ergeben konnten. Vielleicht sprangen ein paar Aufträge dabei heraus, wenn sie schon nichts verkaufte. Goergens selbst konnte sich vorstellen, etwas in seinem Haus in Wachtberg machen zu lassen; eine letzte große Bauaktion. In dem Zusammenhang war es vielleicht eine Idee, die Malerin dort mit der Gestaltung der Wände zu betrauen. Künstlerisch würde es für sie sicherlich keine Erfüllung sein, aber das Honorar würde ihr für einige Monate Kunst ermöglichen. Vielleicht brachte er sie damit ja auf eine Idee, wie sie von ihrer Malerei doch noch leben konnte. Er sah einfach nicht, dass sie große Chancen hatte, sich auf dem Kunstmarkt zu etablieren. War es nicht ihre gemeinsame, fast schon verbindende Tragik, dass sie beide an Hoffnungen festhielten, die sich nicht einlösen ließen?

30

Scholle sah auf seinen Kontoauszug und konnte es kaum fassen. Hinter der Zahl stand das lange Wort: Haben. Nicht das kurze: Soll. Seine erste Provision war angekommen. Bis eben noch war das unvorstellbar viel Geld gewesen, so viel, dass Scholle sich nicht getraut hatte, wirklich damit zu rechnen. Jetzt konnte er sich an dem Anblick seines Kontostandes gar nicht satt sehen. Bisher hatte er kleine Gehälter von Torsten bekommen, die ausreichten, ihn über den Monat zu bringen. Scholle hatte das völlig in Ordnung gefunden, schließlich war er noch in der Ausbildung. Eine Ausbildung, die er sich nie hätte leisten können. Aber damit war es jetzt vorbei. Er hatte seine Lehrzeit durchgestanden, hatte nicht aufgegeben wie einige andere. Zugleich war er ziemlich weit nach oben geschossen in der Firma. Wie weit, das konnte er vom Kontoauszug ablesen. Kaum zu glauben, dass Torsten noch mehr verdiente. Scholle schloss die Augen und presste die Lider fest zusammen. Als er die Augen wieder aufriss, war die Zahl auf dem Stück Papier immer noch dieselbe. Das Geld war da, es war real, es war sein Geld.

Er saß auf der Couch, die er und Petra noch von ihrem Ehekredit gekauft hatten. Wenn Petra jetzt hier wäre, würde sie sagen: Endlich können wir den ganzen alten Plunder rausschmeißen. Und genau das wollte Scholle jetzt auch tun. Nicht nur die Couch, alles flog jetzt auf den Sperrmüll. Couch, Schrankwand, Auslegware. Ein ganzes Wohnzimmer können wir uns leisten, Petra, kein Problem, such dir was aus! Du wüsstest bestimmt schon längst, was wir haben wollen. Scholle dagegen hatte nicht die leiseste Ahnung, was Möbel überhaupt kosteten. Aber was auf seinem Konto war, würde schon reichen. Er sah sich um.

Alles in dieser Wohnung stammte noch aus dem Osten. Das alles endlich rauszuschmeißen und sich neu einzurichten, danach sah sein Kontostand aus! Wird gemacht, mach ich, Petra, mein Schatz!

In Spandau gab es »IKEA«. Vielleicht sollte er dort beginnen. Oder auch »Möbel Hübner«, das war um die Ecke, an der Kurfürstenstraße, am Drogenstrich. Da konnte er in der Mittagspause hingehen. Ja, das war besser. Für Spandau reichte die Zeit nicht. Aber wen sollte er mitnehmen? Er brauchte jemanden, der ihn beraten konnte. Irgendwer musste ihm sagen, was gut war, was man jetzt hatte. »Benz«. Torsten hatte Möbel, die so hießen. Gab's die vielleicht doch eher bei IKEA? Dann fiel Scholle ein, dass er Torsten in den Puff einladen musste. Das hatte er sich selbst versprochen. Gut, dass Petra nicht da war. Das würde sie nicht verstehen. Er wollte mit Torsten in den Puff nach Polen. Es hieß, in Szczecin sei ein Superladen. Torsten wollte da schon lange hin, traute sich aber nicht. Er hatte Angst, dass ihm jemand das Auto klaute. Das war jetzt kein Problem mehr. Scholle würde Hotte ein paar Scheine in die Hand drücken, damit er sie fuhr. Vielleicht spendierte er ihm auch eine Nummer, egal. Hotte konnte den Chauffeur machen, sie hinbringen, und wenn sie zu dritt waren, klaute auch keiner das Auto. Da konnte einer im Wagen bleiben. Wie auch immer. Genau, er würde beide einladen. Vielleicht am nächsten Wochenende, wenn Torsten wieder in Berlin war. Heute Mittag war Torsten nach Genf geflogen. Die Firma veranstaltete eine Tagung. Wenn er wieder da war, ging es ab nach Szczecin.

Scholle überlegte, ob er Petra anrufen sollte. Er musste ihr das mit der Wohnung erzählen, dass er alles ganz neu einrichtete. Ganz beiläufig könnte er sie fragen, sag mal, was hältst du von »Benz« fürs Wohnzimmer? Teuer, würde sie sagen, aber wenn du's dir leisten kannst! Kann ich, würde er dann sagen, das und noch viel mehr. Was willst du für eine Küche? Sag es und du kriegst sie. Vielleicht hatte er Timo am Apparat. Würde er ihn wiedererkennen? Möglich, dass Timo inzwischen im Stimmbruch war. Und wenn Jessica ranging? Wie lange hatte er die beiden nicht mehr gesehen.

Vielleicht war es besser, wenn er nicht anrief.

Hätten seine Kinder nicht längst Jugendweihe haben müssen? Das bedeutete, dass ihn niemand eingeladen hatte. Ihm hatte nicht einmal jemand Bescheid gesagt. Seit damals, seit dem Brief, den er im Brathähnchen-Gerippe hatte verschwinden lassen, hatte Petra nicht mehr geschrieben. Als er einmal bei ihr angerufen hatte, war nur der Anrufbeantworter rangegangen. Es war ja möglich, dass sie versucht hatte zurückzurufen. Wie sollte Scholle das wissen? Er besaß keinen Anrufbeantworter. Sicher, so spannend war es auch nicht gewesen, mit ihm zu telefonieren. Bis gerade eben, bis er den Kontoauszug geholt hatte, war in seinem Leben nichts passiert, über das man hätte reden müssen.

Vielleicht war es besser, wenn er Petra einen Brief schrieb. Dass er sie alle wiedersehen und natürlich auch Petras neuen Mann kennenlernen wolle. Man war doch erwachsen, oder nicht? Sie könnten alle nach Brühl fahren, in diesen Freizeitpark, den Scholle noch aus der Zeit kannte, als er in Hürth auf dem Bau gearbeitet hatte. Lange her war das.

Scholle saß an seinem Wohnzimmertisch. Vor ihm lag der Kontoauszug, er fühlte sich so gut wie lange nicht mehr.

Andererseits war er frustriert. Er begriff allmählich, wovor Torsten ihn gewarnt hatte. Er hatte dennoch darauf hingearbeitet, Petra zu beeindrucken. Das war sein Ziel geblieben. Und nun? Nun schaute er nicht mehr von unten, aus der Perspektive des Bettlers. Jetzt fühlte er sich ihrer Lebenssituation ebenbürtig, jetzt war er auf Augenhöhe. Doch ihm wurde nur klar, wie weit Petra, wie weit seine Kinder mittlerweile von ihm entfernt waren. Dass es statt des finanziellen nun vielleicht einen ganz andern Abstand gab, der aus ihren unterschiedlichen Erfahrungen der letzten Jahre resultierte.

Scholle schüttelte den Kopf, als wollte er, dass der Gedanke daran herausfiel. Er durfte hier nicht länger sitzen bleiben. Er musste raus, etwas unternehmen, scheiß egal, was es kostete. Er warf sich sein Sakko über und beschloss, in die Kneipe zu gehen und Haffner zu zeigen, dass er es geschafft hatte. Heute wollte er es richtig krachen lassen. Haffner sollte ihm Respekt erweisen.

Es war laut, als er in der Bärenklause ankam. Am Treuhandtisch saßen Haffner, Christoph und Mario. Scholle blieb am Tresen stehen und bestellte eine Cola. Er warf einen Blick auf den Zettel mit der Strichliste, die die Wirtin für jeden Gast führte, um herauszufinden, was Haffner und seine Leute schon getrunken hatten, und überschlug, dass sie seit rund zwei Stunden hier waren.

»Traust di net zu uns?«, rief Haffner ihm zu. »Komm, setz di halt her. Aber vorher sagst dem Fräulein, dass wir am Verdursten sind.«

Scholle nahm sein Glas und zwängte sich an den Tisch.

»Na, habts wieder einer Oma den Sparstrumpf abgenommen?«, lachte Haffner. »Sag Scholle, was habts bisher alles in den Wind schreiben müssen?«

»Wo du es gerade sagst«, erwiderte Scholle, »schon einen Interessenten für den Grundwasserschutz gefunden?«

»Ein Umweltengagement kann sich halt net jeder leisten, hab i recht?«

»Apropos leisten, ich geb einen aus, die nächste Runde geht auf mich.«

Scholle winkte der Wirtin. Die Kneipe war brechend voll. Obwohl der Koch beim Bedienen half, kam sie nicht hinterher.

»Was hast zu feiern?«, fragte Haffner. »Geburtstag, Kindstaufe?«

»Egal, ich geb einen aus und damit fertig.«

»Wo hast denn deinen Freund gelassen? Dein Chef war dös, oder?«

»Der ist in Genf, zu einer Tagung.«

»Ach, seids internationale Sparstrumpfräuber?« Haffner prustete los. Scholle sah die kleinen Speicheltröpfchen fliegen; wie sie an den Gläsern der anderen kleben blieben.

»Sag mal«, meinte Scholle und bereute insgeheim, dass er hierhergekommen war, »kannst du auch mal fünf Minuten die Klappe halten?«

»Ups, unser Ossi hat einen plötzlichen Anfall von Selbstbewusstsein! Auf den Schreck nehm i noch ein Bier!« Haffner langte nach einem Glas von dem Tablett, mit dem die Wirtin gerade vorbeilief.

»Mann«, schnauzte sie ihn an, »kannste nicht warten, bis de dran bist? Du siehst doch, wat hier los ist.«

Aber Haffner reagierte nicht und ließ sich das Bier schmecken.

»Also«, fragte Scholle, »wie läufts bei euch?«

Christoph stülpte die Lippen vor und zuckte mit den Schultern.

»Wie es halt so läuft«, erwiderte er. »Bei dir scheints ja aufwärts zu gehen.«

»Kann nicht klagen«, nickte Scholle. »Sagt mal, wird euch das nicht auf Dauer zu blöd, hier immer in derselben Kneipe zu hängen?«

»Weißt was Besseres?«, fragte Haffner.

»Klar!«, grinste Scholle. »Lust auf einen kleinen Ausflug? Ich kenne ein paar Superläden, wenn ihr für so was ’n Draht habt.«

»Dös müssts ohne mich machen«, lehnte Haffner ab. »Dafür bin i net katholisch genug.«

Christoph und Mario jedoch schienen nicht abgeneigt zu sein. Scholle rief Hotte an. Er wollte ihm gleich heute eine Nummer spendieren, dann war klar, wer in Szczecin im Auto wartete.

Ein halbe Stunde später stiegen sie in Hottes BMW. Auch Haffner kam mit, weil er nicht allein in der Kneipe bleiben wollte. Scholle überlegte, was Hottes alte Kiste heute noch wert war. Vielleicht kaufte er ihm einen neuen Wagen, wenn sie den hier in Polen verlieren sollten.

»Falsche Richtung«, sagte Scholle, als Hotte nach Lichtenberg abbog, »wir machen heut mal was Neues, hab ich doch gesagt oder?«

»Ick dachte … jut, wo solls hinjehen?«

Scholle sagte ihm die Adresse und Hotte wendete. Kurz vor dem Olympiastadion bogen sie ab und hielten vor einer gepflegten Villa.

»Da wärn wir«, sagte Hotte und stellte den Motor ab. Scholle hatte das Gefühl, dass mit Hotte etwas nicht stimmte.

»Alles okay?«, fragte er, als die anderen schon zur Villa hinaufgingen.

»Klar, wat soll schon sein?«

»Falls ich dir die Tour vermasselt habe, weil du schon was in Lichtenberg eingefädelt hattest, das können wir regeln.«

»Da lass dir mal keene jrauen Haare wachsen. Ick denke an wat janz anderes.« Hotte ließ die Verriegelung seines Wagens zuschnappen und steckte den Schlüssel ein. »Dit sind doch diese Treuhandtypen, richtig? Wozu machstn mit denen dit janze Programm? Springt da wat für dir bei raus?«

Scholle zuckte mit den Schultern.

»Das weiß man vorher nie genau«, sagte er. »Ich nenn es fürs Erste Kontaktpflege.«

»Na ja«, Hotte nickte. »Kontakte pflejen iss immer jut.«

Als sie in die Villa kamen, lief Haffner wie ferngesteuert zur Bar und bestellte sich ein Bier.

»Kannst auch Schampus haben«, bot Scholle an.

»Dann machens mir halt ein Bier, und berechnens ihm dös als Schampus. Wenns dös nicht eh gemacht hätten. Dann sind wir alle drei zufrieden.«

Scholle bestellte Champagner für alle. Haffner zuliebe blieben sie an der Bar stehen. Irgendwann schob Mario mit einer Frau ab, dann Christoph und Hotte. Scholle blieb bei Haffner. Der unterhielt sich inzwischen auf Englisch mit einer Frau, die sich zu ihm gesetzt hatte. Scholle kam sich mit der Cola, die er in der Hand hielt, ziemlich verlassen vor. Er tat zwar so, als verfolge er interessiert Haffners Ausführungen, aber da er kein Englisch verstand, sank seine Stimmung gen null.

»Musste bei dem Wache stehn?«, fragte Hotte, als er zurückkam. »Kannst ruhig wat machen, ick kümmere mich so lange um den Sonderfall.«

Er zog Scholle kurz zu sich heran. »Aber bild dir nich ein, dass dit hier wat bringt. Die Weiber sind hier vielleicht teurer, aber dit iss och allet.«

Scholle merkte, dass er einen Fehler gemacht hatte, mit Haffner und den anderen hierherzukommen. Das hatte alles keinen Stil. Hier ging man nicht nach ein paar Minuten aufs Zimmer. Torsten und er lachten immer über die Rammler, denen es nicht schnell genug gehen konnte. Scholle hatte keine Lust mehr. Aber natürlich ging auch er aufs Zimmer, auch das hatte er von Torsten gelernt. Niemals zu erkennen geben, wenn einem etwas nicht passt. Er gab der Frau Geld und unterhielt sich mit ihr. Als eine halbe Stunde vorbei war, ging er wieder an die Bar.

Hotte versuchte die ganze Zeit über, mit Haffner ins Gespräch zu kommen.

»Sag mal, haste vajessen wie dit jeht?«, fragte er ihn. »Wennde mit der nicht kannst, dahinten sitzen noch andere.«

»Gebens sich keine Mühe. Bevor i was im Puff anstelle, da müsste der Papst schon evangelisch werden«, lachte Haffner. Er übersetzte es für die Frau, die neben ihm saß.

»Zum Biertrinken hättste och in der Spelunke in Mitte bleiben können«, sagte Hotte.

»Da habens recht, aber wenn die Herde einen Trieb kriegt, will i mich den Rindviechern net in den Weg stellen.«

Haffner übersetzte. Die Frau begann zu lachen.

»Sag mal, du bist doch 'n Geschäftsmann, oder?«

»I bin Ökonom, dös ist ein himmelweiter Unterschied.«

»Ja, klar, dit weeß ick och«, sagte Hotte. »Aber von Krediten haste doch Ahnung, oder nich?«

Haffner nickte.

»Aber machens sich keine Hoffnungen, i leih weder Ihnen noch mir selbst was.«

»Dit meene ick och nich. Aber 'n paar Tipps werdense doch haben, wie man mit 'ner Bank verhandelt zum Beispiel.«

»Am besten gar nicht«, sagte Haffner trocken. »Handelns immer nach der Maxime: Wenns hundert Mark Schulden haben, ist dös Ihr Problem, habens eine Million Schulden, ist dös das Problem der Bank!«

Hotte versuchte immer wieder, das Gespräch in Richtung Kredite zu lenken, aber Haffner vermied es, darauf zu antworten.

Als Scholle zurückkam, drängte Hotte zum Aufbruch.

»Wenn dös so ist«, sagte Haffner, »dann bringens uns halt alle zusammen wieder zurück zu derer Kneipe.«

Haffner stand auf, doch die Frau, mit der er sich unterhalten hatte, deutete an, dass er noch zahlen müsse. Haffner verstand nicht, was sie von ihm wollte. Er zuckte mit den Schultern und überließ Scholle das Problem.

»Was hab i bei der zu zahlen?«, fragte er. »Bloß weil i mit der Englisch gesprochen hab, werde i ja wohl nix zahlen müssen. I hab mir gedacht, die verlangen nur fürs Französische was.«

Er zündete sich eine Zigarette an und ging nach draußen. Scholle zog seine Brieftasche und zahlte – auch für Haffners Barbekanntschaft.

Hotte setzte die drei in der Friedrichstraße ab, wo sie in der Kneipe verschwanden.

Dann fuhren er und Scholle weiter nach Lichtenberg. Sie hatten beide das Gefühl, auf einen Tiefpunkt zuzusteuern, wogegen sie dringend etwas unternehmen mussten. Außerdem, und das war es, was Hotte vorhin so nachdenklich gemacht hatte, gab es etwas sehr Ernstes, über das er mit Scholle reden musste.

Als sie die Treppe zu Hottes Dachgeschoss hinaufstiegen, kam ihnen eine resolute Frau entgegen.

»Hotte, das mit den Mädchen bei dir oben, da müssen wir mal reden«, rief sie schon von Weitem.

»Iss ja richtig, lass uns reden, aber nich jetzt. Sei nett, Geli, lass uns dit morjen machen.«

»Nee, am liebsten wäre mir, wir bringen das gleich hinter uns. Das ist mein Laden, du kannst da oben nicht einfach einen zweiten aufmachen. Du weißt ganz genau, wozu du hier bist. Wo warst du eigentlich den ganzen Abend? Ich hab für zwei Mädchen ein Taxi rufen müssen.«

»Iss ja jut Geli, ick bring dit in Ordnung, morjen, ja?«

Geli sah Scholle an.

»Stefan Scholz?«, fragte sie.

Scholle musterte die Frau.

»Frau Krausnitz?«, dämmerte es ihm. »Sport und Geografie? Was machen Sie denn hier?«

»Das ist ’ne lange Geschichte«, sagte sie und ging an ihnen vorbei die Treppe hinab. »Na, dann will ich noch mal ein Auge zudrücken. Aber das ist das letzte Mal!«

»Iss ja jut, Geli«, Hotte verdrehte die Augen. »Dit iss die Chefin hier, der jehört der janze Laden. Pfiffig, die Alte. Aber ’n Aas uff der Bassjeige. Die lässt sich von keenem wat vom Brot nehmen. Schon damals im Osten nich. Damals hatse nebenbei noch ’ne bürgerliche Existenz jehabt. Kennste die daher?«

»Hast du nicht zugehört?«, fragte Scholle und sah ihr hinterher. »Das ist eine ehemalige Lehrerin von mir. Wenn einem da nicht alles vergeht. Aber nun lass uns mal raufgehen und du erzählst mir, was du auf dem Herzen hast.«

31

Jenny hatte sich einen Namen als Expertin für Demokratisierungsprozesse gemacht. Immer wieder war sie unterwegs und beobachtete irgendwo auf der Welt einen der vielen unruhigen Umbruchstaaten. Wenn sie zu Hause war, wie im Moment, dann wertete sie die Ergebnisse aus, schrieb an ihrer Promotion oder bewarb sich um neue Projekte.

Sie arbeitete mit Zeitverträgen. Obwohl es noch keine Lücke zwischen zwei Verträgen gegeben hatte, war ihr doch sehr daran gelegen, endlich einen festen Job zu bekommen. Auch wenn man sie ordentlich bezahlte, strebte sie nach mehr Sicherheit und Planbarkeit. Sie wusste nicht, wie lange sie diese Reisen noch durchhalten würde. Sie hatte das Gefühl, dass sich in ihrem Körper etwas zusammenbraute. Auch dafür nutzte sie die Zeit in Berlin und ließ sich gründlich durchchecken.

Jens dagegen drehte immer noch den Teleprompter. Sein Projekt war zwar jetzt das Computermagazin, aber er musste es immer wieder umbauen, weil sich Teile davon zwischenzeitlich erledigt hatten. Anfangs hatte er den Zuschauern noch MS-DOS-Programmierungen erklären wollen. Doch mittlerweile behauptete niemand mehr, dass man ohne MS-DOS-Kenntnisse nicht mit einem PC arbeiten könne. Bis vor ein paar Monaten hatte er um dieses Kapitel noch verbissen gestritten, einfach, weil er selbst es in dem Kurs, den er besucht hatte, so gelernt hatte. Sein neuer Schwerpunkt lag auf dem Internet.

Er verstand mittlerweile ziemlich viel von diesen Dingen. Mit dem Rechner, den Jenny ihm gekauft hatte, erledigte er kleine Programmierungen für Freunde. Hier eine Homepage, da ein kleines Spiel – was gerade gebraucht wurde. Alle paar Wochen traf er sich mit einem Redakteur des Senders, um mit ihm über das Konzept zu sprechen. Jens hatte ihn so weit, dass sechs Folgen zu fünfundzwanzig Minuten produziert werden sollten. Dafür hatte Jens lernen müssen, was frauenaffin und was männeraffin und was überhaupt TV-affin war. Inzwischen konnte er ein und dasselbe Thema einmal frauenaffin und einmal männeraffin aufbereiten. TV-, radio- und internetaffin war sowieso inzwischen alles. Das Einzige, was fehlte, war ein Sendeplatz. In der Wartezeit hatte er auch eine buchaffine Umsetzung seines Konzeptes erarbeitet. Alles lag bereit auf diversen ZIP-Disketten, in- und externen Festplatten. Er wartete und schob die fertigen Folgen seines Formates hin und her. Und er änderte, was von den Zeitläuften ramponiert wurde.

Da er alle seine Hoffnungen auf diesen einen Sender konzentrierte, hatte er nicht viel zu tun. Die meiste Zeit des Tages verbrachte er mit Annika. Sie spielten Verstecken und Fangen. Die Wohnung war groß genug, sie mussten nur aufpassen, dass sie Jenny nicht störten, wenn sie durch die Wohnung rannten. Jenny hatte ihnen Filzpantoffel gekauft, mit denen es sich auf dem Parkett herrlich hin und her rutschen ließ. Vor allem konnte man damit nicht trampeln. Sie selbst saß unter Kopfhörern in ihrem Arbeitszimmer und schrieb an ihrer Doktorarbeit.

Sie schrieb zum Thema Demoskopie und fand es entsetzlich langweilig. Nichts auf dieser Welt interessierte Jenny weniger als Zahlen. Wenn sie eine Pause brauchte, hielt sie im Internet Ausschau nach festen Jobs. Sie fand, dass sie jetzt lange genug die Drecksarbeit gemacht hatte. Es war an der Zeit, dass man sie endlich bei der Vergabe besserer Aufgaben berücksichtigte. Wenn sie sich motivieren wollte, sondierte sie schon mal die Wohnungsmärkte in Wien, Genf und Brüssel.

Eines Tages aber, für alle ziemlich überraschend, berief sie den Familienrat ein. Es ging wieder um ein Projekt, diesmal allerdings um ein sehr großes.

»Noch mal Tadschikasachusbekistan?«, fragte Jens.

Jenny nickte.

»Es hat durchaus Vorteile«, meinte sie. »Schließlich kenne ich die Gegend und weiß, was mich erwartet. Gewissermaßen ist es mir sogar lieber als manch andere Krisenregionen.«

Jens schnitt Annika eine Gurke klein und schob sie ihr auf den Teller.

»Ich hab überlegt, ob ich mich noch mal beim Senat bewerbe«, sagte er dann. »Kann ja sein, dass das mit dem Fernsehen nichts wird. Vielleicht reicht das Geld dann ja auch, wenn du was anderes machst. Ich meine, wenn du nicht mehr dahin fahren musst.«

Jenny lächelte und strich ihm über die Hand.

»Lass mal, ich muss da hin, wenn ich weiterkommen will«, sagte sie.

»Ich meine ja nur«, wandte Jens ein, »ohne das FDP-Ding ist es schließlich auch weitergegangen.«

Er hatte recht. Der Masseneintritt der Studenten hatte keine nennenswerten Auswirkungen auf ihre Karriere gehabt. Aber Jenny nahm ihm die Hoffnung.

»Eben«, nickte sie, »es ist alles genauso weitergegangen. Das ist das Problem. Es soll nicht immer alles so weitergehen. Die haben mir versprochen, dass ich nach diesem Job endlich eine richtige Stelle kriege. Ich muss das machen, Jens. Ich mag meinen Job. Aber ich glaube nicht, dass das ewig so weitergeht mit den Zeitverträgen. Irgendwann kommt ein Loch und dann sehen wir alt aus. Ich will auch nicht das wegwerfen, was ich da an Expertise erworben habe. Ich muss da jetzt durch, es hilft nichts.«

»Und wie lange?«, fragte Jens.

»Fast ein Jahr«, antwortete Jenny. »Am liebsten würde ich dich mitnehmen. Das wäre auch für mich sicherer. Aber mit Annika ist mir das nichts.«

»Wir könnten doch in dem Haus auf dich warten«, schlug Jens vor.

»Du hättest nur als Begleiter für mich Sinn. Wenn du mit mir rausgehst. Aber dann hätten wir Annika dabei oder sie säße allein in dem Haus. Das ist nichts.«

Jens schwieg. Dann sah er Jenny an und fragte sie, ob sie ihn heiraten wolle. Er hatte immer nach dem richtigen Zeitpunkt für diese Frage gesucht. Es war in diesem Moment das Einzige, was Jenny von ihm hören wollte. Kurz darauf holte sie auf dem Standesamt eine kleine Plastiktüte hervor. Die Eheringe, die sie in Tadschikasachusbekistan hatte besorgen lassen.

32

Hotte zeigte zur Decke. »Dit iss immer noch allet voller Asbest, da hat sich nüscht jeändert«, raunte er Scholle zu.

Scholle nickte. Ihm war nicht wohl in seiner Haut. Das hatte nichts mit der Asbestdecke zu tun.

Sie saßen in einem Büro der Sparkassenfiliale an der Leipziger Straße und versuchten, einen neuen Kredit für Hotte zu bekommen. Hunderttausend Mark. Scholle und dem Kreditsachbearbeiter hatte er erzählt, dass er in ein Internetportal für Handwerker investieren wolle. Er wisse jemanden, der sich um die technischen Details kümmere. Vom Geschäft mit Handwerkern verstehe er nach so vielen Jahren selbst genug.

Scholle gegenüber hatte er zugegeben müssen, dass seine erste Firma am Ende war. Inzwischen war auch der zweite Werkstattwagen verkauft. Was jetzt noch an Aufträgen hereinkam, erledigte Hotte mit der Rohrzange und dem, was in seinen BMW passte. Er schaltete Inserate in Boulevardzeitungen: »Alles, was anfällt. Schnell und preisgünstig«.

Deshalb die Idee mit dem Internetportal, erklärte er. So etwas schaffe Transparenz, die Leute könnten die Preise vergleichen und so weiter. Scholle schien das eine vernünftige Idee zu sein. Auch seine Firma legte neuerdings Start-up-Fonds auf. Und nach dem, was Hotte von Preisabsprachen und endlosem Beschiss erzählte, klang es, als würde die Welt auf so ein Portal nur warten.

Aber natürlich verstand Scholle, dass Hotte nie im Leben Geldgeber dafür finden würde. Selbst Torsten würde ihn auslachen, wenn er mit Hotte ankäme. Da konnte die Idee noch so gut sein. Deshalb half Scholle seinem alten Kumpel jetzt, den Kredit zu bekommen.

Doch seit sie hier in der Filiale saßen, beschlich ihn ein ungutes Gefühl, was Hotte anging.

Der machte sich seine ganz eigenen Gedanken. Sollten sie ihn doch in den Knast stecken, wenn es so weit war. Sollten sie doch! Er fuhr jetzt Gelis Mädchen zu den Freiern. Sehr viel tiefer konnte man nicht sinken. Von dem, was Geli zahlte und dem bisschen, was seine Kleinstaufträge einbrachten, stotterte er seinen alten Kredit ab. Wenn das hier klappte, ging er erst mal auf Reisen. Einmal rund um die Welt. Da hatte er lange was zu erzählen, wenn sie ihn irgendwann einbuchteten. Er hatte die Lektion aus seinen ersten Jahren im Westen gelernt. Vielleicht lud er ja einen von diesen Bankvorständen ein, einen von diesen Olympiaclowns, und nahm ihn mit auf die Reise. Die waren doch alle Anwälte, die wussten, wie man sich absicherte. Knietief steckten die alle mittendrin in den ganzen Mauscheleien. Und keinem von denen passierte was. Die gingen nicht in den Knast, sondern bekamen am Ende noch das Bundesverdienstkreuz, so sah die Welt doch aus!

Und genau dieses hibbelige, unruhige, das Hotte ausstrahlte, übertrug sich irgendwie auf Scholle.

»Meister, wo bleibense denn, ick hab Termine!«, rief er in den Gang hinaus.

Der Kreditsachbearbeiter, ein junger Mann, hatte sofort angebissen, als Hotte von dem Portal erzählt hatte. Und dass er heute tatsächlich den versprochenen Investor mitgebracht hatte, einen beredten Mann, der sich offensichtlich in der Branche auskannte und die geforderten zwanzigtausend Mark Eigenanteil einzahlte, das hatte ihn vollends überzeugt.

»So, dann hätte ich alles«, sagte der Sachbearbeiter und kam mit den unterschriebenen Unterlagen zurück.

Nur seine eigene Unterschrift trennte Hotte jetzt noch vom großen Geld.

»Ich werde Ihnen das alles noch mal schnell erklären …«

»Nich nötig«, unterbrach ihn Hotte.

»Ein Mann der Tat, was?«

»Dit sehnse völlig richtig.« Hotte winkte die Unterlagen und einen Kugelschreiber heran. »So, denn jebense mal her, wir haben dit nämlich eilig. Internet issn schnellet Jeschäft, aber dit werdense och noch lernen. So, dit wart.«

»Dann wünsche ich Ihnen und Ihrem Portal gutes Gelingen.« Der Sachbearbeiter reichte Hotte die Hand. »Leute mit Pioniergeist, das ist es, was wir in Berlin so dringend brauchen. Seien Sie sicher, dass Sie mit uns immer den richtigen Partner an Ihrer Seite haben. Wir werden es den Leuten im Silicon Valley schon zeigen!«

»Jenau, Sie sagen es. Ick werd dit jetzt allen zeigen, da bin ick janz Ihrer Meinung«, nickte Hotte, faltete seine Ausfertigung des Kreditvertrages zusammen und zog mit den Fingernägeln den Kniff scharf nach. »Und noch ’n Tipp von mir janz persönlich.« Er zeigte an die Decke. »Dit da oben iss noch allet juter alter Asbest. Ick an Ihre Stelle würde zusehn, dass ick hier janz schnell wegkomme.«

Draußen boxte er Scholle in die Seite.

»Ick hab ja nich jewusst, dass du so jut quatschen kannst inzwischen«, sagte er, »iss ja richtig wat aus dir jeworden. Und wat machn wa nu?«

»Hotte«, Scholle holte tief Luft, »ich will mein Geld, sofort.«

»Iss ja jut, meen Alter, iss ja jut. Überweis’ ick dir.«

»Sofort.«

»Iss ja jut. Aber nich hier, dit sieht nich jut aus. Am Alex isset besser.«

Damit stiegen sie in Hottes BMW und fuhren zur Sparkassen-Filiale am Alexanderplatz. Und Scholle hoffte, dass niemals jemand von diesem letzten Freundschaftsdienst erfuhr.

33

Als der Wagen sich dem Dreieck Funkturm näherte, entschied Goergens, den Fahrer nach Prenzlauer Berg fahren zu lassen. Er hatte einen langen Tag voller unangenehmer Termine hinter sich. Schlimmer konnte es kaum noch werden. Also wollte er jetzt etwas nachholen, das er immer wieder verschoben hatte.

Sein Anzug war voller Flecken. Er war auf einem Meeting mit Eiern und Tomaten beworfen worden. Und obwohl sein Fahrer, der an solche Zwischenfälle gewöhnt war, sofort mit Tüchern und Putzmitteln zur Stelle gewesen war, hatte sich nur das Gröbste entfernen lassen.

Goergens kotzte sein ganzer Dienst am Vaterland einfach nur noch an. Dass niemand einen Masterplan für den Tag X in der Tasche gehabt hatte, zeigte den wahren Wert der jahrelangen Lippenbekenntnisse. Er hatte Deutschland immer als geteilt empfunden. Und er hatte es ernst gemeint, wenn er von den Brüdern und Schwestern im Osten gesprochen hatte. Über die Wiedervereinigung war er froh gewesen. Es fiel ihm schwer zu akzeptieren, dass die Eliten den Osten tatsächlich längst abgeschrieben gehabt hatten. Für alles Mögliche gab es Notfallpläne, sogar für einen Atomkrieg hatte man Vorkehrungen getroffen. Er selbst hatte zu seinen Bundeswehrzeiten den Kanzler Üb, den Kanzler übungshalber, im Regierungsbunker in Ahrweiler gespielt. Nur hierfür gab es nichts. Lediglich die Kfz-Kennzeichen hatte man noch reserviert gehalten. Jetzt musste man aus der Not heraus permanentes Krisenmanagement betreiben, musste immer wieder improvisieren, musste den Zusammenprall zweier so unterschiedlich entwickelter Wirtschaftssysteme abfedern und die Kollateralschäden gering halten. Das überstieg alle Kräfte, überstieg alles Zumutbare. Auch wenn die Tomaten und die Eier eklig waren – und insbesondere die Eierreste allmählich zu stinken anfingen –, Goergens konnte die Wut der Leute verstehen. Aber er hatte die Schnauze zu halten. Er musste auch das als Erfolg verkaufen, was er nur noch fassungslos zu Kenntnis nehmen konnte. Das war sein Job, sicherlich. Doch noch nie war ihm das so bitter aufgestoßen wie jetzt.

Auf der Seestraße kam der Wagen kaum noch voran. Der Verkehr schwappte wie Brei von Ampel zu Ampel. Als er eine Imbissbude sah, stieg Goergens aus und holte zwei Becher Kaffee.

»Gibts hier keinen Schleichweg?«, fragte er seinen Fahrer und gab ihm einen Becher.

»Wenn wir in den Osten wollen, müssen wir erst mal über die Bornholmer Brücke. Dann können wir uns irgendwie durchschlagen. Alles andere holpert Ihnen bestimmt zu sehr, da müssten wir nämlich über die Eisenbahnschienen fahren. Wäre glaube ich auch nicht gut fürs Auto.«

Goergens nickte, trank seinen Kaffee und sah aus dem Fenster.

»Wenn wir drüben sind, bitte auf dem schnellsten Weg zum Kollwitzplatz. Danach können Sie Feierabend machen.«

»Wird gemacht, Chef. Morgen früh dann wie immer?«

»Ja, wie immer.«

Wenn Goergens nicht so müde gewesen wäre, wäre er längst ausgestiegen und die Strecke gelaufen.

»Was denken Sie, wie lange noch?«, fragte er.

»Schwer zu sagen. Bis zur Brücke zehn Minuten.«

Goergens spielte mit den Fingern auf seinen Knien. Er wollte zur Malerin und den immer wieder aufgeschobenen

Atelierbesuch nachholen. Doch allmählich kam es ihm vor, als wolle der Stau ihm sagen, dass er umkehren solle. Dass er den Besuch auf den Sankt-Nimmerleins-Tag verschieben solle.

Unabhängig davon gefiel ihm seine Gemütslage nicht. Er konnte sich nicht erinnern, früher so wankelmütig gewesen zu sein. Vielleicht stimmte etwas mit seinen Blutwerten nicht, vielleicht sollte er einen Check-up machen. Aber dafür müsste er nach Bonn fliegen, zu seinem Hausarzt. Wenn er ehrlich war, fürchtete er sich vor dem Ergebnis. Jetzt kam er in das Alter, wo die Untersuchung möglicherweise etwas anderes ergab als das übliche Weiter so. Cholesterinwerte, Zucker, Harnsäure, was sich alles so melden konnte, wenn man sich seinen Sechzigern näherte. Nannte man das, was ihn jetzt gerade beschäftigte, nicht eine Stimmungseintrübung? War das nicht der Beginn von Demenz?

Er könnte für den Check-up natürlich auch ins Bundeswehrkrankenhaus gehen. Das war gleich neben dem Ministerium. Dann hätte er es hinter sich. Andererseits, warum sollte er nicht für ein paar Tage nach Bonn fliegen? Er könnte die Malerin mitnehmen. Sie könnte sich die Wände ansehen, die er bemalt haben wollte.

Was puzzelst du da für wirres Zeug zusammen?, dachte Goergens entsetzt. Er hielt das Sitzen im Wagen nicht mehr aus. Er musste raus, sich bewegen.

»Lassen Sie es gut sein, ich laufe den Rest.« Er stieg aus und lief in Richtung Bornholmer Brücke.

Als er endlich am Kollwitzplatz ankam, blieb er eine Weile vor dem Puppentheater stehen. Sie spielten hier immer dasselbe Stück, nur dass es einmal »Liebe im August«, dann »Liebe im September« usw. hieß. Als Goergens in New York gewesen war, um das Jahr 1980 herum, war ein Puppenspieler aus dem Osten in der Muppet-Show aufgetreten. Damals war das eine ziemliche Sensation gewesen. Aber das war auch schon alles, was er über Puppentheater wusste. Vielleicht ergab sich ja hier die Gelegenheit, das zu ändern. Er betrachtete noch eine ganze Weile das Plakat mit seinen skurrilen Figuren. Er war sich nicht sicher, ob er wirklich in das Atelier der Malerin wollte. Endlich gab er sich einen Ruck.

Oben im Dachgeschoss gab es keine Tür im eigentlichen Sinn. Ein paar ungehobelte Bretter wurden von zwei Querlatten zusammengehalten. Die hatte jemand – sehr wahrscheinlich die Malerin – mit vielen Nägeln und noch viel mehr Wut aufeinandergehämmert. Mit derben Stricken war diese wackelige Konstruktion dann an die Reste der Türscharniere gefesselt worden. Immerhin gab es ein Vorhängeschloss, aber da es offen an der Tür baumelte, war es wohl eher ironisch gemeint.

Goergens drückte die Brettertür zur Seite. Es machte genügend Krach, dennoch regte sich nichts hinter der Tür.

»Hallo?«, rief er.

Niemand antwortete. Goergens ging hinein und sah sich um. Farbtöpfe standen auf den Tischen, sauber ausgewaschene Pinsel trockneten in Gläsern und Büchsen. Auf den Staffeleien standen ein paar halb fertige Bilder.

Auf dem Boden war eine Pfütze. Sie rührte von dem schadhaften Dach her, wie Goergens unschwer erkennen konnte. Ein großes Loch darin bescherte dem Atelier ein wenig Tageslicht. Über einem Balken lagen mehrere Armeeplanen, mit denen es notdürftig verschlossen werden konnte. In einer Ecke stand ein Bett. Daneben Kerzen und ein paar Weinflaschen. Ein Eimer diente als Waschbecken.

Seife und Zahnpasta lagen in Reichweite. Das einzig Solide in diesem Sammelsurium aus Wut, Arbeit und trotziger Privatheit war ein Flaschenzug, der zum Hof hinausging. Er ließ sich ein- und ausklappen. Das Mauerwerk rings um das Fenster war so weit ausgeschlagen worden, dass alles, was nicht breiter war als zwei ihrer Bilder, hindurchgeschoben werden konnte.

Goergens suchte nach etwas, das erkennen ließ, ob die Malerin vor Kurzem hier gewesen war oder ob sie in Kürze zurückkehren würde. Doch es sah so aus, als hätte er vergebens die Treppen hier hinauf erklommen. Er zog die Brettertür hinter sich zu und ging wieder auf den Kollwitzplatz. In einer Seitenstraße fand er ein asiatisches Restaurant. Um die Zeit herumzubringen, bis es sich lohnte, noch einmal im Atelier vorbeizuschauen, ging er hinein und aß etwas. Das Restaurant hatte eine große Glasfront, durch die man einen Blick auf den Kollwitzplatz hatte. Vielleicht hatte er ja Glück und die Malerin kam hier entlang. Er blieb fast eine Stunde, doch es tat sich nichts. Zwischendurch aß er Garnelen und trank einen grünen Tee. Nachdem er gezahlt hatte, lief er zurück zum Haus der Malerin.

Vor dem Puppentheater stand eine Traube von Menschen nach Karten an. Als er in den Hausflur trat, stieß er auf zwei junge Männer, die in einen Handel vertieft waren. Als sie ihn bemerkten, liefen sie über den Hof davon.

Goergens hatte eigentlich nur einen Zettel in den Briefkasten der Malerin werfen wollen. Aber jetzt, wo er sah, dass man auch auf einem anderen Weg in das Haus kommen konnte, stieg er noch einmal die Treppen hinauf.

Im Dachgeschoss war nun tatsächlich jemand zugange. Goergens rüttelte an der Tür. Als das nichts brachte, fiel ihm ein, wozu das Vorhängeschloss gut war. Er nahm es und schlug damit gegen ein Stück Blech, das daneben hing. »Tür ist offen«, hörte er aus einem weit entfernten Winkel. Er trat ein, zog die Brettertür hinter sich zu und blieb vor der Pfütze stehen. Auf der Fensterseite führten zwei Schornsteine ins Freie. Goergens entdeckte neben dem linken eine Nische.

»Ach …«, sagte die Malerin und sah aus ebendieser Nische hervor. Sie hatte einen Pinsel in der einen Hand, in der anderen einen Farbtopf. Dieses »Ach« geriet ihr so überrascht und beinahe zart, als wäre da eine unerwartete Freude, Goergens hier zu sehen. Doch sie hatte sich schnell wieder gefasst.

»Ist was mit dem Bild nicht in Ordnung, blättert die Farbe ab?«, fragte sie in dem aggressiveren Tonfall, den Goergens von ihr kannte. »Oder ist der Pollock von der Wand gefallen, weil ihn der Anblick meiner Kunst vor Verzückung ohnmächtig werden ließ?«

Goergens lächelte.

»Keine Sorge«, erwiderte er, »die Bilder verstehen sich prächtig. Mittlerweile kann ich sie tagsüber sogar schon allein lassen.«

Über das offene Dach donnerte ein Hubschrauber.

»Hier arbeiten Sie also«, sagte er, nachdem der Lärm sich gelegt hatte.

Die Malerin war aus ihrer Nische hervorgekommen. Sie standen sich gegenüber und wussten nicht weiter.

»Ja«, nickte sie, »hier arbeite und wohne ich. Mehr ist von der ganzen Herrlichkeit nicht geblieben.«

»Herrlichkeit?«

»Verstehen Sie sowieso nicht. Lassen wirs also.«

»Und wo … »

»Eins drunter. Ich hab da ’nen Freund, bei dem kann ich Bad und Dusche benutzen, wenn Sie das meinen.«

Goergens lächelte.

»… wo lagern Sie Ihre Bilder, wollte ich eigentlich wissen.«

»Ach so.« Die Malerin steckte den Pinsel in den Farbtopf. »Sie wissen ja, das meiste verkaufe ich, von daher brauche ich kein Lager.«

Sie drehte sich weg und stellte den Topf auf einen kleinen Tisch, zog den Pinsel heraus und begann, ihn auszuwaschen.

»Der Freund von mir«, sie deutete mit dem Finger auf die darunterliegende Wohnung, »hat eine Laubenpieperbude. Da stelle ich die Sachen unter. Und jeweils im Frühjahr fahre ich hin und kratze den Schimmel von den Bildern. Er will die Hütte nicht isolieren; zu teuer, sagt er. Wenn Sie mal Äpfel wollen, ungespritzt, die lagern direkt neben meinen Bildern. Die Äpfel will heute auch keiner mehr. Und trotzdem wachsen immer wieder neue. Irgendwie tröstlich, nicht?«

Sie schlug zornig den Pinsel aus. Die Farbreste flogen aus den Marderhaaren heraus, Goergens versuchte gar nicht erst, zur Seite zu springen. Neben Tomaten- und Eierresten befanden sich auf seinem Anzug nun auch grüne Farbspritzer.

»Wenn Sie was kaufen wollen, da, die beiden sind noch frei.« Sie deutete auf eine Ecke neben der Tür und stellte den Pinsel mit den Haaren nach oben in ein Glas.

Goergens sah die Bilder an. Es war bessere Kanzlei- oder Arztpraxenmalerei. Nichtssagende Bilder einer durchschnittlichen Künstlerin, gemalt für mutlose Anwälte und mittelmäßige Proktologen, schoss es ihm durch den Kopf.

Sicher, so was ging, so was konnte man machen, aber es war wieder nur Verzweiflung.

»Steht Ihr Angebot noch?«, fragte sie, als sie sein Gesicht sah. »Noch habe ich andere, gute Bilder. Wenn Sie also immer noch an meinen großen Durchbruch im Feindesland glauben ... Ich bin nunmehr bereit.«

Goergens war sich nicht sicher, ob er sich mehr schadete, als er ihr nutzte, wenn er zu seinem Wort stand und die Ausstellung in der Treuhand arrangierte.

»Im Ausstellungskalender ist – ich versehe die Aussage vorsichtshalber mit einem ›noch‹ – Mitte nächsten Jahres eine Lücke frei, ja.«

»Wollen Sie 'n Konzept haben, irgendein Thema? Ich hab einen Kollegen, der macht Skulpturen, dann wird das vielleicht ein bisschen spektakulärer.«

»Machen Sie es, aber machen Sie es nicht allzu groß.«

Die Malerin holte ein paar Fotos und zeigte sie ihm.

»Hier«, sagte sie. »Das sind die Sachen, die er macht. Kann man sich auch ins Büro stellen.«

»Haben Sie so etwas auch von Ihren Bildern?«

Sie nickte.

»In der gleichen Qualität?«

Sie nickte abermals.

»Dann vergessen Sie es«, sagte Goergens enttäuscht. »Haben Sie keine Möglichkeit, richtige Fotos machen zu lassen? Kunstfotos?«

Sie schüttelte den Kopf. »Wissen Sie, was das kostet?« Ihrer Stimme war anzumerken, dass sie auf Angriff umschalten wollte, dann aber aufgab. »Mit meinem Glück verkaufe ich genau das eine Bild, das ich brauche, um den Fotografen zu bezahlen. Danke.«

»War nur eine Frage«, sagte Goergens mit ruhiger

Stimme. »Schreiben Sie mir auf, wie viele Bilder Sie haben und wie viel Platz Sie brauchen. Von den Skulpturen nicht mehr als zwei oder drei. Schicken Sie es per Fax oder lassen Sie es mir auf einem anderen geeigneten Weg zukommen. Ich denke, dass ich Ihnen drei Wochen freiräumen kann. Haben Sie schon was gegessen heute?«

Die Malerin zeigte auf ihre Arbeitskluft. »Ich hab grad nicht meine Ausgehsachen an.«

Goergens nickte. »Ich kann einen Pizza-Service anrufen«, sagte er.

»Lassen Sie mal«, sie winkte ab. »Dass ich nichts verkaufe, heißt nicht, dass ich nichts zu tun habe. Trotzdem, schön, dass Sie da waren.«

Als er auf der Straße an dem Puppentheater vorbeilief, hörte er Gelächter. Die Leute wurden von Lachkrämpfen regelrecht geschüttelt.

34

Als es zu regnen begonnen hatte, war Haffner gerade an einem Laden für Anglerbedarf vorbeigefahren. Er hatte angehalten und ein paar Gummistiefel gekauft. Seit ein paar Wochen, seit endgültig feststand, dass die Treuhand das Grundstück nicht zurücknahm, mietete er sich immer wieder mal ein Auto und fuhr hinaus ins Brandenburgische, um irgendwie ein Gespür dafür zu bekommen, was er mit seinem Besitz anfangen könnte. Mommsen hatte ein paar Gutachter damit beauftragt, herauszufinden, wie man das Grundstück wenigstens teilweise aus dem Grundwasserschutz herausbekam. Haffner hörte überhaupt nicht mehr hin, wenn Mommsen damit anfing. Er wollte dieses wunderbare Stück Erde loswerden, nichts anderes. Was half es ihm, wenn er die Kosten für den Austausch des kontaminierten Erdreiches vom Kaufpreis abziehen konnte? Woher sollte er wissen, auf was für Überraschungen er noch stieß? In der Nähe war ein Truppenübungsplatz gewesen. Wer konnte sagen, was man hier noch alles ausbuddelte?

Haffner lief in Gummistiefeln über das Gelände. In der Hand hielt er die Pläne, die er für sein Projekt hatte anfertigen lassen. Er schritt ab, wie er sich die Lage der Gebäude vorgestellt hatte. Vielleicht passierte ja ein Wunder, dass sich wenigstens ein Teil des Planes realisieren ließ. Haffner schmiss wütend die Zeichnungen in den Matsch. Es war vollkommen sinnlos.

Er hatte rings um die Wohnhäuser Läden und Gewerbe ansiedeln wollen. Wer hier lebte, sollte keine weiten Wege haben. Das war die Idee. Wenn der Rest kilometerweit entfernt war, weil er hier nur Platz für die Wohnanlage bekam, war das ganze Projekt null und nichtig.

Es war ein Jammer. Diese herrliche Insellage! Nach drei Seiten Wald. Zur vierten die Straße, die zum Grundstück führte. Kein Durchgangsverkehr. Ruhe. Dahinter lag ein See. Haffner hob den Plan wieder auf und stapfte zu der Halle, in der früher Traktoren gewartet worden waren.

In den Pfützen schlierten die Ölfilme. Es sah nicht so aus, als ob hier jemand in den letzten vierzig Jahren auf den Umweltschutz geachtet hatte. Haffner konnte sich nicht vorstellen, dass das Grundwasser überhaupt zu irgendetwas nutze war. Wie tief musste er graben lassen, bis sie das letzte verdreckte Erdreich ausgehoben hatten? Kam er da schon auf der anderen Seite raus, wo der Dreck von hier jemand anderes' Ölquelle war?

Er ging in die Halle. Das Tor stand seit Jahren offen. Alles, was sich noch darin befand, war ein Stuhl. Er stand genau in der Mitte, ein vierbeiniger Kantinenstuhl. Haffner hatte erst gedacht, dass damit irgendetwas ausgedrückt werden sollte, ein Protest, eine Trauer. Aber nichts dergleichen. Man hatte von diesem Platz aus einfach einen herrlichen Blick auf den See. Ungetrübt von all dem Gerümpel, das links und rechts der Halle herumlag.

Haffner setzte sich und sah durch das offene Tor. Der Regen prasselte auf das Dach. Über den See trieb einsam ein Boot.

35

Hotte hatte überlegt, wie es weitergehen sollte. Dann war er zum Einkaufen in Polen gewesen. Jetzt stand er in der Sparkassenfiliale an der Leipziger Straße und hielt eine Pistole in der Hand. Einen Armeerevolver, den es anscheinend überall im Ostblock gegeben hatte. Hotte hatte ihn sofort erkannt, als er ihn auf dem Markt zwischen Zigaretten und raubkopierten Modern Talking CDs gesehen hatte. In Berlin hätte er das Dreifache dafür bezahlen müssen. Ob der Revolver schoss oder nicht, war egal. Hauptsache, jeder begriff, dass die Knarre echt war, die Hotte ihm unter die Nase hielt.

Die Leute hatten geschrien, als er die Waffe hervorgeholt hatte. Eigentlich hatte nur die Frau am Schalter sie sehen sollen. Aber die blöde Kuh hatte gleich einen Anfall bekommen. Vor Schreck hatte Hotte in die Luft geschossen. Aus dem Loch in der Decke war der Asbeststaub herabgerieselt. Er spürte jeden einzelnen Krümel, der ihm in den Kragen gefallen war. Er hätte heulen können, so beschissen lief alles.

Die Möglichkeit, dass eventuell stimmen könnte, was sie ihm alle so bereitwillig geglaubt hatten, dass es mit dem Internetportal etwas werden könnte, war dann doch zu verlockend gewesen. Also hatte er keine Weltreise gemacht, sondern in Karlshorst ein Büro angemietet und das Geld in das Projekt gesteckt. Als er merkte, dass es eng wurde, war es auch schon zu spät. Innerhalb von nicht einmal zwei Monaten war das gesamte Geld verbrannt gewesen. Miete, Rechner und Mitarbeiter, die er diesmal nicht für ein paar Mark an der Beusselstraße hatte holen können. Und natürlich nicht ein Pfennig Umsatz. Niemand, der einstieg. Er verstand ja auch nicht, wie die bei der Sparkasse auf die Idee gekommen waren, dass er mit so wenig Geld ein solches Projekt stemmen könne. Er hatte einen dritten Kredit gewollt. Aber dafür war das, was er vorzuzeigen hatte, zu wenig gewesen.

Zu guter Letzt waren die Leute, die für ihn gearbeitet hatten, einfach abgehauen. Und weil er ihnen Gehalt schuldete, hatten sie alles mitgenommen, was irgendwie von Wert gewesen war.

Hotte richtete die Pistole auf die Kunden, die starr vor Angst in ihren Positionen verharrten. Dann ging er langsam, Schritt für Schritt, zur Wand, damit er niemanden hinter sich hatte.

»Jeld her!«, schrie er immer wieder. »Jebt mir Jeld und ick bin weg!«

Er zielte auf die Schalter. »Packt die Kohle inne Tüte und schiebt sie her. Keener kommt näher als fünf Meter. Allet so, dass ick et sehen kann, verstanden?«

Niemand bewegte sich, alles blieb ruhig. Auch von den Polizeiwagen, die vor die Filiale rollten, hörte man nichts. Keinen Motor, kein Martinshorn. Man sah durch die Fenster nur das gleichmäßige, bläuliche Flackern der Rundumleuchten.

Hotte merkte es und schob sich, die Waffe fest mit beiden Händen umklammernd, zu der Tür, durch die gleich Polizisten kommen würden. Gleich den ersten Polizisten winkte er zu sich heran. Zum Zeichen, dass er aufgeben wollte, hob Hotte die Pistole. Er hielt sie am Lauf fest, mit der Mündung auf sich selbst gerichtet. Er hoffte, dass der Polizist begriff, was er ihm sagen wollte. Aber der Polizist blieb mit gezogener Waffe an der Tür stehen, zielte auf Hotte und wartete auf Verstärkung.

»Komm her«, schrie Hotte, »komm her, Mann!«

Die Verstärkung kam. Drei Mann in schusssicheren Westen. Wozu der ganze Zirkus, dachte Hotte, es war doch klar, dass er aufgeben wollte. Wozu noch die ganze Show. Er wusste ja, dass er verloren hatte. Eigentlich war es ihm gleich am Anfang klar gewesen. »Was machen Sie denn, Herr Kaminsky!«, hatte diese dämliche Kuh geschrien, als sie die Waffe gesehen hatte. Dann war der Alarm losgegangen. Er wollte nur noch hier raus.

»Mach die Tür uff!«, brüllte er den Polizisten an und versuchte, seine Pistole durch den schmalen Türspalt zu schieben. »Nimm endlich dit Ding!«, brüllte er. »Nimm!«

Hotte bekam nicht mit, dass er inzwischen von allen Seiten umzingelt war, dass eine halbe Hundertschaft durch die anderen Eingänge der Filiale hereingekommen war. Dann klickten die Handschellen.

»Na also, allet klar«, meinte er. »Sagt am besten nüscht. Nehmt mir einfach mit und allet iss schick, klar? So, wo müssen wa hin?«

Als man ihn in der Untersuchungshaftanstalt fragte, ob er jemanden anrufen wolle, fiel ihm die Nummer eines Anwaltes ein, den er aus dem Puff in Lichtenberg kannte. Ein Kölner, der in eine Berliner Kanzlei eingetreten war. Hotte hatte für ihn die eine oder andere Privatvorstellung in seinem Dachgeschoss organisiert.

Er rief ihn an und sagte, dass es sich um einen Notfall handele.

»Wo sind Sie jetzt?«, wollte der Anwalt wissen.

»Wo sind wir 'n hier?«, fragte Hotte einen Polizisten.

»JVA Moabit.«

»Habense jehört?«

»Habe ich. Haben Sie schon schlimme Entzugserscheinungen?«

»Schlimme wat?« Hotte brauchte einen Moment, bis er begriff, was der Anwalt ihm nahelegte. »Ja, nee, iss jut, jeht noch, ick bin noch nich lange ohne Stoff«, sagte er dann und überlegte, welche Art von Entzug ihm am besten gefiel.

»Gut, machen Sie keine Aussage, bis ich mit Ihnen gesprochen habe«, ermahnte ihn der Anwalt und legte auf.

Hotte gab den Hörer zurück. Er versuchte, mit den Händen zu zittern, merkte aber selbst, dass es nicht besonders überzeugend war.

Nach knapp einer Stunde saß er seinem Anwalt im Besprechungszimmer gegenüber.

»Hier«, sagte der Anwalt und holte ein paar Taschenflaschen aus seinem Koffer. »Reiben Sie sich damit ein, gurgeln Sie damit, oder was Sie sonst für gewöhnlich damit tun. Sie sind aus dem Osten?«

Hotte nickte.

»Passen Sie auf. Das machen wir zu unserer Strategie.«

Hotte sah den Anwalt mit großen Augen an. Er verstand nicht recht, was das mit seinem Überfall zu tun hatte.

»Überlegen Sie gut, was da gewesen sein könnte. Hatten Sie mal Stasi? Irgendwelche Auseinandersetzungen mit dem Regime, irgendetwas, womit sich Ihre Probleme erklären lassen?«

»Da fällt mir jetzt uffn Plauz nüscht ein … also … doch, na klar, ick konnte mir nie selbständig machen im Osten, weil die mir dauernd zur Reserve jezogen haben. Sogar an Honecker hab ick deswejen jeschrieben und mit de Ausreise jedroht.«

»Das ist doch schon mal was. Und dieser Honecker, wer war das? Jemand vom Kreiswehrersatzamt?«

»Dit fragen Sie jetzt nicht ernsthaft, oder? Dit war der Chef von dem Laden!«

»Verstehe. Dann kann man ihn ja sicherlich als Zeugen ausfindig machen. Haben Sie darüber vielleicht noch irgendwelche Unterlagen?«

»Müsste ick mal nachsehen«, sagte Hotte, »aber dit fällt mir in nächster Zeit wohl 'n bisschen schwer.«

»Machen Sie sich keine Gedanken«, beruhigte ihn der Anwalt. »Bewaffneter Raubüberfall in einem minderschweren Fall«, überlegte er. »Ich denke, dass Sie ein oder zwei Nächte in diesem Hotel verbringen werden, und dann wird man Sie bis zur Verhandlung entlassen. Möglich, dass Sie Meldeauflagen bekommen, aber Sie werden daheim in Ruhe nachsehen können, was für Unterlagen Sie noch besitzen.«

»Denn muss ick dit Jekasper hier doch eijentlich nich machen, oder?« Hotte zeigte auf die Schnapsflaschen.

»Das bleibt Ihnen überlassen, wie Sie damit umgehen. Ich habe nur die Möglichkeiten Ihrer Verteidigung auszuloten.«

Hotte nickte.

Als er wieder in seiner Zelle war, hatte Hotte tatsächlich Zeit, über alles nachzudenken. Und er bekam täglich mehr davon. Irgendwann hatte er sogar Zeit, darüber nachzudenken, warum die Strategie seines Anwaltes nicht aufgegangen war. Hotte wurde ohne viel Federlesens verurteilt. Es sollte ein paar Jahre dauern, bis er wieder draußen war.

Wirklich unglücklich war er allerdings nicht darüber. Denn so, wie man ihn einsperrte, sperrte man seine Schulden aus. Es gab nun objektive Gründe, weshalb er mit den Raten in Rückstand lag. So gesehen hatte er jetzt einige

Sorgen weniger. Auch zahlten sich die vielen Jahre, die er zusammengerechnet bei der Armee verbracht hatte, für ihn aus. Seine Art, mit Leuten umzugehen, führte dazu, dass man ihm Respekt zollte. Sein untrügliches Gespür für Hierarchien half ihm, Leute kennenzulernen, die ihm völlig neue Welten eröffneten. Und so wusste er Geli bald davon zu überzeugen, dass seine neuen Kontakte auch Einfluss auf ihre Geschäfte nehmen könnten – im positiven wie im negativen Sinn. Um vor allem Letzterem aus dem Weg zu gehen, schuf sie in ihrem Beherbergungsbetrieb die Stelle des Hausmeisters. Hotte wurde dadurch zum Freigänger und zum Kurier der Knastgrößen. Alles fügte sich für ihn so angenehm, dass er bald zu der Überzeugung kam, dass der Überfall auf die Sparkasse die beste Idee gewesen war, die er zeit seines Lebens gehabt hatte.

36

Aus der Kneipe dröhnte Musik. Es war so laut wie seit Langem nicht mehr. In der Wohnung bebte das Geschirr in der Küche, so fuhren die Bässe durch das Haus. Annika saß verängstigt inmitten ihrer Spielsachen. Als der Lärm begonnen hatte, hatte sie es noch lustig gefunden. Ihre Puppen hatten auf einmal Dinge gemacht, die sie sonst nie taten: Sie hüpften im Takt über den Fußboden. Aber nun reichte es ihr und sie weinte. Jens nahm sie hoch und trug sie in ihr Zimmer. Darunter war die Küche der Kneipe. Wenn der Koch nicht anfing mitzusingen, war es hier erträglich.

Was auch immer in der Kneipe los war, es passte nicht in Jens' Tag. Er war für den Nachmittag mit seinem Redakteur verabredet. Wenn Jens ihn am Telefon richtig verstanden hatte, dann gab es wohl immer noch keinen Sendeplatz für das Computermagazin. Aber es sollten zu Marktforschungszwecken ein paar Pilotfolgen produziert werden. Das war zwar nicht der Durchbruch, aber nach dem ewigen Hin und Her immerhin ein Fortschritt.

Der Lärm in der Kneipe verunsicherte Jens. Wenn solche Attacken sonst passierten, kehrte meist nach einer Stunde wieder Ruhe ein. Heute allerdings wurde es von Stunde zu Stunde schlimmer. Jens versuchte, den Redakteur zu erreichen. Es gab inzwischen genug Restaurants und Cafés, wo man sich treffen konnte. Man war auf die Bärenklause nicht mehr angewiesen. Aber im Büro des Redakteurs meldete sich niemand. Der Apparat war auch nicht umgestellt worden. Jens hörte angestrengt auf das Zeichen in der Leitung, dann legte er auf und ging in Annikas Zimmer. Sie schlief. Mitten im Spiel war sie umgekippt und eingeschlafen. Auf ihrer Stirn zeichneten sich kleine Zornesfalten ab. Jens musste unwillkürlich lächeln. Auch Jenny bekam solche Fältchen, wenn sie ihren Ärger mit ins Bett nahm. Er hob seine Tochter hoch und legte sie in ihr Bettchen. Schlafen war das Beste, was sie jetzt tun konnte.

Jens zog sich an. Es war Zeit für seine Verabredung mit dem Redakteur. Vielleicht traf er ihn noch vor der Bärenklause, und sie konnten woanders hingehen. Dass er das Babyfon einsteckte, gehorchte mehr einem Reflex. In der Kneipe würde er es nicht hören und wenn sie in einen anderen Laden gingen, hatte es keinen Empfang mehr.

Als er die Tür zur Kneipe öffnete, schlug ihm der übliche Schwall Zigarettendunst entgegen. Wie immer brauchten seine Augen eine Weile, um sich an die Finsternis zu gewöhnen.

Der Redakteur, mit dem er verabredet war, saß am Treuhandtisch. Bei ihm waren ein paar Kollegen, die Jens vom Sehen kannte. Die ganze Kneipe schien von den Fernsehleuten in Beschlag genommen worden zu sein.

Jens ging an den Tisch. Vor dem Redakteur standen Bier, Ricard und Whiskey. Seinem Gesicht nach zu urteilen, war es die dritte oder vierte Runde.

»Was ist denn bei euch los?«, fragte Jens und setzte sich.

»Meinen herzlichen Glückwunsch, Jensen!« Der Redakteur schlug auf den Tisch. »Wir machen dein Ding, ganz große klasse, das machen wir. Super, da hast du dir echt was einfallen lassen.«

»Okay, und was stimmt nicht?«

»Das Problem ist der Sender.«

»Ich verstehe nicht ganz. Bis vor Kurzem war da doch noch Interesse?«

»Du sagst es, bis vor Kurzem. Vor Kurzem! Aber manchmal ändert sich alles über kurz oder lang. Manchmal von einer Minute auf die andere.«

»Was ist denn los?«, fragte Jens noch einmal und versuchte zu lächeln. Er spürte deutlich, dass hier etwas grundsätzlich nicht mehr stimmte.

»Wir sind gefeuert! Alle!« Der Redakteur stand auf, stemmte sein Bierglas in die Höhe und rief: »Meine Herren! Gefeuert! Meine Herren! Ich danke für Ihre treuen Dienste und Ihre Aufmerksamkeit! Gefeuert!« Er setzte das Glas ab, hob die Arme, als würde er ein Maschinengewehr halten, und schoss in die Runde. »Gefeuert!« Dann ließ er sich wieder auf seinen Stuhl fallen.

Jens verstand immer noch nicht.

»Du oder alle?«

»Alle! Vor dir trinkt der Club der Edel-Arbeitslosen. Der Sender zieht um, und wer nicht mitkann, fliegt!« Er trank nacheinander von dem Ricard, dem Whiskey und dem Bier. »Und wir können alle nicht mit. Wollen wir nicht. Nie. Fernsehsender gibts wie Sand am Meer. Wie lange versuchst du mir jetzt schon deinen Scheiß anzudrehen?«

»Weiß nicht, lange. Anderthalb Jahre vielleicht. Oder zwei, ich weiß nicht.«

»Dann such weiter. Noch mal anderthalb Jahre oder zwei. Ganz wie du willst. Für mich wars das. Ich bin raus.«

Der Redakteur legte Jens eine Hand aufs Gesicht. Die Finger gruben sich wie Krallen in die Haut, bis Jens die Hand des Redakteurs packte und auf den Tisch knallte. »Spinnst du?«, rief er. Aber der Redakteur lachte nur und machte Furzgeräusche mit den Lippen.

»Das bist du!«, brüllte er zwischen seinen Lippenfürzen.

»Ein Furz, wie wir alle Fürze sind. Und jetzt nimm deine Fresse und hau ab! Ich kann nicht richtig saufen, wenn ich deine Visage sehe! Und wenn du die kleine Frau Doktor fickst, dann steck einen Gruß von mir rein. Wollte ich dir schon lange mal sagen. Das ist der einzige Grund, warum ich überhaupt mit dir rede! Weil ich die kleine Frau Doktor ficken will!«

Jens schlug zu. Ein kurzer, präziser Schlag. Der Redakteur schrie auf. Seine Nase blutete. Das Blut rann ihm über das Kinn, dann tropfte es in sein Bierglas. Jens rieb sich die Knöchel und ging nach oben in seine Wohnung.

37

Es roch alles neu. Die Möbel, das Parkett, die Geräte. Es war ein bisschen wie bei seinem Einzug in die Wohnung An der Kolonnade. Auch dort waren sie die Erstmieter gewesen. Aber das hier war »state of the art«, wie Torsten sagte. Auf der Höhe der Zeit, wie Scholle mithilfe eines Tools aus dem Internet übersetzte. Er war begeistert von dem Leben am Potsdamer Platz. Der Lebendigkeit, den unzähligen Geschäften direkt vor seiner Wohnungstür. Dem Kino, dem Theater, dem Nachtclub. Nicht, dass er irgendetwas davon nutzte. Es war vielmehr die Tatsache, dass er all das nutzen *könnte*. Der einzige Ort, wo man ihn regelmäßig antraf, war das Eiscafé. Er war regelrecht vernarrt in italienisches Eis.

Scholles Wohnung lag direkt neben der von Torsten. Wenn er aus dem Fenster sah, schaute er auf neu angepflanzte Bäume, ein buntes Menschengewimmel und hörte ein Gemurmel aus unzähligen Sprachen. Es mochte verrückt sein, aber insbesondere abends, wenn die Leute fein gemacht auf dem Weg in die Spielbank oder in das Theater waren, bekam er ein Gefühl davon, was es hieß, in einer wirklichen Metropole zu leben.

Unten in der Tiefgarage stand sein Auto. Er hatte sich für einen mittelgroßen Audi entschieden. Der A6 entsprach Scholles Position als Juniorchef der Fondsgesellschaft. Torsten fuhr dessen großen Bruder. Aber womöglich kaufte er sich bald etwas anderes. Für ihn war es Zeit für einen Mercedes. Er wollte nur noch abwarten, wie die neuen Modelle aussahen.

Scholle las jetzt viel, vor allem Fachliteratur. Torsten hatte ihm den Tipp gegeben, sich mit NLP zu beschäftigen. Neurolinguistische Programmierung galt in der Firma als neue Geheimwaffe, mit der man Mitarbeiter fit machen und Kunden überzeugen konnte. Nicht ganz unumstritten, wie Torsten einräumte, weshalb er es nicht an die große Glocke hängen solle, aber sehr effektiv. Die Firma bot an, Interessenten zu entsprechenden Seminaren zu schicken. Aber Scholle glaubte nicht, dass er schon so weit war. Er tastete sich langsam an das Thema heran, indem er ein Buch nach dem anderen darüber las.

Jetzt, wo er es geschafft hatte, wollte er es etwas ruhiger angehen lassen. Vorübergehend. Er brauchte ein wenig Zeit, um seinen Weg hierher, seinen unglaublichen Aufstieg verstehen zu können. Er hätte nie gedacht, dass er einmal in solch einer Wohnung leben würde. Dass er sich solch eine Einrichtung leisten könnte. Umso wichtiger wurde es jetzt, dass er ein paar Dinge in seinem Privatleben regelte und sich insgesamt besser ausbalancierte. Und so schrieb er endlich den Brief an Petra.

Er schrieb, dass er seine Kinder wiedersehen wolle. In ihrer Antwort machte Petra keinen Hehl daraus, dass sie nicht sehr viel von Scholles Wunsch hielt. Aber je ablehnender Petra reagierte, desto hartnäckiger wurde er. Er war ein anderer inzwischen. Er ließ sich nicht mehr mit irgendetwas abspeisen. Seine Kinder sollten sehen, was aus ihm geworden war, was er aus sich gemacht hatte. Sie sollten wissen, dass er kein Versager war. Er wollte, dass sie ihn in Berlin besuchten und sich ansahen, wie und wo er jetzt lebte. Sie waren alt genug, um selbst entscheiden zu können, bei wem sie bleiben wollten. Er schlug das Wochenende der nächsten Love-Parade für diesen Besuch vor. Und er schrieb Petra, dass sie es damals richtig gemacht habe, als sie mit den Kindern nach Süddeutschland gegangen sei. Dass er es sonst womöglich nie geschafft hätte, im

Westen anzukommen. Aber jetzt gab es keinen Grund mehr, dass sie ihm aus dem Weg ging und ihm die Kinder vorenthielt.

Petra war strikt dagegen, dass Timo und Jessica jemals zur Love-Parade fuhren. Sicherlich, sie würde es den beiden kaum verbieten können, und sicherlich, wenn sie denn überhaupt einmal nach Berlin reisten, wäre es das Beste, wenn sie bei ihrem Vater wohnten. Aber wenn es denn gar nicht anders ginge, sollte man sich erst wieder ein wenig kennenlernen, man wisse doch gar nichts mehr voneinander. Scholle habe mal von einem Freizeitpark bei Köln erzählt, ob es nicht eine Idee wäre, wenn sie sich dort trafen, um sich wieder aneinander zu gewöhnen. Scholle schrieb zurück, dass er das für eine ganz hervorragende Idee halte. Und dass er sie, die Kinder und Petras Lebensgefährten, auf ein Wochenende, von Freitag bis Sonntag, dorthin einlade. Er müsse sich natürlich erst noch mit seinem Chef abstimmen, aber dann stünde dem nichts mehr im Wege.

Tatsächlich mussten Scholle und Torsten ein geeignetes Wochenende finden. Torsten war viel unterwegs in letzter Zeit, und es war undenkbar, dass nicht wenigstens einer von ihnen in Berlin zu erreichen war.

»Schick bist du geworden«, sagte Petra, als Scholle ein paar Wochen später auf dem Parkplatz vor dem Phantasialand nach seiner verlorenen Familie Ausschau hielt. Er hatte Petra nicht mehr erkannt. Sie und die anderen hatten nur ein paar Meter von ihm entfernt gestanden. Auch Petra hatte Zweifel gehabt, ob er es war oder nicht. Scholle küsste sie auf die Wange.

»Lange nicht mehr gesehen«, begrüßte er Timo.

»Kann man wohl sagen.«

Scholle stand vor seinem Sohn, der inzwischen so groß war wie er selbst, und drückte ihn an sich.

»Komm her, meine Große«, winkte er Jessica herbei und nahm auch sie in den Arm.

»Schön, dass du da bist«, antwortete seine Tochter. Es ging Scholle durch Mark und Bein, als auch sie ihn fest an sich drückte, den Satz wiederholte und hinzufügte: »Schön, dass du da bist, Papa.«

Eng umschlungen verharrten die drei auf dem Parkplatz. Petra und ihr Lebensgefährte standen wie überflüssig daneben. Dann endlich schaffte es Scholle, sich von seinen Kindern zu lösen.

»Und Sie …«, wandte er sich an Petras Lebensgefährten und reichte ihm die Hand, »Sie sind dann …?«

»Ich bin der Hermann«, sagte er, »einfach Hermann, lassen wirs dabei.«

Scholle nickte, ging zur Kasse und kaufte die Eintrittskarten. Er hätte nie gedacht, dass ihn diese Wiederbegegnung so überwältigen würde. Er hatte das dringende Bedürfnis, mit seinen Kindern allein zu sein; sie ins Auto zu packen und mit ihnen so weit weg wie möglich zu fahren. Er fürchtete sich vor dem, was noch kam. Dass er ein Hotel gebucht hatte, in dem sie alle zusammen wohnten, schien ihm keine gute Idee mehr zu sein. Schon jetzt hätte er sich gern irgendwohin zurückgezogen. Er hatte nicht damit gerechnet, dass seine Kinder noch so an ihm hingen. Und noch viel weniger, dass ihm diese Begegnung dermaßen an die Nieren gehen würde. Ihm wurde schmerzhaft bewusst, dass da eine riesige Lücke war, die sich nie wieder füllen ließ.

Als sie im Park waren, fungierten Petra und Hermann nurmehr als Getränkehalter. Scholle bestieg mit seinen

Kindern ein Fahrgeschäft nach dem anderen. Selbst Jessica, die erst ganz offen ihre Abneigung gegen den Rummel zur Schau gestellt hatte, setzte sich tapfer in jede Achterbahn, nur weil Scholle damit fuhr. In den Wagen drückte sie sich eng an ihn. Und kaum hatten sie eine Fahrt hinter sich gebracht, überlebt, wie Jessica sagte, da hatte Timo auch schon die nächste für sie klargemacht.

»Lasst uns was essen gehen«, sagte Scholle irgendwann. Und während sie alle zusammen an einem Tisch saßen und über Pommes und Bratwurst herfielen, herrschte zumindest zwischen ihm und den Kindern ein gelöstes Miteinander.

»Sie sind in der Zuliefererbranche?«, begann Scholle der Höflichkeit halber ein Gespräch.

»Mittelständischer Betrieb«, nickte Hermann. »Siebzig Angestellte, Frau und Kinder, na, besser: Lebensgefährtin mit deren Kindern. Zum Heiraten hats noch nicht gereicht.«

»Das wollten wir doch später machen«, unterbrach ihn Petra. »Aber irgendwann müssen wir darüber sprechen, das siehst du doch auch so, nicht wahr?«, fragte sie Scholle.

»Müssen wir?«

Er sah sie irritiert an. Natürlich stand das Thema seit Jahren unterschwellig im Raum. Aber er hatte nicht damit gerechnet, dass es für Petra und Hermann der eigentliche Grund für dieses Wiedersehen war.

»Gibts irgendeinen Grund zur Eile?«, erkundigte er sich deshalb und tunkte eine Fritte in das Ketchup. Er stieß Timo mit dem Ellenbogen an und zeigte auf den Freefall-Tower.

»Oh nein!«, protestierte Jessica. »Ihr müsst doch auch mal genug haben!«

»Klar, aber jetzt noch nicht«, grinste Timo. Es schien, als wäre er am liebsten sofort aufgesprungen und zu dem Turm gelaufen.

»Fahrt ihr Kinder doch schon mal eine Runde allein«, schlug Hermann vor.

»Nein«, sagte Scholle und drückte Jessica an sich. »Wir bleiben zusammen.«

»Klasse!«, jubelte Jessica.

Petra warf Scholle einen vernichtenden Blick zu. »Wir hatten doch vereinbart, dass es solche Diskussionen nicht gibt, oder irre ich mich?«, fragte sie in scharfem Ton.

»Hatten wir«, nickte Scholle, »aber wie du siehst, kann man nicht alles vorausbestimmen.«

Er merkte, dass er wütend wurde. Sie tat ja gerade so, als wären die Kinder ihr persönliches Eigentum, das sie vor ihm beschützen müsste. Dabei hatte sie überhaupt kein Recht gehabt, mit den Kindern einfach abzuhauen. Wenn es so weiterging, dann würde dieser Tag noch einen äußerst unangenehmen Verlauf nehmen. Womöglich sah Hermann sich als der legitime Vater der Kinder. Scholle merkte, dass er einen Fehler machte, wenn er hier den Dankbaren mimte.

»Damit das klar ist«, begann er nun nachdrücklicher, »dass es mir in den letzten Jahren nicht gut ging, rein wirtschaftlich gesehen, das ist kein Geheimnis. Daher danke, Hermann, dass Sie den Kindern das alles ermöglicht haben. Aber inzwischen hat sich das geändert. Wenns also um Geld geht, inzwischen kann ich zahlen. Sagen Sie, wie viel Sie kriegen.«

»Das kann man doch so nicht ausrechnen«, murmelte Hermann, »für mich warns doch wie die eigenen Kinder.«

»Träum weiter«, zischte Timo.

Jessica sah zu Boden und unterdrückte ein Lachen.

»Ich geh jetzt zum Tower.« Timo ließ seine Gabel fallen. »Lieber kotz ich von dem Ding runter, als mir das hier weiter anzuhören.«

»Ich kotz mit«, rief Jessica und schloss sich ihm an. Scholle sah den beiden hinterher.

»Habt ihr irgendwie Stress miteinander?«, fragte er.

»Sie sind eben schwierig im Moment«, antwortete Petra, »da bist du genauso schnell ein Held, wie du wieder abgemeldet bist. Das ist nun mal so. Und Timo glaubt eben, dass er mit dir eine Alternative zu Hermann hat.«

»Ist grad schwer, ihn durchs Abi zu bringen«, bekannte Hermann. »Er war halt schon alt, als er zu mir kam. Also schon stark geprägt, von wem oder was auch immer.«

»Muss ich das verstehen?«, fragte Scholle gereizt.

»Das führt jetzt wirklich zu nichts.« Petra legte eine Hand auf Hermanns Arm. »Aber wir sollten uns endlich um die Formalitäten kümmern. Die Kinder müssen wissen, wo sie hingehören.«

Scholle schob den Rest seiner Pommes zur Seite. »Warum hastn davon nichts geschrieben?«, fragte er.

»So was regelt man doch besser mündlich«, entgegnete Petra und sah nach den Kindern, die am Tower anstanden.

»Meinetwegen«, sagte Scholle nach einer Weile. »Scheidung kannst du haben. Ist ja wirklich nur noch eine Formsache. Getrennt von Bett und Tisch oder wie das heißt sind wir ja schon eine Weile.«

Als er sah, dass Timo und Jessica an der Reihe waren, ließ er Petra und Hermann sitzen und ging zu seinen Kindern.

»Ich räum dann mal ab.« Petra schüttete die Reste auf einen Teller und räumte das Geschirr zusammen. Dann brachte sie alles hinüber zu dem Imbisshäuschen. Als sie zum Turm sah, saßen Scholle und die Kinder nebeneinander. Scholle hatten sie in die Mitte genommen. Sie warf einen Blick zu Hermann, der vor seinem Wasserglas saß. Es war ihr Wunsch, dass er die Kinder adoptierte. Natürlich, es war ihrer beider Wunsch: Wenn sie heirateten, wollte Hermann die Kinder adoptieren. Sie sollten sich nicht einbilden, dass sie mit Scholle eine Wahlmöglichkeit hätten. Es ging um mehr als Scholles momentanes Glücksgefühl. Für Petra hing die Zukunft der Kinder davon ab. Hermann war fast zwanzig Jahre älter als sie. Lange bevor er Petra kennengelernt hatte, hatte er sich darauf eingerichtet, dass er kinderlos bleiben würde. Wenn er die Firma eines Tages aufgab, wollte er alles in eine Stiftung einbringen. Aber in den letzten Jahren, je näher die dafür notwendigen Schritte rückten, hatte er immer wieder überlegt, ob aus Timo, wenn er denn einmal Maschinenbau oder etwas Ähnliches studiert haben würde, nicht doch ein neuer Inhaber werden könnte. Er glaubte, dass Timo das Zeug dazu hatte. Er hatte ihn ja beobachten können in den letzten Jahren. Timo war keiner, der sich in Details verlor. Er befasste sich mit einer Sache, verschaffte sich so viele Kenntnisse wie nötig und beschloss dann, was werden sollte. Als er Kartmeister geworden war, hatte er ein paar Tage gegrübelt, dann hatte er entschieden, dass er als Fahrer nicht weiterkommen würde. Aber er wollte seine Erfahrung nutzen, um ein junges Team aufzubauen. Aus dem, was ihm fehlte, schloss er, dass er zu spät mit dem Sport angefangen hatte. Auch dass er nicht richtig trainiert hatte, war ihm klar. Aber er hatte gelernt, wie ein Team funktionieren musste, damit es Erfolg hatte. Und ein solches Team aufzubauen, die richtigen Leute an die richtigen

Stellen zu setzen, das konnte er sich vorstellen. Dass es dieses Team noch nicht gab, lag lediglich daran, dass Timo nicht hartnäckig genug war. Wenn er das noch lernte, dann konnte sich Hermann durchaus vorstellen, dass Timo die Firma weiterführte. Doch das war natürlich alles davon abhängig, ob er die Kinder auch formal als seine eigenen ansehen konnte. Petra wusste, wie wichtig ihm das war.

Sie hörte Jessica kreischen. Dort kreischten vielleicht zwanzig Mädchen, die in die Tiefe stürzten, aber ihre Tochter hörte sie mit absoluter Sicherheit heraus. Sie sah zum Turm hinüber.

Timo hatte die Arme hochgerissen, als hätte er einen wichtigen Sieg errungen. Jessica hielt ihren Kopf vornübergebeugt, und Petra wusste, dass sie lachte, weil sie es überstanden hatte. In der Mitte saß Scholle, der seine Taschen absuchte.

»Dann lass uns mal in dieses Hotel fahren«, sagte Hermann. Er war aufgestanden. Das Kreischen der Mädchen war für ihn das Signal gewesen, dass dieser Familienausflug weiterging.

»Wir fahren bei Papa mit«, rief Jessica, erleichtert, dass es mit den Karussells nun ein Ende hatte.

Aber Scholle, für den dieser Satz eigentlich bestimmt war, las angestrengt eine Nachricht auf seinem Handy.

»Cooles Teil, Papa«, kommentierte Timo anerkennend, als er Scholles Telefon sah. »Ich hab bloß so 'n Billigteil. Muss mal sehen, dass ich mir wenigstens 'ne andere Schale dafür besorge.«

»Ich hatte eigentlich vor, mit meinem zu testen, ob der Rhein noch säurehaltig ist«, erklärte Jessica. Sie zog ihr Handy hervor und betrachtete es mitleidig. Sie hielt es so, dass Scholle sehen konnte, mit welchem Elend von einem

Mobiltelefon sie zurechtkommen musste. Aber Scholle interessierte sich nicht dafür.

»Stimmt was nicht, Papa?«, erkundigte sie sich deshalb.

»In der Firma ist irgendwas. Ich muss das grad mal klären.« Er ging etwas abseits, um zu telefonieren.

»Ich erreiche keinen«, sagte er, als er zurückkam.

»Was haben Sie denn für eine Firma?«, fragte Hermann.

»Ich bin im Fondsgeschäft.«

»Das ist eine sehr komplexe Angelegenheit«, würgte Petra ein Gespräch darüber ab. Sie hatte nie verstanden, womit er plötzlich so viel Geld verdiente. Sie fürchtete einen Streit zwischen den beiden Männern, und damit eine Möglichkeit mehr, dass die Kinder sich mit ihrem Vater solidarisierten.

»Ist vielleicht auch mal was für Sie, wenn Sie Ihren Betrieb auf Aktien umstellen«, sagte Scholle beiläufig und tippte weiter an einer SMS.

»Das habe ich sogar früher oder später vor«, antwortete Hermann verblüfft. Er sah Petra fragend an, warum sie ihm das nicht eher gesagt hatte. Vielleicht war alles ja viel einfacher, wenn aus Scholle womöglich ein Geschäftspartner wurde.

Scholle bearbeitete unterdessen immer hektischer sein Telefon. Er versuchte Torsten zu erreichen, aber der nahm einfach nicht ab. Wenn Scholle die SMS, die er bekommen hatte, richtig verstand, gab es Probleme mit einem der Spezialfonds. Ein Mitarbeiter hatte ihm die Nachricht geschickt. Aber auch der ging nicht mehr ans Telefon. Offensichtlich konnte niemand Torsten kontaktieren, wenn sie nun Scholle benachrichtigten, obwohl sie wussten, dass er weder in der Stadt war noch gestört werden wollte. Es gab nur zwei Möglichkeiten: Entweder waren seine Mitarbeiter heillos überfordert oder in der Firma ging gerade die Welt unter.

»Tut mir leid, Leute«, rang Scholle sich zu einer Entscheidung durch. »Ich muss zurück nach Berlin. Ich muss sehen, dass ich ab Köln einen Flieger kriege. Tut mir leid, es tut mir wirklich echt leid.«

Er tippte immer noch auf seinem Handy herum. Diesmal versuchte er, die Sekretärin an den Apparat zu bekommen. Sie sollte ihm einen Flug buchen. Aber dann sah er zur Uhr und wusste, dass das alles nichts brachte. Es war besser, wenn er mit dem Auto fuhr. Wenn die Strecke frei war, ging das sowieso am schnellsten.

»Machts gut, ihr beiden«, verabschiedete er sich schweren Herzens von seinen Kindern. Dann gab er Hermann und Petra die Hand. »Lasst uns zeitnah telefonieren wegen allem. Das Hotel ist auf meinen Namen gebucht, Rechnung geht an meine Firma, also nichts doppelt zahlen.« Während er redete, strebte er dem Ausgang zu. Die anderen begleiteten ihn, bis Scholle anfing zu rennen.

Als er in Berlin ankam, fuhr er sofort in die Firma. Er hatte die Stunden, die er auf der Autobahn gewesen war, immer wieder darüber nachgedacht, was denn passiert sein könnte, dass man ihn zurückholte und niemand mehr zu erreichen war. Dann sah er vor dem Haus in der Bülowstraße einen Polizeiwagen stehen. Wie aus einem Instinkt heraus fuhr Scholle langsam weiter. Gerade so, als wäre er ein verirrter Freier aus der Kurfürstenstraße. An der Haustür konnte Scholle ein Siegel erkennen. Es konnte nur seiner Firma gelten. Lediglich ein Büro im Haus gehörte nicht zur Firma, und das stand seit Monaten leer.

Scholle fuhr weiter zum Potsdamer Platz. Er parkte seinen Wagen hinter der Philharmonie und lief über den

Marlene-Dietrich-Platz in die Arkaden hinein. Die Geschäfte waren noch geöffnet. Es war ein langer Freitag und er schwamm in der Menge auf die andere Seite des Gebäudes. Dort setzte er sich in das Café und bestellte einen Eisbecher. Er versuchte, sich zu beruhigen und irgendwie zu verstehen, was los war. In der SMS hatte »Fonds geplatzt« gestanden. Scholle wusste, dass ein Kunde aus einem Golfhotel-Fonds eine größere Menge Geld hatte abziehen wollen und es deswegen einigen Stress gegeben hatte. Torsten hatte das bearbeitet. Er hatte dem Kunden gebetsmühlenartig immer wieder erklärt, dass er sich zwei Wochen gedulden müsse, wie es ja auch im Vertrag stand, bis die Gesellschaft über genügend liquide Mittel verfüge und ihn auszahlen könne. Offensichtlich hatte der Kunde die Geduld nicht aufgebracht. Sicher, so etwas war unangenehm, aber es war beherrschbar. Es erklärte weder Torstens Verschwinden noch die Polizei vor dem Büro.

Scholle ging zu den Internet-Terminals, die weiter vorn neben dem Asia-Imbiss aufgebaut waren. Seine Firma war Titelthema auf einer Nachrichtenseite. Es hieß, das gesamte Vermögen der Fonds sei ins Ausland geschafft worden. Die Geschäftsführer seien flüchtig.

Vielleicht, dachte Scholle, hatte Torsten ihm deshalb an diesem Wochenende freigegeben. Damit er über einen Vorsprung verfügte, wenn es herauskam. Denn wenn er ehrlich war, überraschten Scholle die Meldungen nicht übermäßig. Seit Längerem kursierten Gerüchte, dass mit den Fonds etwas nicht stimmte. Aber er hatte darauf vertraut, dass es sich bei diesen Anschuldigungen, wie Torsten erklärte, um das Geschwätz von Konkurrenten handelte, die die Gesellschaft in Misskredit bringen wollten. In dem Artikel stand, dass die Polizei nach zwei Leuten fahnde. Es war naheliegend, dass Torsten der eine war und er, Scholle, der andere. Vermutlich wimmelte es hier überall nur so von Ermittlern. Dass er noch einmal in seine Wohnung ging und ein paar Sachen holte, das ließ er wohl besser bleiben. Er sah hinüber zur Sparkasse, ob er sich wenigstens noch mit Geld versorgen konnte. Aber auch das war wohl zu heiß. Er stand von dem Computer auf und lief inmitten der Menge zum Ausgang. Während er lief, entfernte er die SIM-Karte aus seinem Handy und warf es weg. Aus Sicherheitsgründen, so hatte es immer geheißen, sollten sie Kontakte nur auf der Karte speichern, nie auf dem Handy selbst. Scholle verstand jetzt, warum. In einem Geschäft kaufte er eine Nagelschere und schnitt damit die SIM-Karte in kleine Teilchen. Jetzt musste es schnell gehen. Mit ein bisschen Glück hatte der Mitarbeiter, der ihm die SMS geschickt hatte, der Polizei gesteckt, dass er übers Wochenende nach Brühl gefahren war. Dann würden sie hier vor seiner Wohnung nur eine Stallwache postieren und ihn erst einmal dort suchen. Bis sie ihm in Berlin auf den Fersen waren, musste er sein Auto zu Geld gemacht haben. Von der nächsten Telefonzelle aus rief er Hotte an.

38

Goergens wusste nicht mehr, wo er sie noch suchen sollte. Er hatte seinen Fahrer zu ihrem Atelier geschickt, doch das Einzige, was er mitgebracht hatte, war Taubendreck auf seinem Anzug. Er hatte in der Galerie im Wedding angerufen. Dort konnte man sich nicht einmal mehr erinnern, jemals eine Ausstellung mit Steffi Kautz gehabt zu haben. Außer dem Atelier, dem Puppentheater und ebendieser Galerie fiel ihm nicht ein, wo es noch eine Spur von ihr geben könnte. Sie hatte diesen Freund, bei dem sie duschte und in dessen Laubenhäuschen ihre Bilder lagerten, aber auch dort war sein Fahrer gewesen.

Außer einem Schulterzucken hatte er keine Antwort bekommen.

In der vergangenen Nacht, als die Malerin und der Bildhauer ihre Ausstellung in der Treuhand hatten aufbauen sollen, waren die Gänge und das Foyer mit Farbe und Chemikalien beschmiert worden. Es stank im ganzen Haus nach faulen Eiern. Möglich, dass die Malerin nichts damit zu tun hatte. Dass die Leute, die für die Schmierereien und den Gestank verantwortlich waren, einfach die Gelegenheit der Kunsttransporte ausgenutzt hatten und der Wachschutz überfordert gewesen war. Möglich. Möglich war aber eben auch, dass Steffi Kautz und ihr Kollege den passenden Augenblick gekommen sahen, um ihre Wut abzureagieren. Dann bekam Goergens ein Problem. Es war offensichtlich, dass er sie protegiert hatte. Er kümmerte sich normalerweise nie um die Ausstellungen, aber in diesem speziellen Fall hatte er seinen Einfluss geltend gemacht und es als Geste an die Kulturschaffenden der ehemaligen DDR verstanden wissen wollen, dass man sie nicht vergessen habe.

Gerade einer Malerin wie Steffi Kautz, die keine Staatskünstlerin gewesen sei, und die deshalb nichts weiter vorzuweisen habe als ein paar Ausstellungen in irgendwelchen Hinterhausgalerien, sei man so eine Würdigung ganz einfach schuldig. Sie seien es doch gewesen, die sich dem System entgegengestellt hätten. Goergens hatte sich umgehört. Mit dem Untergang der DDR hatten vor allem die alternativen Künstler alles verloren. Die Nischen, in denen sie sich eingerichtet hatten, waren brutal beiseite geräumt worden. Einige hatten auf der Basis von ABM-Stellen noch eine Weile weitergemacht, aber in gewisser Weise waren aus ihnen die Ostalgiker der ersten Stunde geworden: Sie hatten als Erste erfahren, dass der Westen mit ihnen nichts anzufangen wusste. Danach mussten sie mit ansehen, wie ihre Sehnsucht nach früher den alten Eliten die Türen öffnete; als in der zweiten, der großen Ostalgiewelle Mitte der Neunzigerjahre, die breite Teile der Bevölkerung erfasste, die offizielle DDR-Kultur ihren späten Durchbruch erlebte. Die entsprechenden Rechtekataloge waren inzwischen im Besitz der großen westlichen Medienhäuser oder wurden zumindest von ihnen ausgewertet. Markt kennt keine Gerechtigkeit, keine Moral, keine Wiedergutmachung, erst recht kein Zurückdrehen der Zeit. Und da es von den alternativen Künstlerinnen und Künstlern so gut wie nichts gab, das sich als wehmütige Erinnerung popularisieren ließ – eben weil sie zu DDR-Zeiten keine Schallplatten, Bücher und Filme hatten produzieren können -, profitierten sie auch nicht von der Stimmung, die sie geschaffen hatten.

Diese üble Ironie ließ auch die Letzten, die bis dahin irgendwie weitergemacht hatten, aufgeben und Kneipen eröffnen.

Goergens hatte mit dem argumentiert, was ihm die Malerin in einem längeren Gespräch über sich und ihre Situation, und die daraus resultierende Wut auf den Westen, erzählt hatte. Er war ein Profi in Sachen Meinungsbildung. Und so hatte er letztlich die entsprechenden Gremien in der Treuhand von der Notwendigkeit dieser Ausstellung überzeugt. Nun aber machte es umso deutlicher: Der einzige Grund, weshalb Steffi Kautz hier hatte ausstellen sollen, war Goergens.

Kein Wunder, dass man ihm längst eine Affäre mit ihr nachsagte. Goergens ließ diese Gerüchte an sich abprallen. Er hatte ein Versprechen eingehalten, mehr nicht. Aber natürlich, in gewisser Weise fühlte er sich geschmeichelt, dass man ihm das zutraute.

Inzwischen hatte die Polizei mit ihm geredet und selbstverständlich auch der Staatsschutz, der sofort eingeschaltet worden war. Aber er hatte nur sagen können, dass er weder etwas über den Anschlag noch über die ausstellenden Künstler wusste. Jedenfalls nicht mehr als allgemein bekannt war.

Als er gerade überlegte, ob es noch irgendetwas gab, das sie möglicherweise erzählt hatte, wo sie sich gern aufhielt oder wo sie gern hinfuhr, läutete sein Telefon. Goergens sah an der Leitung, dass die Pressemeute in Gang kam. Er tippte darauf, dass sich als Erstes die Kumpelhaften vorwagten, die ihn aus der Bärenklause kannten. Diese Kneipenkontakte waren ein Segen, wenn man etwas lancieren wollte, aber sie waren ein Fluch, wenn es die umgekehrte Richtung nahm. Wer auch immer da anrief, Goergens konnte ihn nicht einfach abwimmeln, wenn er nicht am nächsten Tag mit einer fetten Schlagzeile die Runde machen wollte. Er nahm den Hörer ab.

»Goergens.«

Einer seiner ganz alten Bekannten war dran. Goergens kannte ihn noch aus New Yorker Zeiten. Der Mann war inzwischen zur tragischen Gestalt geworden. Vor ein paar Jahren noch war er eine Galionsfigur des seriösen Journalismus gewesen. Jetzt trank er bei einem Regionalsender, der seine Lizenz unter der Auflage bekommen hatte, mehr Nachrichtenkompetenz nachzuweisen, sein Gnadenbrot.

»Hallo«, begrüßte ihn Goergens, »wie geht es Ihnen? Was kann ich für Sie tun?«

»Hallo«, antwortete der Reporter, »schön, Sie mal wieder am Apparat zu haben. Was ist denn da los bei Ihnen? Ich hab zwei Mann bei Ihnen vor der Tür stehen, wieso lasst ihr die nicht rein?«

»Die Sache geht mich eigentlich nichts an, ich spreche nur fürs Ministerium, nicht für die Treuhand.«

»Wie Sie wollen. Aber nach allem, was man so hört, dachte ich, dass es in Ihrem Interesse liegt, den Ball flach zu halten.«

Goergens überlegte kurz.

»Schicken Sie Ihre Leute zum Fuhrpark«, sagte er dann. »Jemand vom Fahrdienst wird sie hereinlassen. Warten Sie, bleiben Sie kurz in der Leitung, ich gebe das gleich weiter.« Goergens gab seiner Sekretärin die notwendigen Anweisungen. Dann schaltete er zurück zu dem Reporter. »So, in fünf Minuten haben Sie Ihre Bilder.«

»Danke, Sie haben einen gut bei mir. Und jetzt brauche ich noch ein paar Informationen.«

»Wann bringen Sie das?«

»Wenn Sie wollen, sofort.«

»Also gut. Sehr viel habe ich allerdings nicht. Sie kennen unsere Ausstellungen?«

»Hässliche Schinken für Neureiche.«

»Diese Wertung überlasse ich Ihnen. In der Nacht hatten wir jedenfalls eine junge ostdeutsche Malerin und einen Bildhauer, die ihre Werke aufbauen sollten. Aber statt der Bilder hatten wir heute Morgen verschmierte Farbe an den Wänden.«

»Sicher, dass das nicht die Bilder waren? Ich meine, dass die die Rahmen vielleicht später anbringen wollten? Weiß man doch heute alles nicht.«

Goergens hörte, wie am anderen Ende der Leitung etwas in ein Glas gegossen wurde. »Sie wissen«, erwiderte er, »dass sich unser Kunstverständnis nicht harmonisieren lässt.«

»Okay, verstehe, hab nichts gesagt«, lenkte der Journalist ein. »Bekannte Ostlerin?«

»Steffi Kautz, wenn Ihnen das ein Begriff ist.«

Der Reporter dachte nach und während er das tat, trank er. Goergens nahm an, dass es Whiskey war. So jedenfalls hatte es der Reporter seinerzeit in New York gemacht. Goergens sah zur Uhr, kurz nach elf war es jetzt.

»Nee, nie gehört«, sagte der Reporter dann. »Haben Sie eine Vermutung? Alte Seilschaft, können wir so was bringen?«

»Seilschaft können wir nicht brauchen. Vielleicht eine Protestaktion. Wir hatten schon mal was mit einer LPG…«

»LP … was?«

»LPG, Landwirtschaftliche Produktionsgenossenschaft.«

»Verstehe, Kolchosen, dieses Russenzeug.«

»Da haben uns die Bauern Gülle vor die Autos gekippt.«

»Verstehe. Also eine gewaltsame Protestaktion gegen

die Treuhand, kann man das so nehmen?«

»Kann man, machen Sie das so. Sagen Sie, dass es definitiv nicht von den Künstlern ausging. Und bringen Sie mir das als Erster. Ich verlasse mich auf Sie.«

»Danke, Goergens, Sie sind ’n guter Mann. Schade, dass man Sie da nicht loseisen kann.«

»Kommen Sie doch heute Abend mal in die Bärenklause, vielleicht weiß ich dann schon mehr.«

»Sie sind der Chef«, lachte der Reporter mit rauer Stimme. »Wir hören und sehen uns.«

Goergens legte auf. Er war ganz zufrieden, dass es so gelaufen war. In ein paar Minuten ging die erste Version des Anschlags über den Sender und da die anderen keine besseren Bilder oder Informationen hatten, würden sie diese übernehmen. Das alles war so unspektakulär, dass es sich spätestens übermorgen erledigt hatte.

Goergens widmete sich wieder den Dingen, die er für den heutigen Vormittag eigentlich vorgesehen hatte. Er musste endlich einen Termin mit seinem Arzt machen. Er wollte wissen, was mit ihm los war – und wie er noch eine Weile fit bleiben konnte. Seit ein paar Tagen taten ihm nach dem Laufen die Knie weh. Sie schienen leicht geschwollen zu sein. Goergens fürchtete, dass er im Handumdrehen fett werden würde, wenn er nicht mehr laufen konnte.

Er rief seine Sekretärin, um mit ihr die Termine der nächsten Wochen durchzugehen. Ende des Monats gab es eine Besprechung, die sie nach Bonn verlegen konnten. Seine Sekretärin sollte prüfen, ob sich das machen ließ. Als sie ihm das Okay gab, rief er seinen Arzt an. Auch seinem Nachbarn sagte er Bescheid, damit das Haus für seine Ankunft vorbereitet war.

Danach arbeitete er ziemlich unspektakulär sein Pensum ab.

Am Abend dann, nach seinem Besuch in der Bärenklause, lag er in seinem Wohnzimmer auf dem Sofa. Er hatte den Journalisten treffen wollen, aber als der nicht erschienen war, war er davon ausgegangen, dass sich die Sache mit dem Anschlag erledigt hatte.

Mit hochgelegten Beinen hatte er seine Knie mit einer Sportsalbe eingerieben. Diese Salben waren wirkungslos. Er benutzte sie nur, um sagen zu können, dass er etwas gegen die Schmerzen tat. Er ließ das Videoband laufen, auf dem die Nachrichten des Tages aufgezeichnet waren. So ziemlich alle Sender hatten den Bericht über den Farbanschlag übernommen. Er war auf ein Standbild geschrumpft, was Goergens beruhigte. Als er die Meldung hörte, und die Sprecherin las: »... am Rande der Steffi-Kautz-Ausstellung im Gebäude der Treuhandanstalt in Berlin kam es in der Nacht zu einem Anschlag ...« musste er trotz allem lachen. Egal, ob die Ausstellung noch zustande kam oder nicht, eines hatte der Anschlag bewirkt: Der Name Steffi Kautz hatte einen Marktwert bekommen.

Doch dann sah Goergens etwas, das ihm den Atem stocken ließ. Er spulte zurück und fror das Bild ein. Mitten in all den Schmierereien stand eine Zahlenkombination. Goergens musste nicht aufstehen, um nachzusehen. Diese Zahl war so fest in seinem Gedächtnis verankert wie sein eigener Geburtstag. Es war das Datum des letzten Fotos, das es von Jo gab. Er selbst hatte es auf den weißen Rand des Polaroids geschrieben, das auf der Rückseite des Pollock-Bildes steckte. Es gab in dieser Stadt nur zwei Personen, die mit diesem Datum etwas anfangen konnten. Er hatte keine Ahnung, was die Malerin ihm damit sagen wollte. Ihm war nur klar, dass sich diese Botschaft an ihn richtete. Er überlegte, ob er nach Prenzlauer Berg fahren sollte. Doch dann entschied er sich dafür, zwei Schmerztabletten zu nehmen und ins Bett zu gehen.

39

Seit einiger Zeit kam Haffners Frau übers Wochenende nach Berlin. Sie hatten begonnen, hier heimisch zu werden. Inzwischen hieß es nicht mehr, dass sie zum Italiener gingen, sondern »zu unserem« Italiener. In Haffners Wohnung war es eng. Zu eng für Leute, die ein Haus gewohnt waren. Es gab keine richtige Küche, es fehlte an allem. Sie mussten improvisieren. Haffners Frau aber verstand es, mit diesem Provisorium umzugehen. Sie blühte regelrecht auf, wenn etwas nicht funktionierte und sie sich etwas einfallen lassen musste.

Haffner hätte nie geglaubt, dass er seine Frau noch einmal so erleben würde. Es ließ eine Erinnerung wach werden, etwas unvorhergesehen Zärtliches zurückkommen. Sie waren plötzlich nicht mehr auf dem Weg in den Ruhestand. Sie standen wieder am Anfang. Völlig unerwartet erlebten sie einen zweiten Frühling. Berlin wurde Haffner mit einem Mal sympathisch.

Der Grund für diese plötzliche Wende war weit weniger angenehm. Trotz der zur Schau gestellten Gelassenheit traf Haffner der missglückte Grundstückskauf bis ins Mark. Es war nicht nur ein finanzielles Desaster, es fraß auch an seinem Selbstverständnis als Berater. So abzutreten und zurück nach Bayern zu gehen kam nicht in Frage. Also strich er die Heimfahrten an den Wochenenden und arbeitete stattdessen.

Haffners Frau schien auf diesen Tag nur gewartet zu haben. Sie kam meist schon am Donnerstag nach Berlin und flog erst im Laufe des Montags zurück. Bald hatte Haffner keine Einwände mehr dagegen gehabt, dass seine Frau nicht mehr pendelte und sie das Haus in Bayern vermieteten.

Es hing auch damit zusammen, dass ihre Kinder so bald nicht nach Deutschland zurückkehren würden. Beide hatten inzwischen ihr Studium beendet. Seine Tochter war als Designerin zu einem Automobilhersteller nach Südafrika gegangen. Sein Sohn, der wie Haffner VWL studiert hatte, war nach Amerika gezogen, wo er an einer Universität in Kalifornien arbeitete. In Bayern wartete also niemand mehr.

Inzwischen schien es eine Chance zu geben, das Grundstück bei Potsdam zumindest teilweise aus dem Grundwasserschutz herauszubekommen. Mit etwas Glück würde Haffner dort sogar bauen können. Sein Generationenprojekt würde es jedoch auf keinen Fall sein.

Haffner sah aus dem Fenster des Wohnzimmers. Der Potsdamer Platz war fast fertig. Vor dem Haus parkten die LKWs, die das Mobiliar für die künftigen Landesvertretungen brachten. Als er nach Berlin gekommen war, hatten sie da unten noch nach den Minen und Selbstschussanlagen gesucht. Der ehemalige Todesstreifen hieß nunmehr Ministergärten.

Es war einiges geschehen, in den Jahren, die er hier war. Und manches davon hatte er mit auf den Weg gebracht.

Er ging in die Küche. Seine Frau hatte eine Kaffeemaschine gekauft, mit der sich original italienischer Espresso zubereiten ließ. Seitdem gab es Kaffee nur noch, wenn sie da war. Er verstand die Maschine ganz einfach nicht.

Um zehn hatte Haffner einen Termin. Mommsen hatte ihm eingeschärft, pünktlich und nüchtern zu sein. Zwar waren die Zeiten vorbei, in denen Haffner direkt aus der Kneipe ins Büro gekommen war, aber die Erinnerung daran hielt sich hartnäckig. Bei der Besprechung ging es um seine Vertragsverlängerung, eine Routineangelegenheit. Danach wollte er mit Mommsen über Christoph und Mario sprechen. Mommsen wollte Christoph für andere Aufgaben abziehen. Mario hingegen wehrte sich, weiter für Haffner abgestellt zu sein. Er war kein Neuling mehr und hatte keine Lust, sich von Haffner weiter wie ein Trottel behandeln zu lassen. Auch die Berge an Arbeit, unter denen er versank, wurden ihm allmählich zu viel. Wenn er sich beschwerte, meinte Haffner nur: »Du bist mein Mitarbeiter, weil du für mich mit arbeitest.« Mario wollte endlich ernst genommen werden.

Bei Christoph verhielt es sich genau umgekehrt. Er wollte nichts lieber als bei Haffner zu bleiben. Ihm imponierte Haffners unorthodoxe Art, Probleme in der Kneipe, zwischen Bier und Gelächter, zu lösen. Er hatte verstanden, dass diese Kneipensitzungen für Haffner nichts anderes als ein permanentes Brainstorming waren. Was dabei herauskam, war im wahrsten Sinn des Wortes Gold wert. Christoph hatte mit Haffners Tipps in Aktien investiert, die ihren Wert inzwischen mehr als verdoppelt hatten.

»I will die Story kennen«, sagte er immer, wenn sie zusammensaßen, »dös will i in dem Kram da lesen. Was die von einer Wertentwicklung fantasieren, dös kannst dir sonst wohin schmieren. Zahlen aufschreiben kann ein Schimpanse. Aber dem zahl i ja auch nix für seine Tricks. Nix für Tricks, hast dös behalten, Mario? Na, fragst halt den Christoph, der erklärt dir das bestimmt noch mal.«

Bodenständigkeit, Solidität des Geschäftsmodells, das war alles, was Haffner an einer Aktie, an einem Betrieb interessierte. Das Erste, was Haffner deshalb bei der Bewertung einer Firma beiseiteschob, war der zahlenschwere Businessplan. Er wollte nicht beeindruckt werden. Er wollte wissen, was die Firma machte. Dann sah er nach, ob es dafür einen Markt gab. Der Rest, sagte er, war Sache des Managements. Und genauso einfach und kompliziert zugleich war es auch. Denn wie schätzte man eine Story, einen Markt ein? Wie die Qualität des Managements? Die Aktien, die Christoph gekauft hatte, waren allesamt keine Überflieger. Es waren alles Werte mit geringer Volatilität. Haffner zockte nicht. Er bewegte sich wie eine Dampfwalze vorwärts. Langsam, aber unaufhaltsam. Und genau so sah Christoph sein Vermögen wachsen: Langsam, aber stetig. Das Platzen der New-Economy-Blase war spurlos an ihm vorübergegangen. Er hatte keinen einzigen Pfennig verloren. Eben weil er nichts in diese Firmen investiert hatte. Obwohl es verlockend gewesen war. Nix für Tricks. Keine Frage also, dass er von Haffner noch eine Menge lernen wollte.

Als Haffner in sein Büro kam, lag dort der übliche Berg an Mappen, den Mario durchgearbeitet hatte. Haffner wollte sich das alles nachher ansehen. Jetzt freute er sich erst einmal auf den Kaffee, mit dem seine Sekretärin schon in der Tür stand.

»Herr Haffner … ?«

»Kommens rein«, sagte er. »Auf Ihren Kaffee freu i mich schon den ganzen Morgen. Was machens denn für ein Gesicht?«

Sie kam zu ihm hin, das Tablett in der Hand, so schüchtern wie an dem Tag, an dem er sie kennengelernt hatte. Sogar ein bisschen verheult sah sie heute wieder aus. Dabei hatte Haffner gedacht, dass sie inzwischen ein besseres Verhältnis zueinander hatten und sie seine Granteleien nicht mehr persönlich nahm.

»Ich wollte nur sagen …«

»Ja, was denn? Habens das Tipp-Ex verschüttet?«

Sie presste die Lippen aufeinander.

»Ja mei, sagens doch, was los ist.«

Sie schüttelte den Kopf.

»Ich darfs Ihnen nicht sagen …« Sie versuchte, ihre Stimme zu beherrschen. »Also, alles Gute dann.«

Sie stellte das Tablett ab, drehte sich um und rannte fast aus dem Zimmer. Haffner sah ihr nach und fragte sich, was sie nun schon wieder hatte. Das tat er noch, als er seinen Kaffee getrunken hatte und sich auf den Weg zu seinem Termin machte. War ihm wieder etwas herausgerutscht, was bei ihr falsch angekommen war? Hatte sie sich deswegen vielleicht versetzen lassen und traute sich nur nicht, es ihm zu sagen? Haffner gab es auf, diese Frau würde er nie verstehen.

Im Büro des Personalchefs begrüßte ihn ein schmächtiger Mann Mitte vierzig, den Haffner hier noch nie gesehen hatte.

»Herr Professor Haffner, Schmidt ist mein Name. Ich freue mich, Sie einmal persönlich kennenzulernen. Man hört ja viel von Ihnen.«

»Dös kann i von Ihnen net sagen«, antwortete Haffner lachend. »Sinds neu hier in dem Laden?«

»Wie man es nimmt. Möchten Sie einen Kaffee?«

»Danke. I hatte gerad einen. Und gegen den Kaffee von meiner Sekretärin kann Ihrer nur verlieren. Also lassen wirs.«

Der beiden Männer setzten sich.

»Zunächst, Herr Professor, darf ich Ihnen für die Arbeit danken, die Sie in den letzten Jahren … »

»Sagens bloß, dös wars.«

Schmidt nickte.

»Wir sind übereingekommen, dass wir die Aufgaben, die in der Zukunft noch für das Haus verbleiben, auch mit weniger qualifizierten Beratern schaffen können.«

»Bin i Ihnen zu teuer?«

Schmidt verneinte. »Darum geht es nicht. Wie Sie wissen, sind die Arbeiten hier von vornherein auf einen gewissen Zeitraum beschränkt gewesen, und nun wollen wir uns immer mehr auf die noch bestehenden Kernaufgaben konzentrieren. Aber das haben Sie ja zum großen Teil alles selbst ausgearbeitet.«

Haffner nickte. Der Vorschlag, den Apparat erheblich zu verkleinern und die noch anstehenden Aufgaben auf mehrere Folgegesellschaften zu übertragen, stammte von ihm. Zu seinem Vorschlag hatte allerdings auch gehört, dass sein eigener Bereich noch längere Zeit erhalten blieb. Offensichtlich war man zu einem anderen Ergebnis gekommen.

»Wir denken, es ist Ihnen gegenüber nur fair, angesichts der enormen Leistungen, die Sie vollbracht haben, wenn wir Sie so früh wie möglich darüber in Kenntnis setzen, dass Ihr Vertrag nicht über das Jahresende hinaus verlängert wird. Ich bin mir dessen bewusst, dass Sie Ihre Tätigkeit hier unter anderen Voraussetzungen begonnen haben – Herr Mommsen, der sich im Übrigen sehr für Sie eingesetzt hat, hat mich persönlich darüber informiert. Wir werden also sicherlich in der restlichen Zeit eine Möglichkeit finden, gewisse Dinge zu kompensieren.«

»Dös halt i für eine gute Idee«, nickte Haffner, »langsam wird dös eine teure Angelegenheit.«

»Seien Sie versichert, dass wir eine auskömmliche Lösung finden werden.«

Für Schmidt war der Termin damit beendet.

Haffner ging verdattert zurück in sein Büro.

»Machens mir eine Verbindung mit meiner Frau und dann mit meiner Uni in Bayern. Ah, nein, zuerst die Uni«, sagte er zu seiner Sekretärin.

Als er sich an seinen Schreibtisch setzte, leuchtete auf dem Telefon bereits ein Lämpchen.

Es war ein seltsames Gespräch, das Haffner mit der Universität führte. Man verabredete eine Bedenkzeit. Haffners Rückkehr stellte nicht nur ihn vor eine neue Situation. Auch an der Universität hatte man in den vielen Jahren, die Haffner nun schon beurlaubt war, Lösungen finden müssen. Und die sahen nicht vor, dass Haffner innerhalb weniger Monate zurückkam. Eigentlich sahen sie überhaupt nicht vor, dass er zurückkehrte.

Haffner legte auf. Dann sagte er seiner Sekretärin, dass das Gespräch mit seiner Frau keine Eile mehr habe.

Er ging ans Fenster, sah in den Berliner Himmel und dachte nach. Gegenüber war das E-Werk, der Technoclub. Eine der letzten Trümmerlandschaften hier im Zentrum. Warum wollte er nach so vielen Jahren eigentlich wieder an die Uni? Wenn er das E-Werk sah, kam er doch automatisch ins Grübeln, was man aus der Liegenschaft machen könnte. Projektentwicklung war jetzt sein Metier. Brauchte er dafür wirklich die Treuhand? Eigentlich musste man in allem nur die Linie erkennen. Das verpatzte Grundstücksgeschäft, die daraus resultierenden Verbindlichkeiten, der nicht verlängerte Vertrag. Er rief Mario und Christoph an.

Als er mit ihnen in der Kneipe saß, redeten sie über ein völlig neues Projekt. Es war das Projekt Haffner.

40

Jens fand für sein TV-Projekt keinen Sender mehr. Ob sich die gebrochene Nase des Redakteurs herumgesprochen hatte oder ob es an der veränderten Situation im Fernsehgeschäft lag, spielte letztlich keine Rolle. Er war inzwischen knapp jenseits der vierzig, Diplompolitologe, und er kannte bei Weitem mehr Leute, die Dinge taten, die nichts mit ihrem Studium zu tun hatten, als umgekehrt. Die Frage seines Lebens war wieder da. Er stand ihr hilfloser gegenüber als jemals zuvor.

Wenn er seine Bewerbungsunterlagen verschickte, hatte er den Eindruck, dass sie jedes Mal schneller wieder zurückkamen. Seine Hauptbeschäftigung bestand inzwischen darin, für Jenny Daten grafisch aufzubereiten. Meistens brauchte sie Präsentationen. Sie schickte ihm das Material per E-Mail, er sendete es auf demselben Weg zurück. Jenny empfahl ihn weiter, wenn sich die Gelegenheit ergab. Mittlerweile kam es Jens vor, als betriebe er, mit Blick auf die immer angesagter werdende Friedrichstraße, eine kleine Designagentur. Sein Kundenstamm waren Jennys Kollegen, ehemalige Kommilitonen und deren Freunde. Der Verzeichnisbaum auf seinem Rechner zeigte die Hierarchie: Oben stand Jenny und darunter dockten immer mehr Leute mit ihren Ordnern und Unterordnern an. Natürlich war das, was sich hier entwickelte, nicht das, was Jens wollte. Vielleicht sah er auch nicht, was daraus werden könnte. Er machte es, um nicht gegen die Decke zu starren oder die Tauben im Hof zu zählen. Es sah es als einen vorübergehenden Broterwerb. Wenn er abends auf ein Bier in die Kneipe ging, kam ihm manchmal der Gedanke, dass diese Web-Dienstleistungen vielleicht der Taxifahrerjob der Neuzeit waren.

Auch in der Kneipe hatten sich die Dinge verändert. Es war von Monat zu Monat ruhiger geworden. Die Fernsehleute waren weg, die meisten Treuhandleute kamen nicht mehr. Die Wirtin klagte, dass es immer schlechter laufe.

In der Friedrichstraße starben die letzten Reste des alten Ostberlins. Blech war weggezogen. Ob Pallach noch einmal in seine Wohnung kam, war fraglich. Er hatte Jens den Schlüssel gegeben, für: falls was sein sollte. Seit dem Einbruch in seine Wohnung gab es kein Schloss mehr zu dem Schlüssel. Jetzt hing der Schlüssel zu der offen stehenden Wohnung am Schlüsselbrett gleich neben Jennys. Auch das war ein Schlüssel, der nur selten etwas zu tun bekam. Jenny war fast nur noch auf Reisen. Sie arbeitete und kämpfte. Es schien, als wollte sie ihre Karriere erzwingen, als wollte sie so lange als Beobachterin durch Krisengebiete ziehen, bis man ihr endlich einen Job in einem Headquarter gab oder sie irgendwo erschossen wurde.

Von jeder Reise kam sie angegriffener zurück. Jens machte sich Sorgen um ihre Gesundheit. Aber er drang nicht zu ihr durch. Jenny wurde immer blasser, ihre Haare immer dünner. Auch, dass Annika ihre Mutter praktisch nur noch über das Internet kannte, stieß bei ihr auf taube Ohren. Im Gegenteil, sie versuchte, Annika das Gefühl zu geben, dass eine Internet-Mama etwas ganz Besonderes sei.

Das war nicht einmal gelogen. Denn wer hatte schon eine Mutter, die Sounddateien mit Gute-Nacht- und Guten-Morgen-Grüßen schickte und das mit spannenden Geschichten aus den Ländern verknüpfte, in denen sie gerade unterwegs war?

Mittlerweile bereiste sie längst nicht mehr nur Tadschikasachusbekistan. Mittlerweile war sie überall unterwegs, wo sich Länder der Demokratie zuwandten oder auf dem Weg dorthin ins Straucheln gerieten. Jeder Ort, an dem man Erkenntnisse über Demokratisierungsprozesse gewinnen konnte, war Jennys globale Heimat. Egal, ob dort Hungersnöte herrschten oder Bürgerkriege tobten.

Wenn sie nach Berlin kam, blieb sie meist nur für wenige Tage. Dann erledigte sie alles, was sie woanders nicht regeln konnte oder wollte. Sie absolvierte die notwendigen Arztbesuche und füllte ihre Reiseapotheke wieder auf. Jens war beruhigt, dass Jenny diese Dinge ernst nahm. Er war immer wieder erstaunt, mit welchen Mengen an Medikamenten sie jedes Mal wegfuhr. Aber wie sie erzählte, waren Medikamente in manchen Ländern beliebter und wichtiger als Bargeld.

Dann jedoch, als Jens sich gerade damit abfinden wollte, dass er von seinem Job als Web-Dienstleister nicht mehr wegkam, erreichte ihn die Nachricht, dass Jennys Vater gestorben war.

Er mailte Jenny, dass er mit Annika in die Münchhausen-Stadt fahren und sich um alles kümmern werde. Dass er die Beisetzung hinauszögern wolle, bis die Wahlen in dem Land, in dem sich Jenny gerade befand, vorüber seien und sie dabei sein könne.

Jens packte ein paar Sachen zusammen, nahm sein Laptop und stieg mit seiner Tochter in den Zug. Annika war begeistert von ihrer ersten großen Reise. Zu einer Märchenstraße zu fahren, das war für das Internetkind endlich einmal etwas Spannendes.

41

Manches von dem, was Haffner tat oder sagte, war für seine Umwelt schwer nachzuvollziehen. Warum er zum Beispiel das marode Möbelwerk kaufen wollte, dem er selbst vor vielen Jahren keine Überlebenschance eingeräumt hatte. Es existierte nur noch deshalb, weil es damals zu keiner Entscheidung gekommen war und es immer noch am Tropf der unterschiedlichsten Zuschussgeber hing. Mommsen schüttelte den Kopf, als er davon hörte. Selbst Christoph, dem Haffner anbot, dort der künftige Geschäftsführer zu werden, schlug erst einmal aus.

So fuhr Haffner allein in die brandenburgische Provinz und lud den Zorn all derer auf sich, mit denen er mehr als drei Worte wechselte.

Der Geschäftsführer leitete Haffner über das Betriebsgelände. Er zeigte ihm die Hallen, die gefüllt waren mit jenem alten Holz, das er gleich nach der Wende hatte einlagern lassen. Er zeigte ihm die Rustikalmöbel, die sie die Jahre über produziert hatten. Er versuchte immer noch, Haffner von deren Marktchancen zu überzeugen. Der stand vor den Holzstapeln, den bis an die Decke aufgetürmten Möbeln und sagte: »Schau an. Aus Holz habts Blei gemacht. Wenn dös keine Kunst ist. Wie viele Jahre habts dafür gebraucht?«

»Wir arbeiten seit der Wende als GmbH«, antwortete der Geschäftsführer beflissen. Er verstand kaum, was Haffner in seinem Dialekt dahinbrabbelte. »Und noch immer sind meine Leute zu jeder Sonderschicht bereit.«

Haffner sah zur Belegschaft hinüber, die sich hinter den Maschinen verbarrikadiert zu haben schien.

»Und mit Ihnen als Investor«, fuhr der Geschäftsführer fort, »bekommen wir jetzt endlich die Möglichkeit, unsere

Produkte in einem entsprechenden Marktumfeld zu positionieren. Wir Ostunternehmen werden doch, wenn Sie mir die Bemerkung gestatten, immer noch geschnitten. Aber wenn wir es schaffen, unserer Marke ein nachhaltiges Branding zu geben, dann …«

»Ein Branding? Wollens zum Rodeo mit Ihrer Truppe?« Haffner warf einen Blick zu den Leuten hinter den Maschinen, die ihn irgendwie an seine Sekretärin erinnerten. »Habts noch andere Firmen hier in der Gegend?«

»Wir sind seit der Wende der einzige Arbeitgeber von nennenswerter Größe. Sogar Lehrlinge bilden wir aus, von denen wir jedes Jahr eine gewisse Zahl übernehmen können.«

»Was machts?« Haffner sah den Geschäftsführer ungläubig an. »Na, wenns dös für eine gute Idee haltet … Was habts denn noch an Maschinen?«

»Alles, was für einen Betrieb dieser Art und Größe benötigt wird. Da entstehen Ihnen keine weiteren Kosten. Alles, was wir brauchen, sind ein paar Investitionen in Marketing und Vertrieb.«

»So, sinds sicher, dass dös alles ist?«

»Vor Kurzem war eine Beratungsgesellschaft hier, die unser Konzept genau geprüft hat und zu ebendiesem Ergebnis gekommen ist.«

»So, eine Beratungsgesellschaft. Mein lieber Scholli. Wofür die alles Geld kriegen.« Haffner lief weiter durch die Hallen, gefolgt vom Geschäftsführer und, in einigem Abstand, der Belegschaft.

»Wissts, was ihr jetzt macht?«, sagte Haffner, als sie in der Dorfkneipe an dem eigens für ihn hergerichteten Tisch saßen, »Jetzt nehmts eine Säge oder auch zwei, und dann sägts alles in Stücke, was mir da den Platz versperrt.«

Es war, als hätte er ein Bündel Dynamitstangen in die Mitte des Tisches geworfen. Außer Haffner und dem Geschäftsführer saßen noch der Betriebsrat und ein paar Leute von der Gemeinde dabei. Sie starrten auf den Tisch und beobachteten das kleine Flämmchen, das sich die Zündschnur entlangfraß. Unsichere Blicke wurden ausgetauscht. Aber als es eigentlich Zeit gewesen wäre, dass das Dynamit explodierte, passierte nichts. Außer, dass der Geschäftsführer mit leiser, gebrochener Stimme fragte: »Wissen Sie, was das bedeutet?«

»I weiß«, erwiderte Haffner, »I weiß dös, seit i angefangen hab, im Osten Firmen plattzumachen.« Dann trank er einen kräftigen Schluck. Eigentlich nette Leute hier, dachte er. Sogar daran habens gedacht, mir ein vernünftiges Weißbier hinzustellen. Als das Glas leer war, setzte er es zufrieden auf dem Tisch ab.

»Da steckt die Arbeit von so vielen Jahren drin, die Arbeit der ganzen Gemeinde«, empörte sich der Gemeindevertreter.

»Und wenn I net aufpass, steckts mein Geld auch noch da herein.«

Mit reichlicher Verspätung explodierte das Dynamit nun doch. Auf Haffner prasselten Argumente und Beschimpfungen ein, die jeden anderen geängstigt hätten. Aber der entdeckte gänzlich unbeeindruckt, dass man ihm zum Gefallen auch Radi und Brezeln besorgt hatte. Als er satt war, stand er auf, ließ die Leute weiterschimpfen, setzte sich in sein Auto und fuhr nach Hause.

Am anderen Tag begannen die Arbeiter die Möbel zu zersägen. Sie sägten alles in klitzekleine Stücke. Sie machten Überstunden, um ihrer ohnmächtigen Wut Herr zu werden. Sie zersägten die Möbel und alles Holz in zwei mal zwei Zentimeter große Stücke. Haffner sollte nichts mehr damit anfangen können. Die Klötzchen steckten sie in unzählige Säcke zu je fünfundzwanzig Kilogramm, die sie bis unter die Hallendecke stapelten. Allenfalls verbrennen sollte Haffner das Holz noch können. Oder wenigstens an den vielen Säcken schwer zu tragen haben.

42

Es musste doch irgendwie zählen, dass er sauber geblieben war. Was auch immer Torsten gemacht hatte, er hatte damit nichts zu tun. Aber natürlich war Scholle auch klar, dass ihm das niemand abnehmen würde. Deshalb fuhr er immer wieder nach Mitte, schlich um die Bärenklause herum und versuchte, Haffner zu treffen. Aber der schien inzwischen Besseres zu tun zu haben, als in der Kneipe zu sitzen. Vielleicht kam Scholle auch einfach zur falschen Zeit. Er wollte nicht, dass Hotte mitbekam, dass er sich hier herumtrieb; dass er nach etwas anderem Ausschau hielt. Also blieben ihm nur die paar Stunden um den Mittag herum, in denen Hotte schlief. Scholle wusste, dass es dann selbst für einen wie Haffner zu früh war, um in der Kneipe zu verschwinden. Es war die Hoffnung, die ihn trieb. Hoffnung und Verzweiflung.

Er wohnte inzwischen bei Hotte. Besser: Er wohnte im Puff in Lichtenberg. Geli hatte während Hottes Abwesenheit die Dachkammer so umbauen lassen, dass er dort keinen zweiten Laden mehr betreiben konnte. Klitzekleine Buchten waren aus der Dachkammer geworden. Es war darin gerade mal Platz für ein schmales Bett und einen winzigen Schrank. Seit Hotte wieder auf freiem Fuß war, arbeitete er wie früher als Hurenfahrer für Geli. Ein Job, der auch Scholle demnächst drohte. Der Laden brummte Tag und Nacht, es war unglaublich. Hotte hatte sich natürlich als Kumpel erwiesen. Kaum, dass Scholle ihn angerufen hatte, hatte er auch schon jemanden aufgetrieben gehabt, der ihm den Audi abkaufte. Auch um neue Papiere für Scholle wollte er sich kümmern, falls das notwendig war. Geli brauchte dringend einen zweiten Fahrer. Umso eiliger war es für Scholle, dass er Haffner traf. Der musste ihm weiterhelfen und ihm, wenigstens vorübergehend, irgendeinen Job verschaffen, bis er sich rehabilitieren konnte. Was Scholle gelernt und gearbeitet hatte in den letzten Jahren, das musste doch auch außerhalb dieser einen Fondsgesellschaft für irgendetwas gut sein. Und das alles musste schnell gehen, die Zeit drängte.

Außer Haffner fiel ihm niemand ein, der seinen Einstieg in den endgültigen Abstieg noch verhindern konnte. Haffner war der letzte Ausweg, um vor seinen Kindern bestehen zu können. Wenn es so blieb wie jetzt, konnte Scholle weder in die Scheidung einwilligen noch irgendetwas für seine Kinder tun, es sei denn, er wollte sich gleich der Polizei stellen. Er musste erst beweisen, dass er mehr oder weniger unschuldig war. Torsten hatte ihn in diese Sache hineingezogen. Er war doch im Grunde selbst ein Opfer. Wenn man in eine Schule geht, glaubt man, was der Lehrer sagt. Und wenn man einen Job bekommt, macht man, was verlangt wird. Scholle dachte, wenn er durch Haffner in einer anderen Firma unterkam, und man den Vertrag ein wenig zurückdatierte, dann sähe es doch fast so aus, als wäre er von selbst ausgestiegen. Dann könnte er vielleicht mit einem blauen Auge davonkommen.

Er stieg am U-Bahnhof Stadtmitte aus und lief zum Gendarmenmarkt. Noch vor ein paar Wochen hatte er diese Gegend als sein zweites Wohnzimmer betrachtet. Inzwischen kam ihm das alles unwirklich vor; wie ein Märchen aus längst vergangenen Zeiten.

Vor dem Konzerthaus richtete ein Filmteam eine Verfolgungsjagd ein. Scholle erkannte einen Fernsehkommissar, der gerade übte, wie er jemanden verhaftete. Scholle lief schneller. An den Restaurants vorbei, den Edelboutiquen. Es war alles so traurig. Vorn an der Französischen

Straße, im Borchardt, hatte er gern Wiener Schnitzel mit lauwarmem Kartoffelsalat gegessen. Tisch an Tisch mit Katarina Witt, die in seinem Leben immer wieder auftauchte. Heute war für ihn allenfalls noch Steak au four in der Bärenklause drin, ohne Kati.

Scholle ging weiter und bog in die Friedrichstraße ein.

Wenn er wenigstens in seine Wohnung könnte! Endlich wieder schlafen! Eine der unliebsamsten Begleiterscheinungen seiner momentanen Unterkunft waren die gespielten Lustschreie der Huren. Hotte sagte, dass er die längst nicht mehr wahrnahm. Doch dummerweise verband Scholle, seit er hier ausgiebig zu Gast gewesen war, Gesichter mit diesen Geräuschen. Er kannte so ziemlich alle Frauen, die hier arbeiteten, und zu allem, was er hörte, hatte er sofort ein Bild vor Augen. So wie das Etablissement frequentiert wurde, war das wie Daumenkino – jeden Tag vierundzwanzig Stunden lang.

Als er sich der Bärenklause näherte, hörte er schon von Weitem, dass er heute nicht vergebens hier war. Laut lachend erzählte Haffner von einem Möbelwerk, das er gekauft hatte. Möbelwerk, dachte Scholle. Scheiß egal, ich geh auch in eine Möbelbude. Warum nicht. Solange es nur ein legaler Job war, von dem aus er sich um alles andere kümmern konnte.

Die Tür stand weit offen. Doch es war, als gäbe es eine Dunstschleuse am Eingang. Scholle brauchte einen Moment, bis er sich an die Luft und das Licht in der Kneipe gewöhnt hatte. Der Treuhandtisch war der einzige, der besetzt war. Scholle blieb am Tresen stehen. Er erkannte Haffner, Mommsen, Christoph und den unvermeidlichen Mario. Wenn selbst der noch da ist, dachte Scholle, muss für mich auch was drin sein. Soweit er sich erinnerte, war

Mario für Haffner immer so etwas wie ein Buckel gewesen, den er loswerden wollte.

»Und dann hat mein Ossi noch gesagt, dass i bei ihnen gar net gut angekommen bin«, amüsierte sich Haffner und wurde von einem Lachen geschüttelt. »Stellts euch dös vor! Net gut angekommen! Und als i jetzt die ersten Leute wieder eingestellt hab, i brauch ja wen, der mir den Laden aufräumt und einmal durchzählt, wie viele Holzsäckchen i da nun gekauft hab, da hab i gedacht, i mach was falsch!«

»Wieso?«, fragte Mario.

»Weil i dös doch gar net gewohnt bin! I hab doch all die Jahre immer nur entlassen!« Haffner lachte und aus seinem Glas schwappte Bier auf den Tisch.

Scholle bestellte ein Wasser.

»Ja komm doch ran hier, heut haben wir Platz für viele«, rief Haffner ihm zu.

Scholle nahm sein Glas und setzte sich an den Tisch.

»Was machts das Fondsgeschäft, habts alle Sparstrümpfe gefunden, die die Omas hatten?«, erkundigte sich Haffner.

»Dem gehts bestens«, sagte Scholle und setzte das souveräne Lächeln auf, dass er sich in den letzten Jahren antrainiert hatte. »Aber man muss flexibel sein. Auf jeden Boom kommt ein Abschwung, und ich bleibe lieber ganz oben auf der Wellenkante, anstatt mich in die Fluten zu stürzen. Von daher, wenn Sie ein Angebot haben, höre ich es mir gerne an.«

»Bravo«, sagte Haffner, »wenns ihr Ossis einmal was gelernt habt, dann merkts euch dös auch. Aber was man so hört, hätt i gedacht, du wärst mit einem Tauchkurs grad gut beraten.«

Scholle trank einen Schluck Wasser.

Er war beherrscht genug, um nicht darauf einzusteigen. Natürlich hatte er gehofft, dass Haffner sich für solche Nachrichten nicht interessierte. Aber die Wellen, die Torstens Abgang geschlagen hatte, waren sogar bis zu Geli geschwappt. Und die las Zeitungen nur, um zu wissen, ob ihre Anzeigen richtig platziert worden waren.

»Das sollte man nicht überbewerten«, antwortete Scholle und setzte das Glas ab. »In zwei Monaten redet kein Mensch mehr darüber und unsere Gesellschaft steht gesünder da als je zuvor. Dafür ist die Leistungsfähigkeit unserer Fonds einfach viel zu groß, als dass wir diese Turbulenzen nicht ausgleichen könnten. Nach wie vor gilt: Wenn Sie etwas zu finanzieren haben und es ein erfolgversprechendes Geschäftsmodell ist, lege ich jederzeit einen ausreichend ausgestatteten Fonds für Sie auf.«

Haffner wurde kurz ernst. Sein Kopf verschwand zwischen seinen Schultern, dann brach er mit einem niesähnlichen Prusten in das größte Gelächter aus, das er seit Langem zustande gebracht hatte. Er geriet regelrecht in Luftnot, während er wiederholte, was Scholle gesagt hatte. Scholle ließ ihn lachen und wandte sich Mario und Christoph zu.

»Das ist dann wohl der sich abzeichnende Kampf zwischen Old und New Economy«, stellte er fest. »Da werden noch einige verlieren, die sich heute zu den Gewinnern zählen.«

Scholle hatte solche Sätze schon zu oft gesagt, um noch an ihnen zu zweifeln. Selbst, dass die New Economy gerade einigen Schaden genommen hatte, irritierte ihn nicht. Er klang so überzeugend, dass selbst Mommsen nachdenklich nickte.

Haffner kam langsam wieder zu sich.

»Das i dös noch erleben darf«, presste er lachend heraus. »New Economy! Ihr verkaufts einem auch einen Frisbee als Globus! Erst vor zwei Tagen hat mir irgendein durchgeknallter Ex-Stasi erzählt, dass er auf dem Flughafen Tempelhof ein neues World Trade Center hinstellen will. Den hab i nur gefragt, warum er die al-Qaida net leiden kann! Er soll doch was planen, was auch gebaut wird, sonst haben die doch nix, wos reinfliegen können!« Haffner lachte und schlug die Hände auf den Tisch, dass es knallte. »Dös war auch so einer, der was von einer neuen Ökonomie gefaselt hat!« Ihm standen vor Lachen die Tränen in den Augen. Er winkte der Wirtin, dem Tisch noch eine Runde zu machen. »Hör einmal zu, Scholle. I bin ein Kaufmann, darum mach i mir meine Finanzdienstleistungen am liebsten allein. Da kann i mir den Sand, in den i mein Geld setze, wenigstens selbst aussuchen.«

Er schlug Scholle auf die Schulter. Den kostete es allmählich Mühe, Haltung zu bewahren.

Es war weniger, dass ihn Haffners Gerede aus dem Konzept brachte. Es war vielmehr die Tatsache, dass er allmählich begriff, wie schlecht seine Chancen standen, jemals wieder in das Leben zurückzufinden, das er geführt hatte. Wie schlecht seine Chancen waren, jemanden von seiner Unschuld zu überzeugen. Eben weil dieses Leben nichts anderes als Teil einer gigantischen Täuschung gewesen war.

Ein Nachrichtenmagazin hatte die Story inzwischen gebracht. Scholle hatte seinen Augen nicht getraut: Dass es den Verbund der Fondsgesellschaften nie gegeben habe, dass diese Konstruktion nur gewählt worden sei, um den Abfluss der Gelder zu verschleiern. So, wie die Tagungen und Kongresse, zu denen Torsten gefahren war, nur dem

Zweck gedient hatten, das Geld in einem sicheren Hafen vor Anker gehen zu lassen. Scholle hatte gehofft, dass das Treffen mit Haffner helfen würde, diese Vorwürfe aus der Welt zu schaffen. Der kannte sich doch aus mit diesen Dingen, der musste doch wissen, wie das Fondsgeschäft funktionierte. Stattdessen wurde ihm nun klar, dass er die Jahre bei Torsten besser nicht als Berufserfahrung in einer Bewerbung angeben sollte.

Bevor er die Fassung verlor, verabschiedete er sich und lief zur U-Bahn. Es war ohnehin Zeit, Hotte würde ihn in Lichtenberg sicherlich schon vermissen. Und während die U-Bahn langsam die kurvenreiche Strecke zum Alexanderplatz dahinzuckelte, hatte er genügend Zeit zu begreifen, dass er nicht nur auf Torsten, sondern vor allem auf sich selbst hereingefallen war. Vielleicht hatte Torsten ja gedacht, Scholle verstünde, was er mit den Fonds bezweckte. Dass es niemanden gab, der in der Hierarchie weit über ihm stand und die geheimen Fondsstrukturen austüftelte. Dass er nur ein paar ahnungslose Deppen gebraucht hatte, die das Geld einsammelten. Dass er immerhin so fair gewesen war, Scholle an der Beute zu beteiligen.

Doch Scholle hatte nichts kapiert. Während Torsten sich darum gekümmert hatte, die Beute in Sicherheit zu bringen, hatte er alles auf den Kopf gehauen. Er war davon ausgegangen, dass es immer so weitergehen würde. Zehntausend und mehr jeden Monat. So blöd kann man doch eigentlich gar nicht sein, dachte Scholle.

Als er nach Lichtenberg zurückkam und nach oben in die Dachkammer ging, herrschte bereits Hochbetrieb. Langsam zog er sich um. Der Anzug war das letzte gute Kleidungsstück, das ihm geblieben war. Er musste nicht mehr darüber nachdenken, ob er Gelis Angebot annahm.

Scholle hörte die Türen klappen und die Stöckelschuhe, die die Treppen hinauf- und hinunter klackten. Er hörte die Haustür, und wie Hottes alter BMW ansprang. Er hörte den Klang seines neuen Lebens.

43

Es war kurz nach achtzehn Uhr, als Goergens wieder in Berlin landete. Er fuhr mit dem Zug von Schönefeld zur Friedrichstraße. Sein Arztbesuch in Bonn hatte gute und schlechte Neuigkeiten für ihn gebracht. Die Beste: Er war gesund. Er war so gesund, dass er steinalt werden konnte. Die schlechte Neuigkeit war: Einige Teile seines Körpers alterten schneller als die anderen. Seine Blutwerte waren tipptopp, sein Herz-Kreislaufsystem war das eines Endvierzigers. Nur seine Knie waren die eines über Siebzigjährigen. Natürlich ließ sich etwas dagegen tun; jede Menge sogar ließ sich dagegen unternehmen. Von Hyaluronspritzen bis hin zu neuen Gelenken war alles möglich.

Insbesondere von Letzterem war Goergens alles andere als begeistert. Er hasste Krankenhäuser und sein Vertrauen in die Kunst der Ärzte war begrenzt. Als Mitarbeiter eines Ministeriums wusste er, welchen Druck die Gesundheitslobby ausüben konnte, um selbst die nutzloseste Therapie, das wirkungsloseste Medikament durchzusetzen. Er war Beamter und somit privat versichert; vor allem war er also ein lukrativer Patient. Seine Krankenkasse würde allen Unsinn der Welt bezahlen. Es war wie eine Rache des Systems. Er hatte schon Kollegen an den Rollstuhl verloren, denen mit einer effektiven Physiotherapie eher geholfen worden wäre als mit einer hochriskanten Operation. Dass er zeit seines Lebens versucht hatte, gesund zu leben, hatte seine Ursache schlicht darin, dass er niemals dem medizinisch Machbaren hatte ausgeliefert sein wollen. Dass das nur bedingt funktioniert hatte, frustrierte ihn. Denn es ließ sich nicht leugnen, dass seine Knie anfingen, ihm den Dienst zu verweigern. Entgegen seinen Gewohnheiten hatte ihn das bereits auf dem Flughafen Köln/Bonn ein

Bier trinken lassen. Nun wollte er nichts dringender, als in der Bärenklause ein zweites und ein drittes zu trinken.

Es war still, als er in die Kneipe kam. Nicht einmal das Radio lief. Er bestellte sein Bier und setzte sich an den Tresen. Jetzt, wo er den Laden so leer sah, konnte er kaum glauben, dass das einmal einer der wichtigsten Orte Ostberlins gewesen war. Und irgendwie auch der komischste. Er erinnerte sich noch genau an den Tag, als nur ein paar hundert Meter weiter, am Gendarmenmarkt, das Dach des Deutschen Doms gebrannt hatte. TV-Sender aus der ganzen Welt hatten berichtet und die Bilder gezeigt – nur der Nachrichtensender nicht, dessen Redakteure das ganze Spektakel vom Fenster aus verfolgen konnten. Es hieß, sie hätten keine Kamera frei gehabt. Es war symptomatisch für das sich anbahnende Debakel des Senders gewesen.

Goergens riss sich zusammen; er hasste solche Rückblicke. Er spürte, dass ihn sein Kurzbesuch in Bonn für Melancholie anfällig gemacht hatte.

In seinem Haus hatte die Abwesenheit gestanden. Sein Nachbar hatte ihm die Jahre über immer wieder geraten, es zu vermieten, so selten, wie er da war. Inzwischen glaubte Goergens selbst, dass das besser gewesen wäre. Mittlerweile war das Haus tatsächlich renovierungsbedürftig. Es hatte sich leergestanden, wenn das der richtige Begriff dafür war. Es war niemand da gewesen, der den allmählichen Verfall hätte bemerken, der sich um die vielen Kleinigkeiten hätte kümmern können. Sein Nachbar sah nach der Heizung, gelegentlich kam jemand zum Saubermachen vorbei, aber das reichte natürlich nicht, um das Gebäude zu erhalten. Bevor Goergens nach Bonn zurückging, musste er etwas daran machen lassen. Vielleicht sollte er bei der Gelegenheit auch gleich einen Hublift einbauen lassen. Ein barrierefreies Rentnerhaus, mit Notfalltasten überall. Es sei denn, er entschied sich doch noch dafür, alles zu verkaufen und nach New York zu gehen. Aber als er die beiden Tage, die er in seinem Haus geschlafen hatte, morgens aufgestanden war und aus dem Fenster hinüber auf die andere Rheinseite geblickt hatte, war über dem Siebengebirge die Sonne aufgegangen. Was für ein Anblick.

Goergens zahlte und ließ sich ein Taxi rufen. Er wollte zum Kollwitzplatz. Er wollte sich endlich dieses Puppentheater ansehen. Wenn er dabei die Malerin traf, würde er ihr nicht aus dem Weg gehen. Ihn beschäftigte immer noch die Frage, was die Aktion in der Treuhand, vor allem die Sache mit dem Datum, gesollt hatte. So stieg er erst ins Atelier hinauf, bevor er sich um die Theaterkarten kümmerte. Mit einem Rasseln des Vorhängeschlosses kündigte er seinen Besuch an und tatsächlich hörte er Schritte. Kurz darauf öffnete sie die Tür.

»Oh.«

Sie sah ihn unsicher an.

»Kann ich reinkommen?«, fragte Goergens.

»Klar, warum nicht«, meinte sie.

Goergens sah, dass sie an neuen Bildern arbeitete. Bilder, die sich deutlich von denen unterschieden, die er bisher von ihr kannte. Ob sie besser waren oder nicht, vermochte er nicht zu sagen. Ihm fiel nur auf, dass sie freier und gewandter waren. Nicht so schreiend, aber auch nicht so gefallsüchtig wie das, was sie zuletzt gemacht hatte.

»Stiländerung?«

»Offen gestanden Rückbesinnung. Ich hab mein altes Zeug wieder rausgeholt, das draußen in der Laube stand. Sie erinnern sich?«

Goergens nickte.

»Ich hab mir gedacht, ihr könnt euch eure verschissenen Berater sonst wo hinstecken, Steffi Kautz malt wieder so, wie sie es gelernt hat, wie sie es kann und wie es gut für sie ist. Und euren ganzen Trendmüll, den könnt ihr in eure Prada-Taschen pissen und es euch über den Kopf gießen oder die Kö damit einschmieren. Von Kunst habt ihr keine Ahnung, was echt ist, das wisst ihr schon längst nicht mehr und daran werdet ihr krepieren und … »

» … verschwinden wie ein Furz im Universum«, beendete Goergens den Satz.

»So und nicht anders.«

»So und nicht anders!«, rief er kämpferisch und verschränkte entschlossen die Arme vor der Brust.

»Genau.« Die Malerin lachte. »Sie haben ja Sinn fürs Komische«, sagte sie. »Schön, dass Sie hergekommen sind.«

Goergens nahm einen Pinsel. »Darf ich?«, fragte er.

»Nur zu«, ermunterte ihn die Malerin.

Er tauchte den Pinsel in einen Farbeimer und schrieb das Datum, das auf dem Polaroid stand, auf ein Stück Leinwand. »Sie kennen das?«, fragte er.

»Scheiße ja. Was sollte ich denn machen?«

»Da mir die Beweggründe ohnehin schleierhaft sind, kann ich Ihnen diese Frage schwerlich beantworten.«

»Wollen Sie was trinken?«

Die Malerin zeigte auf die Weinflaschen, die neben ihrem Bett standen.

»Ist sogar einer dabei, der teurer als drei Mark war«, sagte sie. »Ich räume Ihnen auch einen Stuhl frei.«

»Lassen Sie nur«, winkte Goergens ab und lehnte sich an eine der herumstehenden Umzugskisten. »Aber zum Wein sage ich nicht nein.«

Die Malerin suchte ihren besten Wein aus, goss zwei Gläser voll ein und gab Goergens eins davon.

»Was sollte das?«, fragte er nun direkt.

Dann erzählte sie, dass ihr Freund, der Bildhauer, auf die Idee mit dem Anschlag gekommen sei. Sie hatten ja freien Zugang zum Haus, niemand kontrollierte, was in den Kisten war, die sie hineintrugen. Er wollte das ganze Gebäude verwüsten. Er und die Malerin hatten sich im Foyer beinahe geprügelt deswegen. Dann hatte er angefangen, mit den Farbbeuteln und den Stinkbomben zu werfen. Die Malerin hatte geschrien, bis endlich die Wachleute kamen, aber da war schon das Meiste geschehen.

»Und warum das Datum?«, wollte Goergens wissen.

»Ich hatte es auf dem Polaroid gesehen. Hübsche Frau. Ihre?«

Goergens nippte an dem Wein. »Das war nicht sehr klug von Ihnen«, meinte er. »Ich hatte gehofft, Ihnen mit dieser Ausstellung helfen zu können.«

»Haben Sie ja auch. Mein Name war in allen Zeitungen, sogar im Fernsehen haben sie von der ›Steffi-Kautz-Ausstellung‹ gesprochen.«

»Immerhin. Aber warum das Datum?«

Steffi Kautz fuhr mit einem Finger am Rand ihres Glases entlang. Sie hielt den Kopf gesenkt, ihr Hals lag frei, es war, als wollte sie Goergens zeigen, dass mehr für ihn drin war als nur ein Glas Wein. Seit sie das Polaroid gesehen hatte, war ihr klar gewesen, dass Goergens mit allem, was er tat, um sie warb. Goergens aber begriff in diesem Moment, was für ein Narr er gewesen war. Er stellte sein Glas ab und ging an der Malerin vorbei die Treppen hinunter.

Als er unten vor dem Puppentheater stand, in dem wie jeden Abend das Stück gespielt wurde, in dem es um die

Liebe im Juli, im August und zu allen anderen Zeiten ging, hörte er wieder das Gelächter, das so klang, als würden die Leute von Lachkrämpfen regelrecht geschüttelt. Heute kam es ihm vor, als gälte es ihm.

Goergens blieb bis zu seiner Pensionierung in Berlin. Dann erreichte ihn der Ruf eines europäischen Think-Tanks. Die Vorbeben der Euro-Krise waren bereits vernehmbar. Er wurde noch einmal gebraucht, um als jemand, der noch zu Bonner Zeiten die Konstruktion dieser Währung begleitet hatte, Strategien für das Krisenmanagement zu entwickeln.

Sein Haus hatte er renovieren lassen und es, dem Rat seines Nachbarn folgend, auf unbestimmte Zeit vermietet. In Brüssel bezog er die nächste Übergangswohnung. Mit dabei war das Bild von Jackson Pollock. Goergens hatte nichts dagegen, wenn nach Brüssel noch etwas anderes kam.

44

Scholle setzte sich hinters Lenkrad und schlug die Tür des Mercedes zu, den Geli gekauft hatte. Dann klappte er die Sonnenblende herunter, nahm das Kaugummi, das dort klebte, und steckte es in den Mund. Er sollte nicht Kaugummi kauen, wenn er mit den Mädchen hinaufging. Er sollte nicht den Zuhälter spielen. Er sollte sich einen Eindruck von dem Freier machen und das Geld nehmen. Wenn alles in Ordnung war und das Mädchen ihm sagte, dass er gehen könne, dann hatte er zwischen einer halben und zwei Stunden frei.

In einer guten Nacht hatte er auf jeder Tour drei Mädchen im Auto. Dann lohnte sich der Job. Aber diese Nächte gab es nur ein- oder zweimal in der Woche. Alles in allem reichte das Geld hinten und vorne nicht. Der Anzug, den er seit der Fahrt nach Brühl fast ununterbrochen trug, wurde allmählich speckig. Doch Geli bestand darauf, dass er nicht in Jeans herumlief. Ihr Service sollte seriös erscheinen. Weshalb sie ihm dann nicht Geld für einen Anzug zum Wechseln ließ, war wohl nur mit ihrem Geiz zu erklären. Für das Kabuff in der ehemaligen Dachkammer nahm sie eine aberwitzige Miete. Sie sagte, sie ginge eben auch ein enormes Risiko ein, wenn sie ihn dort wohnen lasse. Schließlich war Scholle so etwas wie ein Illegaler. Er hatte falsche Papiere, für den Fall, dass er in eine Verkehrskontrolle geriet.

Er ging davon aus, dass die Polizei immer noch nach ihm suchte. Es sprach einiges dafür. Er war Torstens rechte Hand gewesen. Bei den Summen, die er kassiert hatte, blieb nur der Schluss, dass er von dem ganzen Schwindel gewusst haben musste. Es ging einfach nichts anderes. Dass er so blauäugig gewesen war und sich keine Gedanken über sein Gehalt gemacht hatte, erschien ihm mittlerweile selbst unglaubwürdig.

Doch nicht nur er, auch Hotte kam mit dem Geld nicht zurecht. Er stand ebenfalls tief in Gelis Schuld. Sie ließ ihn abzahlen, was er in den Zeiten seines Privatpuffs an ihr vorbei kassiert hatte. Denn natürlich waren die Mädchen nicht aus Liebe zu ihm heraufgekommen. Geli hatte über alles Buch geführt. Doch anders als Scholle schien Hotte diese finanzielle Misere nicht zu bedrücken. Im Gegenteil, sie schien ihn kreativ zu machen. Wie zu Ostzeiten war er wieder der Meister im Knüpfen nützlicher Kontakte. Und nützlich war alles, was nicht durch Gelis Hände ging. Ihr jammerte er nur vor, dass sie ihm nicht die Luft zum Atmen lasse. Jammern und Bescheißen war vielleicht das Geschäft, das er am besten beherrschte. Immerhin hatten seine Kontakte dafür gesorgt, dass Scholle für seinen Audi einen ordentlichen Preis bekommen hatte. Scholles eiserne Reserve, die er nicht anrühren wollte, bis sich die Dinge wieder beruhigt hatten. Er dachte immer noch an eine Flucht bei Nacht und Nebel, für die er liquide sein musste.

Sein Kaugummi kauend klappte er die Sonnenblende wieder hoch. Heute war eigentlich eine von den guten Nächten. Aber der Freier, zu dem Scholle eben gefahren war, war früh dran gewesen. Es war gerade erst kurz nach acht Uhr abends. Normalerweise ging das Geschäft erst in zwei Stunden richtig los. Bis dahin hieß es warten. Scholle sah auf die speckigen Ränder seiner Ärmel. Er überlegte einen Moment, dann startete er den Mercedes und fuhr zum Potsdamer Platz.

Wenn er wenigstens an ein paar von seinen Klamotten kam, dann war ihm schon geholfen. Die Kleiderschränke in seiner Wohnung waren voll. In seinen besten Zeiten hatte er einen Anzug nie lange getragen. Wenn er sie mit Ausbürsten nicht mehr sauber bekommen hatte, hatte er sie in die Reinigung gebracht und gleich dort in einen Anzugsack verpacken lassen – in dem festen Glauben, dass Timo sie eines Tages übernehmen würde. Es waren edle Stoffe und gute Schnitte, man konnte das alles ein paar Jahre tragen. Aber aus bekannten Gründen hatte Scholle nun selbst nichts mehr am Leib.

Scholle parkte in der Stresemannstraße. Wenn er sich richtig erinnerte, wurde das Parkhaus, das zu seiner Wohnung gehörte, mit Kameras überwacht. Es war vielleicht keine gute Idee, das Glück zu sehr herauszufordern. Er steckte das Handy ein, auf dem ihn die Mädchen anriefen, wenn er sie abholen sollte, und ging am Weinhaus Huth vorbei in die Arkaden hinein.

Beinahe gewohnheitsmäßig griff er in die Hosentasche, um ein paar Münzen herauszuholen. Solange er hier gewohnt hatte, war sein erster Gang immer der zum Eiscafé gewesen. Es war fast bittere Ironie, dass er zwar kein Geld dabeihatte, das Café aber neue Eissorten führte. Nach der langen Zeit, die er nun schon von billigen Büchsensuppen lebte, wünschte er sich nichts sehnlicher als eine Waffel mit zwei, drei Kugeln von diesem Edelgefrorenem.

Er sah auf den Boden, ob vielleicht ein wenig Kleingeld herumlag, aber da war nichts. Wenn er sich nicht an dem Geld des Mädchens vergreifen wollte, das er gerade gefahren hatte, dann lief er am besten schnell an dem Eiscafé vorbei. Sich an diesen Scheinen zu bedienen, wenn auch nur leihweise, kam bei Geli einer Bitte um Rauswurf gleich. Und das wäre in seiner jetzigen Situation ein unkalkulierbares Risiko gewesen. Also dachte er besser nicht daran.

Schon von Weitem erkannte Scholle das Polizeisiegel an seiner Wohnungstür. Aber das war kein Problem. Ein Siegel löste keinen Alarm aus; und ob man später merkte, dass jemand in der Wohnung gewesen war, konnte ihm egal sein. Er wollte ein paar Anzüge nehmen und binnen weniger Minuten wieder verschwunden sein. So, wie die Sachen verpackt waren, würde man ihn für jemanden halten, der seine Businessanzüge aus der Reinigung geholt hatte. Das Normalste und Unauffälligste von der Welt. Scholle dachte an die Krimis, die er gesehen hatte. Dass es am besten war, wenn er ohne zu zögern hineinging, holte, was er brauchte, und wieder verschwand.

Als er an Torstens Tür vorbeiging, sah er auch dort ein Siegel – es war erbrochen und aus der Wohnung hörte er Stimmen. Scholle machte auf dem Absatz kehrt. Seine Sohlen quietschten auf dem glatten Boden. In wachsender Panik fing er an zu rennen. Es war nicht anzunehmen, dass Torsten mit ein paar Kumpels dort zugange war. Es konnte nur die Polizei sein. Wenn aber die Polizei sich jetzt, am späten Freitagabend, dort zu schaffen machte, dann liefen die Ermittlungen gegen sie beide immer noch auf Hochtouren.

Scholle rannte, bis er völlig außer Atem an den Internetterminals neben dem Asia-Restaurant ankam. Auf einem der Plätze hielt er seinen Kopf hinter dem Monitor versteckt und hackte auf die Tastatur ein, wie es die anderen taten, die hier surften. Dabei versuchte er, sich zu beruhigen und sich zu erinnern, wie es in den Krimis an dieser Stelle weiterging. Er musste die Gegend checken, ob ihn jemand bemerkt hatte. Weiter vorn sah er die Sparkassenfiliale. Steckte in seiner Brieftasche nicht noch die EC-Karte dieses Ostkontos, das er zusammen mit Petra gehabt hatte? Soweit er wusste, war das Konto nie aufgelöst worden; dort musste noch Geld vorhanden sein.

Er entdeckte niemanden, der so aussah wie ein Zivilfahnder. Also stand er auf, ging zur Sparkasse und schob die Karte in den Geldautomaten. Jetzt hieß es cool sein. Scholle hörte, wie der Automat arbeitete. Was geschah in dem Ding jetzt? Dauerte das nicht ungewöhnlich lange? Wenn er sich jetzt nach Kameras oder Polizisten umsah, machte er sich bestimmt nur verdächtig. Ihm blieb nur, die Nerven zu behalten und die Sache durchzuziehen. Doch er war nicht cool. Als der Automat immer weiter rumpelte und weder die Karte ausspuckte noch irgendetwas auf dem Display angezeigt wurde, drehte er sich um und lief entschlossenen Schrittes davon. Immerhin schaffte er es, dass er nicht zu rennen anfing. Er war nun einmal nicht Jason Bourne, er war Stefan Scholz, der sich vor Angst fast in die Hosen schiss.

Als er die Rolltreppe hinunterfuhr, piepte sein Handy. Er musste das Mädchen abholen. Als er wieder in Lichtenberg war und in den kleinen Aufenthaltsraum ging, den Geli ihren Chauffeuren spendiert hatte, traf er Hotte, der ebenfalls von seiner ersten Tour zurück war. Er saß an dem winzigen Campingtisch und rührte den Kaffee um, der vor ihm stand. Neben der Tasse qualmte eine halbgerauchte Zigarette im Aschbecher.

»Na«, fragte Hotte, »jute Tour jehabt?« Er rieb Daumen und Zeigefinger aneinander.

»Vergiss es.« Scholle schüttelte den Kopf. »Ich hab versucht, ’n paar Klamotten aus meiner alten Wohnung zu holen. Guck dir mal an, wie ich aussehe!« Scholle hielt ihm seine abgewetzten Ärmelaufschläge hin. »Den Mädels wirds langsam peinlich, wenn ich mit raufkomme.«

»In dem Zustand hätte ick dir nich mal für meine Firma damals jenommen. Du siehst wirklich schlimm aus.«

»Danke. Ein bisschen Bestätigung tut immer gut.« Scholle goss sich einen Kaffee ein.

»Ick wüsste da ja 'ne Lösung.« Hotte schnalzte mit der Zunge. »Mir jehts ja nich besser als dir. Ick zahle der Dame des Hauses eijentlich nur jeden Monat wat für die Zinsen, aber der Berg wird davon nich weniger.«

»Hast du so schlimm beschissen?«

Hotte grinste.

»Dit musst du mir jrade fragen. Du warst doch selber mit dabei.«

Scholle winkte ab und setzte sich.

»Dabei müsste man nich mal 'n Vabrechen bejehn, um uff einen Schlag einen jrößeren Teil zu bejleichen«, fuhr Hotte fort und rührte weiter in seiner Kaffeetasse.

»Wenn du so anfängst, ist es nicht mal ansatzweise legal«, schlussfolgerte Scholle.

Hotte wiegte den Kopf.

»Für uns isset eijentlich schon lejal, solange dieser beschissene Staat seinen Bürgern wenigstens noch dit Autofahren erlaubt.«

»Was ist mit den Autos?«

Hotte zuckte mit den Schultern. »Wie soll ick dit wissen?«, empörte er sich. »Ick weeß doch och nich, wem dieser Tisch jehört, dit janze Haus! Vielleicht jehört Geli einem grusinischen Teebaron! Wie soll ick dit allet wissen, und vor allem, warum? Ick mach meene Arbeit und bekomme meen Jeld, so einfach iss dit.«

Scholle schüttelte den Kopf. Genau diese Haltung hatte ihn hierhergebracht. Es musste nicht unbedingt noch etwas dazukommen.

»Iss ja och keene jroße Sache, nur so ’ne Jefälligkeit«, erklärte Hotte. »Wir holen die Wagen irjendwo ab und bringen sie irjendwo hin. Fünftausend pro Auto. Viel Jeld für drei Tage Autofahren.«

»Eben«, Scholle nickte. »Das ist verdammt viel Geld für ein bisschen Herumfahren. Ich kann da nicht mitmachen, wenn ich nicht weiß, worum es geht.«

»Und wennde dit weeßt? Wat ändert sich dadurch?«

Scholle trank seinen Kaffee und griff nach den Zigaretten, die auf dem Tisch lagen.

»Iss wirklich traurig, wat aus dir jeworden iss. Geli hat mir vor ’n paar Tagen erst erzählt, dassde früher ’n richtig uffjeweckter Junge warst.« Hotte schob ihm das Feuerzeug hin. »Hätte ’ne Menge aus dir werden können, na, iss ja ooch. Baufacharbeiter.« Hotte schürzte die Lippen. »Und denn Anlageberater. Und nie haste wat draus jemacht. Klar, dass man sich da so seine Jedanken macht.«

Er nahm das Feuerzeug, das Scholle auf den Tisch gelegt hatte, und richtete es an der Tischkante aus.

»Petra jehts jut bei den Schwaben? Den Kindern? Alle stolz uff dir?«

Scholle spielte mit der Glut seiner Zigarette. Wenn ich es aushalte, dachte er, die Zigarette in meiner Hand auszudrücken, dann schaffe ich es auch, für den Rest meines Lebens in den Knast zu gehen – wenn ich fertig bin mit Hotte, weil ich ihm gleich so lange in die Fresse haue, bis er nicht mehr zu erkennen ist.

Als er sich die glühende Zigarette an die Hand hielt und die Hitze spürte, wusste er, dass er es nicht einmal versuchen würde. Er hatte einfach keinen Mumm in den Knochen. Er war zu weich für diese Welt, immer gewesen. Nur, dass es früher nicht so aufgefallen war.

»Wenns so einfach ist«, wandte Scholle ein, »warum machst du es nicht alleine?«

»Een Auto fährt hin, zwee Autos kommen zurück. Dit iss der Punkt.«

»Also gut, meinetwegen. Wann?«

»Wenn wir jenug Bräute in die Nacht jefahren haben und dit wieder ruhijer wird.«

»Das gibt einen Mordsärger mit Geli.«

»Ja und? Die wird sich hüten. Ick weeß Dinge über die Dame, die werden ihr schön ruhig sein lassen. Ick ruf dir an, wenn et so weit iss.«

Scholle nickte. Dann warteten sie. Nach einer Stunde klingelte dann das Telefon. Die Flaute war vorbei, die Rushhour begann. Gegen drei Uhr früh bekam Scholle den Anruf, dass er zu einem alten Fabrikhof in Kreuzberg kommen solle.

Am Tor des Gemäuers wartete jemand, der ihnen aufschloss und sie über den Hof zu einem Quergebäude brachte. Dort stiegen sie in einen alten Fabrikfahrstuhl. Über den Hof dröhnte Musik. Es gab hier ein Musikstudio, wie Hotte ihm zu erklären versuchte. Was sie hörten, nenne man Gangsta. Aber zum Glück verstand es Scholle nicht. Als der Fahrstuhl hielt und sie ausgestiegen waren, standen sie vor einer schweren Stahltür. Es dauerte einen Moment; dann ließ man sie herein.

Sie kamen in eine fast leere Halle, die von ein paar Baulampen beleuchtet wurde. Hinter einem Tisch saßen zwei Männer, die Hotte offensichtlich kannten. Sie begrüßten sich, auch Scholle wurde wie ein alter Bekannter empfangen. Dann sprachen sie über die Formalitäten und das Geld, das sie bekommen sollten. Die Summen, die zwischen Hotte und den beiden Männern verhandelt wurden, waren gewaltig, mehr als die Fünftausend, von denen Hotte gesprochen hatte. Scholle nahm an, dass es um sehr teure Autos ging.

»Was ist denn das für eine Karre?«, fragte er Hotte, als sie wieder auf der Straße standen und das Tor hinter ihnen geschlossen wurde. »Lamborghini?«

Hotte tat ahnungslos.

»Du musst jetzt schlafen«, riet er ihm statt einer Antwort, »viel schlafen. Die nächsten Tage wirstde nich mehr dazu kommen, klar?«

In der nächsten Nacht, nachdem sie die letzten Mädchen abgeholt und zu Geli zurückgebracht hatten, fuhren sie mit dem Mercedes in Richtung Osten, über die polnische Grenze und weiter. Und je weiter sie fuhren, desto öfter kam Scholle der Gedanke, dass eigentlich schon alles gut war, wenn sie wenigstens Gelis Auto wieder heil zurückbrachten.

45

Jens sah in die stille, weite Landschaft hinaus. Noch fünf Kilometer, dann hatte er die nächste Kreisstadt erreicht. Der Golf, den er fuhr, war noch relativ neu. Sein Schwiegervater hatte ihn erst kurz vor seinem Ableben gekauft. Die Fahrschule gehörte jetzt Jens. Er war Fahrlehrer geworden. Die Frage seines Lebens stellte sich nicht mehr. Dafür gab es andere Fragen.

Er verstand Jennys Tod nicht.

Als der Anruf kam, hatte er an einen Unfall gedacht. Irgendetwas, das plötzlich geschehen war. Doch die Ärztin teilte ihm mit, dass Jenny bereits Ende der Neunzigerjahre an Krebs erkrankt war. Jens verstand nicht, warum sie es für sich behalten hatte.

Als Jenny von ihrer Krankheit erfahren hatte, war ihr nur eins wichtig gewesen: dass Jens und Annika versorgt waren. Es hatte sie Nerven gekostet, bis Jens endlich gefragt hatte, ob sie heiraten wollten. Sie hätte ihm nicht erklären können, warum.

Sie war weiter gereist, weil sich die Krankheit aus der Entfernung leichter kaschieren ließ. Wenn ihre Stimme brüchig klang, konnte sie es auf die schlechten Telefonleitungen schieben. War sie zu Hause, musste sie sich zusammenreißen oder eine Erkältung vortäuschen. Ihre E-Mail-Adresse war überall auf der Welt dieselbe, wie sollte Jens erfahren, wo sie wirklich war? Doch sie spürte, dass Jens etwas ahnte. Wenn er ihr forschend ins Gesicht schaute und versuchte, sich einen Reim auf die Augenringe zu machen. Darauf, dass sie immer dünner wurde. Aber ihr war klar, um wie viel schlimmer und erdrückender seine Sorge erst werden würde, wenn er den wahren Grund kannte. Es würde ihr noch mehr zusetzen als die Krankheit selbst. Sie reiste, bis es irgendwann nicht mehr ging.

Als sie die E-Mail bekam, dass ihr Vater gestorben war, lag Jenny nur ein paar hundert Meter von Jens entfernt in der Charité. Wenn Jens sie in den letzten Jahren zum Flughafen gebracht hatte, hatte sie so getan, als checkte sie ein. Dann, wenn Jens und Annika gegangen waren, war sie mit dem nächsten Taxi ins Krankenhaus gefahren. Ihre Ärztin päppelte sie jedes Mal so weit wieder auf, dass sie für eine Weile nach Hause konnte. Wenn sie es nicht mehr aushielt, wurde es Zeit für die nächste Reise – standen irgendwo auf der Welt die nächsten Wahlen an. Die Reisen wurden immer länger, Bürgerkriege kamen dazwischen, Unruhen und Aufstände. Die Länder, in denen das alles stattfand, wurden immer kleiner und unbedeutender – zu klein und unbedeutend, um in den Nachrichten aufzutauchen. Die Daten, die sie Jens für die angeblich dringend benötigten Präsentationen schickte, entsprangen ihrer Fantasie.

Jens sah hinaus in die Landschaft. Als er in der Kreisstadt ankam, wartete Annika bereits vor der Grundschule auf ihn. Sie lachte. Vermutlich erzählte sie ihren neuen Freundinnen gerade von ihrem aufregenden Leben in Berlin. Von der lauten Musik und den tanzenden Puppen. Von ihrer Internet-Mama, die ihr jeden Tag eine kleine Sounddatei mit einer Gute-Nacht-Geschichte schickte.

Irgendwann, dachte Jens, würde sie merken, dass sich die Geschichten wiederholten. Irgendwann würde er es ihr sagen müssen.

46

»Dös wär dann alles für heut.«

Haffner sah in die Runde. Die Leute an ihren Seminartischen hingen wie Süchtige an seinen Lippen. Fast jeder von ihnen war schon mal von Haffner angeschnauzt oder beleidigt worden; alle nahmen es hin. Seine Grobheiten wurden als einem Genie zugehörig akzeptiert.

Haffner hatte eine Schule gegründet. Eine Akademie, die an Zukunftsfragen forschte. Seine Leute arbeiteten an allem, was mit Energie und Rohstoffen zu tun hatte. Die Amtssprache an der Akademie war Englisch. Es sei denn, der Dozent hieß Haffner; dann war es Bayerisch.

Der Campus lag inmitten des Grundwasserschutzgebietes in der Nähe von Potsdam, links von Berlin. Das erste Start-up, das er gegründet hatte, lag auf dem Gelände der ehemaligen Möbelfabrik, rechts von Berlin. Natürlich war es ungünstig, dass alles so weit voneinander entfernt lag. Doch Haffner fühlte sich der Gemeinde gegenüber in der Pflicht, den einzigen Gewerbebetrieb, den es dort gegeben hatte, zu ersetzen.

Christoph und Mario hatte er zu Geschäftsführern gemacht. Christophs Büro lag hier auf dem Campus. Marios auf der anderen Seite von Berlin.

Haffner hatte sich ein Haus gebaut, ein paar Kilometer vom Campus entfernt. Er war ans Ziel gekommen. Seiner Frau, seinem Arzt und seiner Leber zuliebe machte er eine nun schon einige Jahre andauernde Trinkpause. Ihm gehörte ein Boot, mit dem er über die Kanäle und Seen Brandenburgs schipperte.

An ein paar Tagen in der Woche hielt er an seiner Akademie Vorlesungen über strategische Unternehmensführung.

Zuvor hatte Haffner gearbeitet wie vielleicht noch nie in seinem Leben. Nachdem sein Beratervertrag ausgelaufen war und Mommsens Bemühungen, ihn doch noch mit einem neuen Vertrag zu versorgen, kläglich gescheitert waren, hatte er auf einem unbrauchbaren Grundstück und einer bankrotten Möbelfabrik gesessen. Er hatte ganze Tage in einer Kneipe am Potsdamer Platz verbracht – die Bärenklause gab es nicht mehr, sie hatte sang- und klanglos dichtgemacht – und darüber nachgedacht, was werden sollte. Er hatte Gespräche geführt und Märkte analysiert. Dann hatte er Mommsen angerufen und gefragt, ob die Kaminbaufirma noch zu haben war, die er für die Treuhand bewertet hatte. Mommsen hatte erwidert, dass er die praktisch geschenkt bekommen könne, kein Mensch wolle noch Kamine. Also kaufte Haffner die Firma. Dann stiegen, wie er es erwartet hatte, die Preise für Heizöl. Binnen weniger Wochen belieferte Haffner eine Baumarktkette mit billigen Kaminen und Unmengen von fertig zugesägten Brennholzklötzchen in handlichen 25kg-Säcken. Geschnitten Brot wäre nicht besser gegangen. Doch dieses Geschäft diente nur dazu, die Hallen freizubekommen, die er brauchte. Er hatte sich intensiv mit den Energie- und Rohstoffmärkten beschäftigt. Mit den Ergebnissen, zu denen er gekommen war, war es nicht weiter schwierig gewesen, Partner zu finden, die sein erstes Start-up und die Akademie finanzierten. Jeder verstand sofort, dass Haffner ihm den Einstieg in einen großen Zukunftsmarkt anbot: Energieeffizienz, dezentrale Erzeugung. Die ehemalige Kaminbaufirma produzierte jetzt in sich geschlossene Versorgungssysteme für Ein- und Mehrfamilienhäuser, die weitgehend unabhängig von den großen Versorgern funktionierten.

»Heut habts also noch einmal den Wert der Analyse gesehn. Aber auch, wenns eine gute Analyse habt, könnts davon ausgehn, dass ihr in der Realität an ganz andern Dingen scheitern werdet. Habts noch Fragen?«

Haffner packte seine Folien zusammen und schob sie in seine Aktentasche.

»Habts wirklich keine Fragen mehr?«

Ihm war, als fehlte noch etwas. In seiner Tasche sah er die Folie, die seine Tochter vor vielen Jahren gezeichnet hatte.

»Murphys Gesetz«, sagte er dann und sah noch einmal zu seinen Studenten. »Habts davon schon mal gehört?«

»Des Öfteren, Herr Professor, des Öfteren.« Die Studenten lachten.

Auch Haffner lachte. Dann klappte er seine Aktentasche zu und ging hinauf in die Mensa, von der aus man einen herrlichen Blick auf den See hatte.

47

Irgendwo dahinten muss Tschernobyl sein. Scholle war sich sicher. Die Grenze zur Ukraine hatten sie längst hinter sich gelassen. Scholle spürte, wie sich das Blut in seinem Kopf staute. Es würde ihn nicht wundern, wenn er einfach umkippte. Schlaganfall, Blutsturz, was auch immer. Aus ihm würde nie ein Krimineller werden.

Er fuhr weiter und rauchte. Wenn hier tatsächlich irgendwo Tschernobyl war, hatte es keinen Sinn, mit dem Rauchen aufzuhören. Bestimmt war hier alles verstrahlt. Auf Hunderte von Jahren war das Gebiet noch verseucht. Darauf würde er mehr Geld wetten als darauf, dass diese Reise ein gutes Ende nahm.

Scholle hasste sich, weil er im Puff das Rauchen wieder angefangen hatte. Er hasste sich, weil er sich auf diesen Job eingelassen hatte. Ihm fielen andauernd neue Gründe ein, sich zu hassen.

Dann endlich zeigten sich ihre Kontaktleute. Die Autos waren ihnen eine ganze Weile gefolgt, dann überholten sie, gaben Zeichen. Sie fuhren in einen Waldweg hinein. Inmitten eines schier endlosen Waldstückes kamen sie an eine Holzhütte. Sie hatten abgemacht, dass Hotte mit den Männern mitging. Scholle sollte im Wagen bleiben. Auf der Fahrt hatten sie über viele solcher Sicherheitsmaßnahmen gesprochen. Ein besseres Gefühl hatte Scholle dadurch nicht bekommen. Hottes »Bleib im Wagen und lass den Motor loofen« hatte ihm nur klargemacht, dass auch er den Leuten nicht traute. Er sah gar nicht mehr hin, als Hotte den Beutel mit Geld unter der Rückbank hervorzerrte und in die Hütte ging.

Als er nach einer Weile wieder herauskam, lachte er. Mit den Männern, die sie hierhergebracht hatten, ging er zu einem Schuppen. Er winkte Scholle, dass er dazukommen solle.

Scholle gefiel diese Idee überhaupt nicht. Aber es war sowieso egal. An Flucht war nicht zu denken. Ohne Schwierigkeiten konnten die Männer sie hier umbringen, und nur die Waldkauze, oder was für Vögel hier herumflogen, waren Zeugen.

Hinter der Hütte stand ein Opel Zafira. Eine unauffällige Familienkutsche, weder alt noch neu, auf jeden Fall nichts, was mit einem solchen Aufwand aus dem Ausland geholt werden musste. Die Sache stank ordentlich und Scholle wurde klar, dass er nach all dem Mist, der ihm schon anhing, noch einmal kräftig zugelangt hatte.

»Jib mal den Schlüssel«, flüsterte Hotte und hielt die Hand auf.

»Steckt«, sagte Scholle.

»Prima. Du fährst den hier«, bestimmte Hotte. »Du bist der bessere Fahrer von uns beede. Bei Gelis Benz kommts uffn paar Kratzer mehr nich an.«

Er legte Scholle die Hand auf die Schulter und drückte sie aufmunternd. Genauso gut konnte es bedeuten, dass er jetzt keine Szene machen solle.

Scholle stieg ein und fuhr los. Hinter ihm schloss sich Hotte an. Ob ihnen noch jemand folgte, konnte Scholle nicht richtig erkennen. Aber er war froh, als sie wieder auf der Landstraße waren, und trat aufs Gaspedal. Er wollte nichts weiter, als so schnell wie möglich von hier zu verschwinden. Doch nach ein paar Kilometern gab Hotte mit der Lichthupe Zeichen. Natürlich funktionierten ihre Handys hier nicht. Scholle fuhr an den Straßenrand. Als der Mercedes hielt, sprang Hotte heraus, hielt sich den Bauch und rannte hinter den nächsten Busch.

Scholle lehnte sich über das Lenkrad. Aber dann, von einer Sekunde auf die andere, begann er die Verkleidungen von den Türen aufzubiegen. Er wollte wissen, was mit dieser Kiste los war. Dahinter wurden kleine braune Päckchen sichtbar. Heroin, Kokain, so etwas, schoss es ihm durch den Kopf. Und: Wenn er mit dieser Ladung geschnappt wurde, würde er für eine lange, sehr lange Zeit in den Knast kommen.

Als Hotte zurückkam, erzählte er, dass er mit den Männern in der Hütte hatte Schnaps trinken müssen. Das sei hier der Brauch bei einem Geschäftsabschluss, hätten sie gesagt. Hotte hatte keine Ahnung, was er getrunken hatte. Scholle schlug vor, dass sie sich irgendwo ein Zimmer nahmen, bis er wieder in Ordnung war. Dann würden sie auch eine Lösung gefunden haben, wie sie aus der ganzen Sache wieder herauskamen. Hotte nickte und ging zu seinem Auto. Scholle sah mit einigem Entsetzen, dass Hottes Hosen rings um den Hintern verfärbt waren. Er musste sich schon während der Fahrt entleert haben.

Sie fuhren weiter. Immer wieder gab Hotte Zeichen, dass Scholle langsamer fahren solle. Gemächlich zuckelten sie durch die Landschaft, bis sie an einen Bauernhof kamen. Scholle blinkte, und sie fuhren von der Landstraße ab. Kaum hatten sie angehalten, da rannte Hotte sofort wieder in die Büsche. Scholle sah sich derweil auf dem Hof um und rief die paar russischen Brocken, die er behalten hatte. Aber wesentlich mehr als »Guten Tag« brachte er nicht zustande.

In den Ställen standen Schweine. Hühner liefen herum. Der Hof schien von jemandem bewirtschaftet zu werden. Scholle ging weiter, rüttelte an den Türen und klopfte an die Fenster. Aber niemand ließ sich sehen.

Plötzlich hörte er, wie der Opel aufheulte. Als er sich umdrehte, sah er den Wagen auf der Landstraße davonjagen und rannte zurück. Hotte lag neben der Straße.

»Was ist los? Bist du verletzt?«, fragte Scholle.

Hotte wand sich und hielt sich den Bauch.

»Der hat mir voll rinjetreten«, presste er heraus. »Die müssen 'n Zweitschlüssel für die Kiste jehabt haben.«

»Scheiße«, entfuhr es Scholle.

»Scheiße«, wimmerte Hotte immer wieder und zog sich an dem Mercedes hoch. »Scheiße. Jottverdammte Scheiße! Jottverdammte, verfluchte Scheiße!« Ihm liefen die Tränen über das Gesicht. »Dit wart Scholle, wir können einpacken. Wir können uns erschießen und hier im Wald verjraben und druff hoffen, dass uns keener findet. Denn wenn die uns finden, werden die uns wieder ausjraben und noch mal erschießen. Wat sind wir nur für Idioten, Scholle, wat sind wir nur für Idioten …« Er hustete und hielt sich den Bauch.

Scholle steckte sich eine Zigarette an. Er sah auf den vollgeschissenen Fahrersitz des Mercedes und auf Hotte, der wie ein Wurm auf der Erde lag, und inhalierte tief den Zigarettenrauch. Er hatte es von Anfang an gewusst. Er war einfach nicht der Typ, dem man mit Welterschütterungen einen Gefallen tat.

Ende.

Die dem Projekt zugrunde liegenden Quellen sind auf der Internetseite www.rainer-schneider-lebenswege.de einsehbar.

ÜBER DEN AUTOR

Rainer Schneider wurde 1966 in Ostberlin geboren, gründete Ende der 1980er Jahre ein Kinder- und Jugendtheater, für das er mehrere Stücke verfasste. Nach der Wende bekamen seine Arbeiten Projektförderungen der Senatsverwaltung für kulturelle Angelegenheiten, er war Stipendiat der Stiftung Kulturfonds und schrieb für den deutschen Ableger des amerikanischen Filmstudios Columbia Tristar (SonyPictures).

Printed in Poland
by Amazon Fulfillment
Poland Sp. z o.o., Wrocław

82989165R00167